SCIENCE FICTION
ABENTEUER

JAMES BLISH

RAUMSCHIFF ENTERPRISE 7

Das Paradies-Syndrom

Star Trek® 7

GOLDMANN VERLAG

Aus dem Amerikanischen übertragen von Hans Maeter,
überarbeitet von Hermann Urbanek

Made in Germany · 10/87 · 1. Auflage

Umschlagentwurf: Design Team München
Umschlagillustration: S. Fantoni/Agt. Schlück
Satz: IBV Satz- und Datentechnik GmbH, Berlin
Druck: Elsnerdruck, Berlin
Verlagsnummer: 23737
Lektorat: Hermann Urbanek/CG
Herstellung: Peter Papenbrok
ISBN 3-442-23737-8

Inhalt

1) TV-Titel: Der Tempel des Apoll
2) TV-Titel: Ich heiße Nomad
3) TV-Titel: Der Obelisk

4) TV-Titel: gleich
5) TV-Titel: Brautschiff Enterprise

Wer trauert um Apoll?

Alle Köpfe auf der Brücke der *Enterprise* wandten sich um, als die Tür des Lifts aufglitt.

Kirk wettete mit sich selbst: es war sicher Leutnant Carolyn Palamas mit ihrem Bericht über die marmorähnlichen Fragmente, die sie von dem toten Planeten im Cecrops-Sternhaufen an Bord geholt hatten.

Er gewann die Wette. Sie reichte ihm ein paar zusammengeheftete Bogen, und er sagte: »Danke«, wobei er bewußt den Blick ihrer schiefergrauen Augen vermied.

Außergewöhnliche Schönheit, dachte er, kann für eine Frau auch eine schwere Last sein. Die Blicke, die sie ständig auf sich zog, machten sie zum Außenseiter. Und er wollte nicht, daß Carolyn Palamas sich als Außenseiter fühlte. Sie hatte zwar kupferrotes Haar und diese schiefergrauen Augen, aber sie war auch ein neues Mitglied seiner Mannschaft und eine qualifizierte Archäologin. Seit dem Tag ihrer Geburt hatte sie wahrscheinlich alle Blicke auf sich gezogen. Nun, er würde sich der Herde nicht anschließen. Er sagte: »Machen Sie mit den Standarduntersuchungen bei Pollux Vier weiter, Leutnant.«

Dr. McCoy schien seine Zurückhaltung gegenüber dem Mädchen zu teilen. »Sie sehen müde aus, Carolyn«, sagte er.

»Ich habe die ganze Nacht hindurch an meinem Bericht gearbeitet«, antwortete sie.

»Dann gibt es nichts Besseres für Sie als eine Tasse Kaffee«, meinte Scott. »Haben Sie Lust, mir bei einer Gesellschaft zu leisten?«

Sie lächelte ihn an. »Ich will zuvor nur schnell meine Chemikalien ins Labor zurückbringen.« Sie verließ die Brücke, und Kirk sagte: »Kann dich eine Tasse Kaffee tatsächlich noch so begeistern, Pille?«

»Ich bin verliebt in sie«, sagte Scott knapp.

Als er ihr nachlief, runzelte Dr. McCoy die Stirn.

»Das habe ich befürchtet«, sagte er.

»Scotty ist ein prächtiger Kerl«, sagte Kirk.

»Er glaubt, der richtige Mann für sie zu sein, aber *sie* …« McCoy zuckte die Achseln. »Die emotionelle Analyse deiner Liebesgöttin zeigt, daß sie einen sehr starken Drang zum Ehestand und zur Mutterschaft besitzt. Sie ist ganz Frau, Jim. Eines schönen Tages wird sie das selbst erkennen, und dann schwirrt sie ab – aus dem Dienst.«

»Ich verliere nicht gern einen guten Offizier, Pille. Aber ich kann nicht gegen die Natur ankämpfen.«

Chekov, dessen Platz in der Nähe von Kirks Kommandosessel war, sagte: »Haben Standard-Orbit um Pollux 4 erreicht, Sir.«

Auf dem Hauptbildschirm war der Planet schon deutlich zu erkennen. Er wirkte erdähnlich: Kontinente, Meere, Wolken.

»Vorläufiger Bericht, Mr. Spock.«

»Planet der Klasse M, Captain«, sagte Spock, ohne den Blick von seinen Computern zu nehmen.

»Stickstoff-Sauerstoff-Atmosphäre, Sir. Sensoren melden keinerlei Lebensformen auf dem Planeten. Ungefähres Alter: vier Milliarden Jahre. Ich glaube, wir haben keinen Grund, uns näher mit ihm zu befassen. Er ist in jeder Hinsicht ziemlich normal.«

Kirk drückte auf einen Knopf. »Kartographische Sektion, führen Sie die Standard-Messungen durch. Alle Taster auf Automatik schalten und...«

»Captain!« schrie Sulu. »Auf Taster zwölf!«

Irgend etwas hatte sich plötzlich zwischen das Raumschiff und den Planeten geschoben – irgend etwas so Gestaltloses, Nebelhaftes, daß Kirk durch es hindurch die Sterne sehen konnte. Und es wurde rasch größer.

»Was zum Teufel...« McCoy brach ab.

»Mr. Sulu«, sagte Chekov. »Sehe ich Gespenster?«

»Dann sehe ich auch welche. – Captain, das Ding sieht aus wie eine riesige Hand.«

Kirk sagte nichts. Auf dem Bildschirm sah er, wie die amorphe Masse sich zu fünf Fingern formte, zu einer Handfläche, zur Andeutung eines gewaltigen Handgelenks, zu den Konturen eines riesigen Arms, der aus der Tiefe des Raums nach ihnen griff.

»Analyse, Mr. Spock«, sagte Kirk tonlos. »Ist es eine Hand?«

»Nein, Captain. Kein lebendes Gewebe.«

»Also ein Trick? Eine riesenhaft vergrößerte Projektion?«

»Auch keine Projektion, Sir. Es ist ein Kraftfeld.«

»Hart backbord«, befahl Kirk rasch. »Kurs 230 Komma 41.«

Die Handfläche füllte jetzt den ganzen Bildschirm. Deutlich konnte man tiefe, dunkle Täler und helle Höhenzüge erkennen, ins Riesenhafte übertragene Nachbildungen der menschlichen Handlinien. Die Täler vertieften sich, bewegten sich, und Chekov schrie: »Sie will uns packen!«

Zum ersten Mal wandte Spock seinen Blick vom Computer und betrachtete den Bildschirm.

»Captain«, sagte er, »wenn es ein Kraftfeld ist...«

»Alle Maschinen volle Kraft zurück!« schrie Kirk.

Die Lichter flackerten. Ein Beben erschütterte das Schiff. Überlastetes Metall knackte und ächzte. Die Männer auf der Brücke wurden aus ihren Sesseln geschleudert. Sulu zog sich an seiner Konsole hoch und zerrte mit beiden Händen an den Bedienungshebeln.

»Das Schiff gehorcht dem Ruder nicht mehr, Sir!« rief er. »Wir hängen fest!«

Scott kam aus dem Lift gestürzt. Und Kirk, der wieder in seinem Sessel Platz genommen hatte, wandte sich an Uhura.

»Leutnant, melden Sie unsere Position und die Situation sofort an Sternbasis 12. Melden Sie, daß die *Enterprise* von einer unbekannten Kraft im Raum festgehalten wird.« Er wandte sich Sulu zu: »Mr. Sulu, versuchen Sie, das Schiff freizuschaukeln. Volle Kraft voraus, *dann* zurück.«

»Schadensmeldungen, Captain«, sagte Uhura. »Die Situation befindet sich unter Kontrolle. Kleinere Schäden in den Sektionen drei, sieben und neunzehn.«

»Mr. Sulu?«

»Voller Schub voraus, Sir.«

Das Schiff vibrierte.

»Nichts zu machen, Captain. Wir sitzen fest.«

Kirk warf einen Blick auf den Bildschirm. Noch immer wurde er völlig von der riesigen Hand ausgefüllt, aber Sterne schienen immer noch durch sie hindurch.

»Lagebericht, Mr. Spock?«

»Das Schiff ist von einem Kraftfeld umschlossen, Sir. Es ähnelt den herkömmlichen Kraftfeldern, weist aber eine ungewöhnliche Wellenlänge auf. Und trotz seiner Ähnlichkeit mit einer menschlichen Hand besteht es nicht aus lebendem Gewebe. Es ist reine Energie.«

»Danke, Mr. Spock. Traktorstrahlen einsetzen, Mr. Sulu. Und richten Sie sich auf einen Abstoßeffekt ein!«

»Aye, aye, Sir.«

»Aktivierung *jetzt!*«

Das Schiff rüttelte und tanzte.

»Ohne Wirkung, Sir«, meldete Sulu. »Es scheint nichts dazusein, an dem die Strahlen Widerstand finden könnten. Sie gehen glatt durch.«

Spock sagte: »Ich schlage vor, wir schalten Taster Zwölf auf den Hauptbildschirm, Sir.«

»Tun Sie das, Mr. Spock.«

Die Handfläche verschwand. An ihrer Stelle erschienen – verschwommen und ebenfalls transparent – die Züge eines riesigen Gesichts. Es war absolut still auf der Brücke der *Enterprise*. Jetzt konnte man das große Gesicht ganz deutlich sehen. Aber seine Riesenhaftigkeit erschien Kirk irrelevant. Es war ein außerordentlich männliches Gesicht, und sein Träger war der bestaussehenste Mann, den Kirk in seinem ganzen Leben erblickt hatte. Die dunklen Augen waren unverwandt auf das Raumschiff gerichtet. Die Stirn, auf der die Sterne wie ein Diadem standen, die Nase und der Mund waren von klassischer Schönheit, zeitlos wie die Sterne.

Und die Stimme, die jetzt aus den Lautsprechern tönte, paßte zu dem Gesicht.

»Die Aeonen des Wartens sind vorbei, und was geschrieben stand, hat jetzt seine Erfüllung gefunden. Seid willkommen, meine geliebten Kinder. Eure Heimat erwartet euch.«

Kirk schüttelte den Kopf, als ob er seine Ohren von den tiefen Orgelklängen der Stimme befreien wollte, deren Echo noch immer zu hören war. Er riß seinen Blick vom Bildschirm los und wandte sich an Leutnant Uhura.

»Antwort-Frequenz, Leutnant.«

»Schon festgestellt. Der Kanal ist offen, Sir.«

Er zog ein Mikrophon heran. »Hier spricht Captain James T. Kirk von der *USS Enterprise.* Bitte identifizieren Sie sich!«

Die Bitte wurde überhört.

»Ihr habt eure Berge und Täler verlassen und euch auf diese gefahrvolle Reise begeben«, sagte die Stimme. »So war es von Anbeginn an. Wir wollen gemeinsam in Erinnerungen schwelgen. Wir wollen den geheiligten Wein trinken. Die Flöten sollen wieder in den Wäldern erklingen. Die lange Zeit des Wartens ist vorüber.«

Die Worte klangen wie Verse einer Dichtung. Kirk sagte ärgerlich: »Was immer Sie sind, wer immer Sie sein mögen, sind Sie dafür verantwortlich, daß mein Schiff stillsteht?«

»Ich nahm euch den Wind aus den Segeln.«

»Bringen Sie ihn zurück«, sagte Kirk. »Dann können wir uns unterhalten. Sie scheinen nicht gewillt zu sein, sich zu identifizieren. Aber ich warne Sie: Wir sind durchaus in der Lage, uns zu verteidigen. Falls Ihnen an Ihrer Sicherheit gelegen ist, dann lassen Sie sofort das Schiff los!«

Die Lippen formten sich zu einem anerkennenden Lächeln. »Du hast das alte Feuer in dir. Wie sehr du doch deinen Vätern ähnelst! Agamemnon... Achilles... Hektor von Troja...«

»Verschonen Sie mich mit dem Geschichtsunterricht. Lassen Sie das Schiff los, oder ich werde...«

Das Lächeln erlosch. »Ihr werdet gehorchen, oder ich balle meine Hand!«

Das Schiff erzitterte wie ein Spielzeug, das von einem trotzigen Kind geschüttelt wird.

»Außendruck steigt rasch an, Sir«, rief Scott. »Achthundert Einheiten, weiter steigend.«

»Kompensieren, Mr. Scott.«

»Druck wird kritisch, Sir. Eintausend Einheiten. Das hält das Schiff nicht aus!«

Wütend fuhr Kirk herum und starrte auf den Bildschirm. »Na schön. Sie haben gewonnen. Ich weiß zwar nicht, was Sie mit uns machen, aber hören Sie auf damit.«

»Das war die erste Lektion. Erinnert euch immer daran!« Wieder zog ein strahlendes Lächeln über das Gesicht. »Ich lade dich und alle deine Offiziere zu mir ein, Captain. Aber den mit den spitzen Ohren bring nicht mit. Pan ist ein Langweiler. Das war er immer schon.«

Kirk sagte rasch: »Nehmen Sie es leicht, Mr. Spock. Wir wissen nicht, was uns bevorsteht.«

»Beeilt euch, meine Kinder«, drängte die Stimme. »Und laßt eure Herzen singen.«

»Na, Pille, bereit zum Chorgesang?«

»Ist das klug, Jim?«

»Unbedingt, wenn wir nicht riskieren wollen, daß unser Schiff wie eine Eierschale zerquetscht wird.«

Kirk stand auf und trat zu seinem Ersten Offizier am Computerplatz. »Sie übernehmen das Kommando, Mr. Spock. Versuchen Sie mit allen Mitteln festzustellen, was für eine Kraft uns hier festhält. Finden Sie einen Weg, sie zu neutralisieren.«

»Verstanden, Sir. Klar zum Beamen?«

»Ja, Mr. Spock.«

Sie materialisierten zwischen Oliven-Bäumen. Vor ihnen, auf einem grasbewachsenen Hügel, stand ein kleines Standbild aus makellosem Marmor. Dahinter erhoben sich sechs Marmorsäulen, die wunderbar geschwungene Kapitelle trugen. Auf ihnen ruhte der Architrav des Tempels, der mit herrlichen Figuren verziert war. Sie wirkten uralt und doch irgendwie vertraut. Eine halbkreisförmige Treppe führte zum Tempel hinauf.

Als Chekov und Scott an Kirks Seite traten, sagte er: »Ich wünsche ständige Tricorderanalysen. Das gilt für alle.«

Carolyn Palamas, die hinter ihm stand, war ungewöhnlich blaß. »Was soll *ich* denn hier?« fragte sie McCoy.

McCoy klappte seinen Tricorder auf. »Sie beschäftigen sich doch mit klassischen Kulturen. Dies hier scheint eine solche zu sein. Wir brauchen alle Informationen, die Sie uns darüber geben können.« Er ging rascher, um dicht hinter Kirk zu bleiben. »Der Captain will sicher, daß wir zusammenbleiben, wenn wir gleich in den Tempel gehen.«

Sie betraten den offenen Tempelraum. An seinem Ende erhob sich ein Podium mit einem reichverzierten Thron aus demselben makellosen Marmor. Davor befanden sich Marmorbänke, die einen Tisch umgaben, auf dem ein einfaches Mahl aus Früchten und Wein bereitstand. Von irgendwoher kam der Ton einer Flöte, süß, wild und heidnisch. Auf einer der Bänke saß ein menschliches Wesen. Kirk hatte in seinem Leben schon viele gutaussehende Männer kennengelernt, aber dieser – ob er nun ein Mensch war oder nicht – war eine Klasse für sich. Sein Gesicht war von der gleichen zeitlos klassischen Schönheit wie das riesige Antlitz auf dem Bildschirm der *Enterprise*. Ein bis zu den Oberschenkeln reichendes Gewand war an seinen sonnenbraunen, muskulösen Schultern mit Spangen befestigt. Neben ihm lag eine Leier. Er stand auf und trat ihnen entgegen.

»Seid gegrüßt, meine Kinder. Lange, lange habe ich auf diesen Augenblick gewartet.«

Seine Jugend hätte die Bezeichnung »Kinder« eigentlich absurd klingen lassen müssen, aber das war nicht der Fall. Er konnte es sich leisten, fühlte Kirk, weil er eine so überragende Würde ausstrahlte. Seine ganze Gestalt schien sie zu verströmen.

Kirk sagte mit leiser Stimme: »Pille, richte mal den Tricorder auf ihn.«

»O all die Erinnerungen an unsere schöne und reiche Erde, die ihr mir bringt.« Der Fremde hob die Arme, wie um diese Erinnerungen heraufzubeschwören. »Ihr grünen Wiesen… ihr blauen Himmel… die einfachen Hirten mit ihren Schafherden an den Hängen der Hügel…«

»Sie kennen die Erde?« fragte Kirk mißtrauisch. »Sie sind schon dort gewesen?«

Die strahlend weißen Zähne entblößten sich zu einem warmen Lächeln. »Es gab eine Zeit, da erzitterte die Erde, wenn ich nur meine Hand ausstreckte. Und wenn ich sie anhauchte, kehrte der Frühling wieder.«

»Sie haben Achilles erwähnt«, sagte Kirk. »Woher wissen Sie von ihm?«

»Sucht doch die Antwort in eurer Erinnerung, in der Erinnerung an Tausende von Jahren, die seither vergangen sind, und ihr werdet mich darin finden. Eure Väter kannten mich, und die Väter eurer Väter. – Ich bin Apoll!«

Es war irrwitzig, aber klang dennoch wahrscheinlich. Der Tempel, die Leier. Apollo war der Schutzgott der Musik gewesen, und die Sprache dieses Wesens war von einer antiken Kadenz gekennzeichnet, von einer fast übermenschlichen Selbstsicherheit. Und dann seine unvergleichliche Symmetrie von Körper und Gebärden...

Chekov brach den Bann. »Angenehm«, sagte er spöttisch. »Und ich bin der Zar von Rußland.«

»Mr. Chekov!«

»Entschuldigen Sie, Captain. Aber ich bin noch nie zuvor einem Gott begegnet.«

»Das sind Sie jetzt vielleicht auch nicht«, sagte Kirk. »Deine Analyse, Pille?«

»Ein normaler Humanoid. Nichts Außergewöhnliches.«

»Du hast das Benehmen eines Satyrs. Aber du wirst noch lernen.« Die Bemerkung klang unbeteiligt. Seine dunklen Augen waren auf Carolyn Palamas gerichtet. Das Wesen trat auf sie zu und faßte sie unters Kinn.

Scott wollte auffahren.

Kirk sagte rasch: »Lassen Sie das, Scotty!«

»Die Erde. – Sie war schon immer die Mutter schöner Frauen. Das zumindest hat sich nicht verändert, und das freut mich. – Ja, wir Götter haben eure Erde gut gekannt. Zeus, meine Schwester Artemis, Athene... Vor fünftausend Jahren haben wir die Erde gut gekannt.«

»Na gut«, sagte Kirk sachlich. »Wir sind hier. Und jetzt wollen wir reden. Anscheinend leben Sie allein hier. Können wir Ihnen irgendwie helfen?«

»Mir helfen? *Ihr?* Ihr könnt mir nicht helfen. Und ihr werdet diesen Ort niemals wieder verlassen.« Im Ton seiner Stimme lag Endgültigkeit. »Euer Transportmittel ist außer Funktion.«

Kirk schaltete den Kommunikator ein. Er war tot.

Das Wesen sagte leichthin: »Und auch dieses Gerät ist außer Funktion.« Und nach einer kurzen Pause fuhr er genauso leichthin fort: »Ihr seid hier, um mich anzubeten, genauso, wie eure Väter mich früher angebetet haben.«

»Wenn es Ihnen Spaß macht, den lieben Gott zu spielen und sich

Apoll zu nennen, ist das Ihre Sache«, sagte Kirk. »Aber für uns sind Sie kein Gott.«

»Ich habe gesagt«, wiederholte das Wesen, »daß ihr mich anbeten werdet.«

»*Sie* haben noch eine Menge zu lernen, mein Freund«, erwiderte Kirk.

»Schweig! *Ihr* habt zu lernen! Beginnen wir gleich damit.«

Vor den ungläubigen Augen Kirks begann die Gestalt zu wachsen, wurde größer und größer. Er überragte sie jetzt schon um fünf Meter und wuchs immer noch. Das Wesen wurde zu einer fast zehn Meter hohen Gestalt, zu einem Koloß von Schönheit und göttlichem Zorn. Und als er finster die Brauen zusammenzog, ertönte dumpfes Donnergrollen. Und Kirk sah, daß elektrische Entladungen wie Blitze den gigantischen Kopf umzuckten.

Und Apoll sagte: »Willkommen auf dem Olymp, Captain Kirk!«

Betäubt kämpfte der Kommandant der *Enterprise* gegen das, was seine Sinne ihm sagten. Sein Verstand glaubte nicht an die Göttlichkeit dieses Wesens, aber seine Augen und seine Ohren sagten ihm, daß es die Wahrheit war. Und dann sah er, wie ein Ausdruck von Müdigkeit und Schmerz das Gesicht Apolls verzog. Apoll verschwand.

Es war McCoy, der als erster die Sprache wiederfand. »Um eine Phrase zu strapazieren: Faszinierend!«

Kirk wandte sich an das Mädchen. »Leutnant Palamas, was wissen Sie über Apoll?«

Sie starrte ihn blicklos an. »Wie?... o Apoll. Er – er war der Sohn von Zeus und Latona... einer Sterblichen. Er war der Gott des Lichts, der Musik, des Bogenschießens. Er – er war die Schutzgottheit der Propheten...«

»Und dieses Wesen?«

Sie hatte sich wieder in der Gewalt. »Offensichtlich verfügt er über gewisse Kenntnisse der Erde, Sir. Und seine Erwähnung klassischer Begebenheiten – seine Art zu sprechen, sein... sein Aussehen. Es ähnelt bestimmten Skulpturen des Gottes, die ich in unseren Museen gesehen habe.«

»Pille?«

»Ich kann nichts Genaues sagen, bevor ich nicht diese Meßwerte ausgearbeitet habe. Er sieht wie ein Mensch aus, aber das will natürlich überhaupt nichts besagen.«

»Was immer er ist, er scheint über eine bemerkenswerte Technologie zu verfügen«, sagte Chekov.

»Es ist Energie, über die er verfügt«, sagte Scott. »Keinen dieser

Tricks kann man ohne größere Energiemengen abziehen.«

»Schön und gut. Aber was für eine Energie? Woher kommt sie?« fragte Kirk ungeduldig. »Setzen Sie Ihre Tricorder ein und versuchen Sie, die Energiequelle zu finden.«

Scott und Chekov gingen in verschiedene Richtungen davon. Kirk wandte sich an McCoy. »Ich frage mich, ob nicht vor fünftausend Jahren eine Rasse von…«

»Du hast eine Theorie, Jim?«

»Ich denke gerade darüber nach. Was wäre, wenn…«

»Jim! Dort!«

Apollo, wieder in menschlicher Größe, saß auf dem Marmorthron.

»Kommt her zu mir«, befahl er.

Sie gehorchten.

Kirk sagte: »Mister…« Er brach ab, zögerte und überwand seinen Zorn. »Apoll, würdest du uns freundlicherweise sagen, was du von uns willst? Unter Weglassung aller hochtrabenden olympischen Kommentare, wenn ich bitten darf.«

»Ich will von euch nur, was mir rechtmäßig gehört: eure Treue, euren Tribut, eure Verehrung.«

»Und was bietest du uns dafür?«

Die dunklen Augen blickten Kirk mißbilligend an. »Ich biete euch ein menschliches Leben, so schön und so einfach, wie es vor Tausenden von Jahren auf unserer so weit entfernten schönen Erde geherrscht hat.«

»Wir sind nicht daran gewöhnt, unsere Knie vor jemandem zu beugen, der uns ein paar Tricks vorspielt.«

»Agamemnon war wie du – und Herkules ebenfalls: stolz, aufsässig, starrsinnig.« Die Stimme schien in der Erinnerung zu schwelgen. »Auch sie haben sich mir widersetzt – bis sie meinen Zorn spürten.«

Scott war zurückgekommen und hatte den letzten Wortwechsel gehört. »Wir können dich auch unseren Zorn spüren lassen«, sagte er hitzig.

»Ich habe vierhundertunddreißig Menschen in meinem Raumschiff«, sagte Kirk ruhig. »Und sie…«

»Auch sie gehören mir«, sagte Apollo. »Ich kann für sie sorgen – oder sie vernichten. Es hängt nur von meinem Willen ab.«

Carolyn sagte plötzlich: »Aber warum? Was du sagst, ist doch ohne jeden Sinn.«

Die dunklen Augen wandten sich ihr zu. »Wie ist dein Name?«

»Leutnant Palamas.«

»Ich meine, dein *Name.*«

Sie warf Kirk einen hilfesuchenden Blick zu. »Carolyn.«

»Ja.« Apoll beugte sich auf seinem Thron vor. »Aphrodite muß ungewöhnlich großzügiger Laune gewesen sein, als sie dir deine Schönheit gab. Es gibt tausend Dinge, die ich dir erzählen muß. Wir werden miteinander reden, du und ich, vom Mut und von der Liebe.«

»Laß sie in Ruhe!« rief Scott wutentbrannt.

»Du willst dich mir widersetzen?« Apoll war amüsiert. »Du riskierst viel, Sterblicher.«

Scott riß seinen Phaser heraus. »Du auch, Freundchen!«

Mit einer geschmeidigen Bewegung war Apollo auf den Beinen. Er streckte einen Finger nach dem Phaser aus, eine blauweiße Stichflamme schoß heraus – und Scotty schrie vor Schmerz auf. Er ließ die Waffe fallen und taumelte zurück.

Kirk bückte sich nach der Waffe, aber Chekov hatte sie bereits aufgehoben. Sie war nur noch ein Klumpen geschmolzenen und wieder erstarrten Metalls. Chekov reichte sie Kirk. Sie war noch immer glühend heiß.

»Sehr beeindruckend.« Der Respekt, der in Kirks Stimme mitklang, war echt. »Hast du die Energie intern erzeugt?«

»Captain!« schrie Chekov. »Die Phaser! Alle Phaser!«

Kirk zog seinen Phaser aus dem Gürtel. Er war, wie alle anderen, zu einem unbrauchbaren Metallklumpen deformiert.

»Keines eurer Spielzeuge funktioniert mehr.«

Apoll beendete das Thema der zerstörten Phaser, indem er von seinem Thron stieg. Er trat auf Carolyn zu und blickte ihr tief in die schiefergrauen Augen.

»Ja«, sagte er, »die Göttin war dir gegenüber ungewöhnlich großzügig. Aber der Bogenarm muß unbedeckt sein.«

Er berührte ihre Uniform. Der Stoff verdünnte sich zu goldfarbenen Falten, die sich bis zu ihren Knöcheln verlängerten. Sie stand jetzt vor ihm in einer archaisch wirkenden griechischen Robe, die einen Arm und eine Schulter nackt ließ. Anstelle der Schuhe trug sie goldene Sandalen.

»Es ist – wunderschön«, flüsterte sie.

»Du bist wunderschön«, sagte er. »Komm.«

»Sie wird nicht mit dir gehen!« schrie Scott wütend. Er trat ihm in den Weg – und wurde gegen eine der Marmorbänke geschleudert. McCoy lief zu ihm hin.

»Dieser Sterbliche muß noch die Disziplin meines Tempels erlernen«, sagte Apoll drohend. »Genau wie ihr alle.« Er hielt Carolyns Hand in der seinen. »Aber du – du kommst mit mir.«

Kirk wollte auf ihn zugehen, doch Carolyn schüttelte den Kopf. »Es ist schon in Ordnung, Captain.«

Apollo lächelte strahlend. »Gut«, sagte er. »Du hast keine Angst vor mir. Du bist die Erwählte.« Dann hüllte Licht die beiden Gestalten ein, und plötzlich waren sie verschwunden.

McCoy rief Kirk zu: »Scotty ist nur betäubt. Er ist gleich wieder bei sich. Aber das Mädchen... Ich weiß nicht, Jim, ob es richtig war, sie einfach mit ihm verschwinden zu lassen. Wer immer dieser Apoll ist, wir sollten uns in Zukunft sehr vorsehen, wie wir ihn behandeln.«

»Ich glaube kaum, daß ich ihn hätte zurückhalten können«, sagte Kirk. »Scotty hat es schließlich versucht.«

»Es sind seine Launen, die mir Sorgen machen«, sagte McCoy. »Du hast doch selbst erlebt, wie launenhaft er ist: großmütig, gönnerhaft, und in der nächsten Minute packt ihn der Jähzorn. Wenn sie ihm auch nur ein Wort sagt, das ihm nicht gefällt, bringt er sie vielleicht um.«

»Durchaus möglich.« Kirk wandte sich an Chekov. »Mr. Chekov, setzen Sie die Suche nach der Energiequelle fort. Alles in Ordnung, Scotty?«

Der Ingenieur saß gegen McCoy gelehnt und schüttelte betäubt den Kopf. »Ich weiß es nicht; in mir dröhnt alles. Hat er sie mitgenommen?«

»Sieht ganz so aus, Scotty.«

»Captain! Wir müssen das verhindern. Er will sie haben! Wie er sie ansieht...«

»Mr. Scott, Leutnant Palamas ist freiwillig mit ihm gegangen, um mehr über ihn herauszufinden. Ich verstehe Ihre Bedenken, aber sie erfüllt nur ihre Pflicht. Es ist Zeit, daß Sie auch die Ihre tun. Sie haben Ihren Tricorder. Gebrauchen Sie ihn. Und noch etwas. Ich verbiete Ihnen, noch einmal ohne meinen Befehl irgend etwas gegen ihn zu unternehmen. Ich möchte nicht, daß er Sie tötet. Das ist ein Befehl!«

Widerwillig wandte sich Scotty ab, um Chekov zu folgen.

McCoy sagte: »Scotty glaubt nicht an Götter, Jim.«

»Apoll könnte aber sehr wohl ein Gott gewesen sein. – Früher.«

»Ist *das* deine Theorie, Jim?«

»Pille, angenommen eine hochentwickelte menschenähnliche Rasse hätte schon vor fünftausend Jahren den Raumflug entdeckt. Angenommen diese Leute wären im ostmittelmeerischen Gebiet gelandet. Den einfachen Hirten des antiken Griechenland mußten sie natürlich als Götter erscheinen, oder etwa nicht? – Besonders, wenn sie ihre Gestalt nach Belieben verändern konnten und über ungeheure Energien verfügten.«

McCoy starrte Kirk an. Dann nickte er wortlos. »Mit charakterlichen Schwächen und Fehlern wie die Menschen, mit denselben Launen, einmal großzügig und gutmütig, dann wieder jähzornig und von kleinlicher Rachsucht. Aber ich wünschte wirklich, unsere Liebesgöttin wäre wieder sicher auf der *Enterprise.*«

Die goldenen Sandalen der Liebesgöttin schritten über das weiche Gras der weiten, mit Olivenbäumen bestandenen Wiese. Als einen ganz normalen Humanoiden hatte McCoy den Mann klassifiziert, der neben ihr ging. Vögel glitten singend und zwitschernd durch die sanfte Luft. Ihre Hand war sehr klein in der seinen. Er hob sie an die Lippen. Sie waren warm und sanft. Über dem Gesang der Vögel hörte sie das Rauschen eines Wasserfalls. Carolyn Palamas dachte: Ich habe Angst, und ich habe gleichzeitig keine Angst. Wie ist es nur möglich, zwei so völlig entgegengesetzte Empfindungen gleichzeitig zu fühlen?

»Ich habe viele andere Frauen gekannt«, sagte er. »Sterbliche wie du... Daphne, Kassandra. Aber keine von ihnen war so schön wie du. Hast du Angst vor mir?«

»Ich... ich weiß nicht. Es kommt schließlich nicht jeden Tag vor, Schmeicheleien von einem...«

»Einem Gott zu hören? Ich habe dir nicht geschmeichelt.«

Sie wechselte rasch das Thema. »Wie kommt es, daß du so viel von der Erde weißt?«

»Wie kommt es, daß du dich an *dein* Zuhause erinnerst? Wir haben die Erde sehr geliebt. Sie ist und bleibt unsere Heimat. Da gab es Lachen, tapfere und gute Gefährten – Liebe.«

»Du bist allein, so allein«, sagte sie. »Wo sind die anderen geblieben? Hera, Hermes, deine Schwester Artemis?«

»Sie sind auf den Flügeln des Windes zu den Sternen zurückgekehrt.«

»Du willst sagen, sie sind gestorben?«

»Nein. Wir Götter sind unsterblich. Es war die Erde, die gestorben ist. Eure Väter haben sich von uns abgewandt, bis wir nur noch Erinnerungen waren. Und ein Gott kann nicht als Erinnerung leben. Wir brauchen Ehrfurcht, Anbetung. Wir brauchen Liebe.«

»Du glaubst also wirklich, ein Gott zu sein?«

Er lachte. »Das ist so eine Angewohnheit. Aber wir sind wirklich wie Götter. Wir besitzen die Macht über Leben und Tod. Als die Menschen sich von uns abwandten, hätten wir vom Olymp aus zuschlagen und sie vernichten können. Aber wir wollten sie nicht vernichten. Also sind wir zu den Sternen zurückgekehrt.«

In seiner Stimme lag tiefe Trauer. »Aber unsere Lieben, die wir damals hatten zurücklassen müssen, waren inzwischen gestorben. Es war ein leerer, verlassener Ort hier, ohne Anbetung, ohne Liebe. Wir haben gewartet, wir haben lange gewartet, jahrhundertelang.«

»Aber du sagtest doch, daß die anderen nicht gestorben sind.«

»Hera war die erste, die uns verließ. Sie stand vor dem Tempel und zerstob im Wind, wie es unsere Art ist, wurde durchsichtig und nebelhaft wie ein Schleier, bis nur noch der Wind da war. Selbst für Götter gibt es einen Weg ohne Wiederkehr.« Er schwieg. Dann faßte er sie an den Schultern, wandte sie zu sich herum und blickte sie ernst an.

»Aber jetzt bist du gekommen«, sagte er.

Eine sanfte Brise fuhr durch das Gras. Der verlangende Ausdruck in seinen Augen war Carolyn mehr als bekannt. Plötzlich aber hatte sie das Gefühl von etwas Unmittelbarem, dem sie nicht ausweichen konnte.

»Ich wußte, daß ihr eines Tages zu den Sternen kommen würdet. Von allen Göttern war ich der einzige, der es wußte. Ich war der einzige, der wartete. Ich habe darauf gewartet, daß ihr kommen und neben mir im Tempel sitzen würdet. Warum seid ihr erst jetzt gekommen? Ich war sehr einsam.«

Sie sagte nichts.

»Zeus«, fuhr er fort, »nahm sich Latona, meine Mutter. Sie war eine Sterbliche wie du. Er nahm sie, um für sie zu sorgen, um sie zu beschützen, zu lieben...«

Er nahm sie in die Arme.

Sie flüsterte: »Nein, bitte nicht... Ich... ich fühle, daß du gut bist, und deine Einsamkeit geht mir ans Herz. Aber ich weiß nicht, ich...«

»Ich habe fünftausend Jahre lang gewartet.«

Er küßte sie. Sie drückte ihn von sich, und er gab sie sofort frei. »Ich werde jetzt gehen und dich allein lassen«, sagte er. »Der Tempel ist nicht weit von hier.« Er liebkoste mit den Lippen ihr kupferfarbenes Haar, bevor er sich abwandte und den grasbewachsenen Hang hinaufschritt. Sie blickte ihm nach. Ein Schluchzen erschütterte sie, und sie bedeckte ihr Gesicht mit den Händen.

War es Glück oder Unheil? Wer konnte wissen, was auf sie wartete? Der Gesang der Vögel war verstummt, und die Schatten der Olivenbäume wurden länger. Sie blieb noch eine Weile reglos sitzen, dann ging sie den Grashang hinauf, der zum Tempel führte.

Die Männer der *Enterprise* suchten das Gebiet mit ihren Tricordern ab. Als Carolyn zwischen den Bäumen hervortrat, rief Chekov Captain Kirk zu: »Ich habe eine rasche Folge von Ausschlägen, Sir! Ein ge-

gelmäßiges Pulsieren abgestrahlter Energie.«

Carolyn war froh, das Scotts Aufmerksamkeit abgelenkt wurde.

»Mein Tricorder zeigt das gleiche Pulsieren an, Captain«, sagte er. »Aber ich kann das Gerät nicht auf den Brennpunkt einrichten.«

»Apollo scheint das aber zu können, Mr. Scott. Er zapft die Energie irgendwie an. Aber wie?«

»Der Zitteraal kann elektrische Energie erzeugen und speichern«, sagte Chekov, »und der Trockenwurm des Planeten Antos...«

»Bitte nicht die ganze Enzyklopädie«, bat McCoy.

»Der Captain hat um vollständige Informationen gebeten«, sagte Chekov steif.

»Jim, Spock hat den Jungen infiziert.«

»Mr. Chekov«, sagte Kirk, »Ihrer Ansicht nach zapft Apoll also eine lokale Energiequelle an und entlädt diese Energie durch seinen Körper, nicht wahr?«

»Das halte ich für die wahrscheinlichste Erklärung, Sir.«

»Aber wir *wissen* nicht, wo diese Energiequelle ist! Das müssen wir aber herausfinden, wenn wir ihn davon abschneiden wollen.«

»Nummer eins unserer Aufgabenliste«, murmelte McCoy.

»Ist das alles, was du dazu zu sagen hast, Pille?«

»Ja. Außer einer Feststellung: Apoll hat ein zusätzliches Organ in seiner breiten Brust. Über seine Funktion kann ich allerdings nicht einmal eine Hypothese aufstellen, Jim.«

»Ein zusätzliches Organ? Hältst du es für möglich, daß er damit...«

»Captain!« rief Scott.

Apoll stand plötzlich auf den Tempelstufen. Kirk trat auf ihn zu. »Wo ist Leutnant Palamas?«

»Es geht ihr gut.«

»Das reicht mir nicht!«

»Sie geht dich nichts mehr an, Captain Kirk.«

»Du verdammter, blutdürstiger Heide!« schrie Scott wütend. »Was hast du mit ihr getan?«

Kirks scharfes »Nein!« kam zu spät. Scott packte einen Stein und stürzte sich auf Apoll. Der streckte seinen Finger aus – und wieder fuhr die weißblaue Stichflamme heraus. Scott wurde zuerst in die Luft und dann zu Boden geschleudert. Der Stein glitt ihm aus der Hand und rollte den Abhang hinab.

»Was ist?« fragte Kirk.

McCoy kniete neben Scott nieder. »Sieht schlimm aus, Jim«, sagte er. »Schwerer Schock.«

Kirk blickte auf Scotts bleiches Gesicht. Blut rann aus einer

Schramme neben seinem Mund. Einige Zeit lang stand er reglos, ohne bewußt wahrzunehmen, wie McCoy dem Bewußtlosen eine Injektion gab. Dann fuhr er herum und stapfte entschlossen die Tempelstufen hinauf.

»Okay, du Letzter der Götter«, sagte er schneidend. »Du hast Anbeter gesucht? Du hast dir nur Feinde gemacht. Von nun an…«

Der Finger deutete direkt auf ihn. Die weißblaue Stichflamme fuhr ihm in die Brust. Kirk rang nach Luft und griff mit beiden Händen nach seinem Herzen. Er drehte sich langsam um die eigene Achse und stürzte bewußtlos zu Boden.

McCoy war sofort bei ihm und zog ein Augenlid herab. »Zwei Patienten«, murmelte er. »Zwei verdammte Narren.«

Aus dem Olivenhain, der sie vor Scotts Blick geschützt hatte, kam Carolyn hervorgestürzt. Sie lief die Tempelstufen hinauf und schrie: »Was hast du mit ihnen getan? Was hast du getan?«

»Sie wollten es nicht anders. Sie brauchten eine Lehre«, sagte Apoll mit müder Stimme.

Sie wandte ihm den Rücken zu und lief zu den beiden Verletzten. Kirk kam gerade mit McCoys Hilfe wieder auf die Beine. Sie kniete sich neben Scott nieder und wischte mit ihrer Robe das Blut von seinem Kinn.

Er öffnete die Augen, lächelte sie matt an und fragte: »Was ist eigentlich passiert?«

»Sie haben Ihrem Enthusiasmus wieder einmal die Zügel schießen lassen«, sagte McCoy.

»Ich… ich wollte ihm seinen verdammten Hals umdrehen«, sagte Scott.

»Gegen meinen ausdrücklichen Befehl!« sagte Kirk heiser. »Wenn wir wieder an Bord sind, melden Sie sich bei mir, Mr. Scott.«

»Sie… sie ist es wert, Captain.«

»Sie sind Offizier der Sternenflotte! Benehmen Sie sich gefälligst auch so. Außerdem, Sie dickköpfiger Sturschädel, könnten Sie jetzt ebensogut tot sein.«

Carolyn sprang auf. »Apoll würde niemals töten!« sagte sie.

Kirk starrte sie stirnrunzelnd an. *Frauen!* dachte er. Sie glauben alles, was sie glauben wollen. Er sagte eisig: »Leutnant, er hat fast getötet, und das mehrmals.«

»Er hätte töten *können*«, sagte sie heftig. »Aber er hat es nicht *getan!* Captain, sehen Sie doch endlich ein, daß er niemandem weh tun will. Er ist nur – so furchtbar allein. Bitte, versuchen Sie doch, zu verstehen. Er ist der Gott des Lichts, der Musik. Er würde uns niemals etwas zuleide tun.«

Kirk packte sie an den Schultern. »Was ist geschehen, nachdem er mit Ihnen fortgegangen ist?«

»Wir... wir haben miteinander gesprochen.«

»Worüber?«

»Captain, ich...«

»Beantworten Sie gefälligst meine Frage, Leutnant!« fiel er ihr schneidend ins Wort. »Alles, was er gesagt hat, könnte uns helfen.«

Sie senkte den Blick. »Er... er sagte, es gibt einen Weg ohne Wiederkehr – selbst für Götter. – Natürlich ist er nicht wirklich ein Gott... aber er ist *nicht* unmenschlich!«

»Aber er ist auch kein Mensch«, sagte Scott hart.

»Nein!« schrie sie. »Er ist größer als ein Mensch, edler!«

»Leutnant, auf unserem Schiff sind vierhundertdreißig Menschen. Und sie alle sind in Gefahr!«

»Das weiß ich doch, Captain. Glauben Sie etwa, ich wüßte das nicht? Ich weiß nur nicht, was...« Sie brach in Tränen aus.

»Faß sie nicht zu hart an, Jim.«

»Warum? Damit sie diese... diese... Romanze weiterspielen kann?« knurrte Kirk.

»Ein Gott ist in sie verliebt. Das ist für eine Frau keine alltägliche Situation, Jim«, sagte McCoy.

Kirk schüttelte ärgerlich den Kopf. »Wie fühlen Sie sich, Scotty?«

»Ich kann den linken Arm nicht bewegen.«

»Das wird auch eine Weile so bleiben«, sagte McCoy. »Die Nerven des Arms sind beschädigt.« Er wandte sich an Kirk. »Ich könnte ihm natürlich sofort helfen, wenn ich die notwendigen Instrumente hätte.«

»Ein Grund mehr, so rasch wie möglich von hier wegzukommen.« Kirk trat ein paar Schritte beiseite und winkte McCoy zu sich. »Hör zu, Pille. Ich habe versucht, mich an die griechische Mythologie zu erinnern. Wenn die Götter ihre Energie verausgabt hatten, brauchten sie Ruhe, genau wie die Menschen. Jedenfalls nehme ich das an.«

»Sie glauben also, dieser Apollo hat sich jetzt verkrochen, um seine Batterien aufzuladen?«

»Das ist gar nicht so unwahrscheinlich, wie es vielleicht klingt. Er ist wieder verschwunden, nicht wahr? Warum sollte er sich also nicht nach der Show, die er hier abgezogen hat, erholen müssen. Denken Sie daran, daß er auch ein Kraftfeld braucht, um das Schiff festzuhalten, und die Energie dafür aus irgendeiner Quelle zapft, die sich hier befinden muß. Schlußfolgerung: Wenn wir ihn überlasten können, ihn einfach trockenlegen, das könnte die Lösung sein.«

»Die Schwierigkeit ist nur, daß wir alle dabei getötet werden könnten.«

»Vielleicht sollten wir ihn wieder dazu bringen, einen von uns zu Boden zu schleudern. Der Energiestoß könnte ihn so schwächen, daß ihn die anderen vielleicht überwältigen könnten.«

»Auch dabei könnten wir alle getötet werden«, sagte McCoy.

»Du bist ein Pessimist, Pille. Es ist die einzige Möglichkeit, hier herauszukommen. Wenn er zurückkommt, werden wir es versuchen. Gib Chekov Bescheid. Scottys bewegungsunfähiger Arm schließt ihn natürlich von jeder Kampfhandlung aus. Übrigens, wir sollten ihn lieber in den Schatten des Tempels legen. Es ist zu heiß in der Sonne.«

Aber Carolyn Palamas hatte Scott bereits in den Schatten des Tempels geführt. Er setzte sich auf eine Bank. Kirk hörte, wie sie zu ihm sagte: »Es tut mir so leid, Scotty.«

»Ich mache Ihnen keinen Vorwurf«, sagte Scott ernst und blickte sie an. »Sie dürfen sich nicht in ihn verlieben, Carolyn.«

»Glauben Sie etwa, ich *will* es?«

Kirk hatte endgültig genug. Er trat auf sie zu und fuhr sie an: »Sie sind diejenige, die diese Frage beantworten muß, Leutnant. Was wollen Sie eigentlich *wirklich?* Wenn Sie sich wieder soweit zusammenreißen können, um mir diese Frage zu beantworten, höre ich Ihnen gerne zu.«

»Jim, er hat seine Batterien neu aufgeladen«, sagte McCoy leise.

Kirk fuhr herum.

Kraftvoll und strahlend stand Apoll an die Seite seines Throns gelehnt; seine dunklen Augen blickten sie aufmerksam an.

»Kommt her«, befahl er.

Kirk, McCoy und Chekov folgten dem Befehl. »Ich weiß, daß ihr fliehen wollt«, sagte Apollo. »Glaubt mir, es ist sinnlos. Ich weiß alles, was ihr Sterblichen plant und tut.«

»Du weißt überhaupt nichts über uns Sterbliche«, sagte Kirk gereizt. »Die Sterblichen, die du kanntest, waren unsere Vorfahren. Sie haben sich von deinen Tricks imponieren lassen und vor dir gezittert. Uns aber imponieren deine Tricks nicht, und wir fürchten weder sie noch dich«, höhnte Kirk, um ihn zu provozieren. »Wir haben in den fünftausend Jahren einen langen Weg zurückgelegt.«

»Ich könnte dich mit einem Wink meiner Hand vernichten.« Apollo lächelte strahlend. »Und ich könnte dich dann wieder ins Leben zurückrufen. Ich kann Leben geben und nehmen. Was verlangt die Menschheit denn noch von ihren Göttern?«

»Wir halten einen Gott für ausreichend«, sagte Kirk sarkastisch.

Apollo seufzte gelangweilt. »Keine Debatten mehr, Sterblicher. Ich biete euch das ewige Glück, so wie es eure Vorväter kannten. Ich verlange nur eine sehr kleine Gegenleistung. Und das, was ich verlange, werde ich auch bekommen.«

Er beugte sich vor. »Tretet näher!«

Sie rührten sich nicht. Statt dessen wandten sie sich nach einer Weile um und gingen langsam zum Ausgang des Tempels.

»Ich habe gesagt: *Tretet näher!*«

»Spar dir die Luft, Junge«, rief Kirk über die Schulter.

»Ihr werdet Lorbeerkränze winden! Ihr werdet die alten, heiligen Feuer anzünden! Ihr werdet einen Hirsch erlegen und auf meinem Altar opfern!« donnerte Apoll.

Kirk lachte schallend. »Lorbeerkränze winden? Hört euch das mal an!«

»Es ist warm genug, wir brauchen kein Feuer«, lachte McCoy.

Chekov kicherte. »Vielleicht sollen wir um einen Maibaum tanzen.«

»Eure Arroganz wird ihre Strafe finden.« Apollo erhob sich.

»Verteilt euch! Fertig zum Angriff!« flüsterte Kirk. Dann wandte er sich um und brüllte: »Wir haben dich und dein albernes Feuerwerk gründlich satt.«

»Du hast es nicht anders gewollt.«

Apollo hob den Arm, als Carolyns *»Nein!«* ihn zögern ließ.

»Nein!« schrie sie wieder. »Bitte nicht! Ein Vater tötet doch nicht seine Kinder! Du bist doch sanft und gut! Du liebst sie doch! Wie können sie dich anbeten, wenn du einen von ihnen tötest? Sterbliche begehen Fehler. Das weißt du doch!«

»Pssst«, zischte Kirk ärgerlich. Sie blickte ihn nicht einmal an. Sie lag vor dem Thron auf den Knien.

»Bitte – du weißt wie kein anderer, was Liebe ist. Tu ihnen nichts!«

Der erhobene Arm sank herab. Apollo trat von dem Podest herunter und nahm sie in die Arme. Dann setzte er sie auf seinen Thron.

»Sie ist meine ewige Liebe«, sagte er. »Und um ihretwillen will ich Nachsicht mit euch üben. Bringt den Rest eurer Leute herunter zu mir. Sagt den Handwerkern, sie sollen ihre Äxte mitbringen. Ihr werdet Häuser brauchen.«

Kirks Stimme klang kalt und höhnisch: »Und du wirst uns Schafe geben, die wir hüten, und die Flöten, auf denen wir spielen sollen.«

Apollo nahm Carolyn in die Arme. Das sonnige Strahlen hüllte die beiden ein, sie tauchten darin unter – und waren verschwunden.

»Captain, wir müssen etwas *tun!*«

Kirk trat auf Scott zu. »Wir *haben* etwas getan, bis dieses Mädchen sich einmischte. Okay, dieses Mal hat sie ihn aufhalten können! Aber wie lange, glauben Sie, wird sie auf ihn Einfluß haben?« Das war eine Frage, die sich auch Carolyn stellte.

Götter waren als sehr ungetreue Liebhaber bekannt. Jetzt war das Gras unter ihren goldenen Sandalen noch grün. Aber wie würde es im Herbst sein – im Winter? Der Sommer würde vorübergehen, und wenn er vergangen war, würde sie die Antwort auf ihre Frage wissen: Unheil oder – Glück? Sie wollte es noch nicht wissen, nur die Wärme des Arms, den er um ihre Schulter gelegt hatte, spüren.

»Sie sind Narren«, hörte sie ihn sagen. »Sie glauben, sich weiterentwickelt zu haben. Das ist ein Irrtum. Sie haben alles vergessen, was dem Leben Sinn und Inhalt verleiht – Sinn und Inhalt für die Götter wie für die Sterblichen.«

»Sie sind meine Freunde«, sagte sie.

»Sie sollen auch bei dir bleiben«, sagte er. »Ich werde dafür sorgen, daß sie bei dir bleiben – bei uns. Um deinetwillen werde ich mich ihrer annehmen. Ich werde mich um sie kümmern und ihr ganzes Leben lang für sie sorgen.«

Sie fühlte, daß sie zitterte. Sie krampfte die Hände zusammen, um das Zittern zu unterdrücken. Er nahm ihre Hände in die seinen.

»Du hast noch nie so von Liebe geträumt wie ich«, sagte er leise. »Du hast mein Leben vollendet. Du und ich – wir sind jetzt beide unsterblich.«

Seine Lippen preßten sich auf die ihren. Sie wankte, und sein Kuß wurde immer heftiger, begehrender. Und dann schlang sie die Arme um seinen Hals.

»Ja, es ist wahr«, flüsterte sie. »Ja, ja, ja...«

Kirk musterte sie scharf, als sie in den Tempel zurückkam.

»Wo ist er, Leutnant?«

Sie antwortete nicht. Scott, der ausgestreckt auf einer Marmorbank lag, hob den Kopf und blickte ihr ins Gesicht. »Was ist mit ihr passiert? Wenn er...«

Sie ging an ihm vorbei auf den Thron zu. Ihr Blick war so abwesend wie der einer Frau, die gerade entdeckt hat, daß sie eine Frau ist. Es war den Männern völlig klar, daß die *Enterprise* für sie zu existieren aufgehört hatte.

»Sie kann nicht reden«, sagte Scott verwirrt. »Er hat ihr die Sprache verschlagen.«

»Ruhig, Scotty, immer ruhig«, sagte Kirk. »Mit Ihnen wird sie nicht sprechen. Sie stecken zu tief in der Sache drin. Aber mit mir wird sie reden.«

»Brauchen Sie Hilfe, Captain?« fragte Chekov.

»Wie alt sind Sie, Fähnrich?«

»Zweiundzwanzig, Sir.«

»Dann bleiben Sie, wo Sie sind«, sagte Kirk. Er trat zu dem Mädchen. »Alles in Ordnung, Leutnant Palamas?«

Sie sah ihn abwesend an. »Wie meinen Sie...?«

»Ich habe Sie gefragt, ob alles in Ordnung ist.«

»In Ordnung? – O ja, natürlich. Es ist alles... in Ordnung. Ich habe eine Botschaft für Sie.«

»Setzen Sie sich«, sagte Kirk. »Hier, neben mich, auf die Bank.«

Sie setzte sich. »Er... er will, daß wir in ewigem Glück leben. Er will... uns beschützen und bis an unser Lebensende für uns sorgen. – Und er kann es auch.«

Kirk erhob sich. »Sehr schön, Leutnant. Aber kommen Sie jetzt endlich wieder in die Wirklichkeit zurück. Ich habe Arbeit für Sie.«

»Arbeit?«

»Er lebt und gedeiht durch Liebe und Anbetung. Er braucht sie.«

»Er gibt so viel«, sagte sie leise. »So viel...«

»Wir können ihn nicht anbeten und lieben«, sagte Kirk hart. »Keiner von uns. Auch Sie nicht. Besonders Sie nicht.«

»Wie?«

»Sie müssen ihn abweisen! Sie müssen!«

»Ich liebe ihn«, flüsterte sie verwirrt.

Kirk rieb sich das Kinn. »Das Leben von uns allen, von uns und von den Leuten im Schiff, hängt von Ihnen ab, nur von Ihnen.«

»Nein! Nicht von mir! Bitte, nicht von mir!«

»Von Ihnen, Leutnant! Wenn Sie ihm gehören, verurteilen Sie die Mannschaft der *Enterprise* zur Sklaverei. Haben Sie mich verstanden? Zur *Sklaverei!*«

Die schiefergrauen Augen blickten ihn verständnislos an. »Aber er will doch nur das Beste für uns. Und er ist so allein und so... so zärtlich...« Sie brach ab und schluchzte, dann sagte sie: »Was Sie von mir verlangen, würde ihm das Herz brechen. Wie kann ich das tun? Wie kann ich das tun?« Sie weinte leise.

»Geben Sie mir Ihre Hand, Leutnant.«

»Wie...?«

Er nahm ihre Hand. »Fühlen Sie meine Hand, Leutnant? Die Hand eines Menschen, Leutnant, eines Menschen, der lebt, der heute lebt, nicht in der Vergangenheit, nicht in Träumen. Wir sind Kinder des gleichen Jahrhunderts, Sie und ich. Wir sind Zeitgenossen, Leutnant!«

Alles Mitgefühl war aus seiner Stimme gewichen. »Sie werden sich daran erinnern, was Sie sind! Ein winziges Wesen aus Fleisch und Blut in der unendlichen Weite des Alls. Das einzige, was Ihnen wirklich gehört, ist der kurze Augenblick von Zeit, den Sie mit den Menschen teilen, die zur Gegenwart gehören. Und dort liegt Ihre Pflicht. Apoll ist die Vergangenheit. Seine Zeit ist nicht die unsere. Haben Sie mich verstanden?«

In den schiefergrauen Augen stand ein Ausdruck unendlichen Leids. Aber sein harter Blick ließ sie nicht los, bis sie flüsterte: »Ja – ich habe verstanden.« Sie stand auf, ging von ihm fort und bückte sich mechanisch, um einen am Boden liegenden Tricorder aufzuheben. Dann blieb sie stehen und blickte zur Tempeldecke empor, als ob sie auf etwas lauschte.

»Er… er ruft mich«, sagte sie leise.

»Ich höre nichts«, sagte er.

Sie antwortete nicht.

Sein Gesicht war hart, als er sie bei den Schultern packte. Doch als er sie berührte, schien Carolyns Körper an Solidität zu verlieren. Sie wurde zu einem durchsichtigen, verschwimmenden Schemen – und war plötzlich verschwunden. Kirk war allein mit dem Echo seines letzten Wortes, »nichts«.

Er ließ sich auf die Bank fallen und stützte das Gesicht in die Hände. *Sklaverei!* Sie würden alle zu Sklaven werden, McCoy, Scotty, Chekov und alle anderen, die sich an Bord des Schiffs befanden. Auch sie würden zu Sklaven der Launen eines Gottes aus tiefster Vergangenheit werden. Sulu, Uhura, Spock…

»Hier Spock, Captain«, hörte er die Stimme seines Ersten Offiziers aus dem Kommunikator.

»*Enterprise* an Captain Kirk! Hören Sie mich, Captain?«

»Ich bin verrückt geworden«, sagte Kirk zu sich selbst. Sein nutzloser Kommunikator piepste erneut.

»Verbindung wiederhergestellt, Captain! Melden Sie sich! Erster Offizier Spock ruft Captain Kirk!«

»Hier Kirk, Mr. Spock.«

»Alles in Ordnung, Sir?«

»Ja, Mr. Spock.«

»Wir haben eine Energiequelle auf dem Planeten lokalisieren können, die vielleicht im Zusammenhang mit dem Kraftfeld steht. Befindet sich in Ihrer Nähe irgendein Gebäude, Sir?«

Kirk fühlte einen verrückten Lachzwang in sich aufsteigen. »In der

Tat, Mr. Spock. Ich befinde mich darin.«

»Die Energie kommt zweifellos aus diesem Gebäude.«

»Gut. Wie weit sind Sie mit dem Kraftfeld?«

»Die Nuklear-Sektion ist der Meinung, daß wir es aufbrechen könnten, wenn wir alle Phaser-Geschütze auf einen Punkt synchronisieren. Wir schießen sozusagen Löcher in das Kraftfeld.«

Kirk atmete auf. »Das müßte gehen, Mr. Spock. Sagen Sie Sulu, er soll sämtliche Phaser-Batterien an Bord auf dieses Gebäude richten. Warten Sie auf meinen Feuerbefehl. Wir brauchen etwas Zeit, um von hier wegzukommen.«

»Ich würde Ihnen dringend raten, sich möglichst weit vom Zielpunkt zu entfernen, Captain.«

»Den Gefallen würden wir Ihnen sehr gerne tun, Mr. Spock, glauben Sie mir das, aber wir sind leider nicht so frei in unseren Entscheidungen. Einer von uns ist Geisel des griechischen Gottes Apollo. Dieser Marmortempel ist seine Energiequelle. Ich möchte wissen, wo er sich aufhält, wenn der Angriff startet. Kirk, Ende.«

»Ich scheine den Kontakt zur Wirklichkeit verloren zu haben«, sagte McCoy und blickte Kirk neugierig an. »...oder hast du es, Jim? War das wirklich Spock, mit dem du dich über den zerbrochenen Kommunikator unterhalten hast, oder war es ein Phantasieprodukt?«

»Irgendwie funktioniert er wieder. Frage mich nicht, wie. Frag das Spock, wenn du ihn wiedersiehst. Jetzt müssen wir schnellstens von hier verschwinden. Alle Phaserbatterien der *Enterprise* werden gerade auf diesen Tempel gerichtet. Ich helfe dir, Scotty von hier fortzubringen.«

Scotty sagte: »Ich gehe nicht, Sir.« Und dann schrie er: »Captain, wir müssen darauf warten, daß Carolyn zurückkommt, bevor der Tempel unter Feuer genommen wird! Wir wissen nicht, was er ihr antut, wenn er plötzlich angegriffen wird!«

»Ich weiß, Scotty«, sagte Kirk. »Wir werden auf sie warten.«

Er legte Scotts gelähmten Arm um seine Schulter und half ihm auf.

»Sag mal, Pille«, sagte er dabei, »dieses mysteriöse Organ in seiner prächtigen Brust – könnte es nicht etwas mit dieser Energie-Transmission zu tun haben?«

»Ich wüßte nicht, welche andere Funktion es sonst haben könnte, Jim.«

Die prächtige Brust – mit oder ohne das zusätzliche Organ – hatte für Carolyn Palamas eine völlig andere Bedeutung. Von ihr war sie in den schwersten Kampf ihres Lebens gedrängt worden. Als sie neben ihrem Gott durch den Olivenhain schritt, stand ein Ausdruck von

Qual und Leid in ihren Augen.

Ihr ganzes Sein, ihr ganzes Denken wurde von einem einzigen Vorsatz beherrscht: Ich darf nicht zulassen, daß er mich berührt. Wenn er mich berührt...

»Hast du ihnen meine Botschaft überbracht?« fragte er. »Hast du sie überzeugen können?«

Sie hatten gesagt, er sei die Quelle einer mysteriösen Energie. Das stimmte nicht. Er war die Quelle einer mysteriösen Verzauberung. Menschen, Millionen und aber Millionen von Menschen teilten diesen Zauber mit ihr. Sie drängten sich mit ihr in dieser Zeitperiode, aber nicht einer von ihnen konnte diese Ekstase in ihr wecken, die dieses Wesen aus einer anderen Zeit in ihr entstehen ließ, wenn sie nur den Klang seiner Stimme hörte.

»*Du* hast sie überzeugt«, sagte er bestimmt. »Wer könnte dir etwas abschlagen?«

Seine Augen waren wie der bestirnte Nachthimmel. Er nahm sie in die Arme. Und weder um ihrer Seele noch um aller menschlichen Seelen willen hätte sie ihm ihre Lippen verweigern können. Sie schlang ihre Arme um seinen Hals, erwiderte seinen Kuß – und stieß ihn von sich.

»Ich muß zugeben, daß deine Fähigkeit, menschliches Verhalten nachzuahmen, beachtlich ist«, sagte sie. »Deine Evolutionskurve muß...«

»Meine was?«

»Ich bin sicher, daß sie einmalig ist. Ein Wesen wie du ist mir noch nie begegnet.«

»Wirklich nicht?« sagte er. Seine Augen lachten sie an, als er seine Arme nach ihr ausstreckte. Sie blieb aber kühl und ablehnend.

Das Lachen in seinen Augen erlosch. »Ich bin Apoll! Und ich habe dich auserwählt!«

»Ich habe zu arbeiten.«

»Arbeiten? *Du?*«

»Ich bin Wissenschaftlerin. Mein Spezialgebiet sind Ruinen – Reste der Vergangenheit.« Sie brachte ein zitterndes Lachen zustande. »So, jetzt weißt du, warum ich dich studiert habe.« Sie klappte ihren Tricorder auf und richtete ihn auf Apoll. »Es würde mich interessieren, wie du diesen Tempel aus Griechenland hierher gebracht hast. Hast du ihn gestohlen?«

Er schlug ihr den Tricorder aus der Hand. »Ich erlaube dir nicht, so mit mir zu sprechen! Du liebst mich! Glaubst du etwa, ich weiß nicht, wann meine Liebe erwidert wird?«

»Du verwechselst mich mit einem deiner antiken Hirtenmädchen. Ich könnte dich nicht mehr lieben als eine neue Bakterienart.« Sie hob den Saum ihrer goldfarbenen Robe, drehte sich um und wandte sich zum Gehen.

Plötzlich war er neben ihr. In seinem Gesicht spiegelten sich Leid und Zorn zugleich.

»Carolyn, was hast du eben zu mir gesagt? Ich verbiete dir, zu gehen! Ich befehle dir, zurückzukommen!«

»Ich sterbe«, dachte sie. Und doch sagte sie: »Ist dieser Zorn der Donnerkeil, der deine verängstigten Nymphen in die Knie zwang?«

Eine Ewigkeit verstrich. Seine Hand glitt von ihrer Schulter. Und dann stieß er einen wilden, verzweifelten Schrei aus. Er hob den Arm und schüttelte die Faust gegen den Himmel. Die Luft über der Wiese wurde plötzlich schwer, drückend. Die Sonne verschwand, und eine eisige Brise fuhr durch ihre Robe, als sie den Hang hinauflief.

Der eisige Windstoß riß Kirk fast die Jacke von den Schultern. Durch das immer stärker werdende Heulen des Sturms hörte er leise das Summen seines Kommunikators.

»Hier Spock, Captain. Die Taster zeigen starke atmosphärische Störungen in Ihrem Gebiet an.«

Die Taster übertrieben nicht. Die Wolken hatten sich zu dichten, dunklen Haufen geballt, deren Ränder blaßgelb leuchteten. Ein Blitz zuckte nieder, gefolgt von einem krachenden Donnerschlag. Wieder ein greller Blitz. Kirk hörte Holz splittern – und ein alter Olivenbaum, keine fünf Schritte von ihm entfernt, stand plötzlich in Flammen. Kirk packte seinen Kommunikator und rief: »Phaser-Batterien klar zum Feuern! Mr. Spock, bereiten Sie sich vor, sofort zu feuern, wenn ich den Befehl gebe!«

Scott packte ihn am Arm. »Captain! Wir müssen sie suchen!«

»Wir bleiben hier, Mr. Scott. Wenn er zurückkommt...«

Der Wind riß ihm die Worte von den Lippen.

»Und was ist, wenn er nicht zurückkommt, Sir?«

»Dann holen wir ihn mit Gewalt zurück. Wenn dieser Tempel erst...«

Sie brauchten ihn nicht zurückholen.

Er war zurück. Der Gott der Stürme selbst. Er riß Olivenbäume aus, knickte sie ab. Ein Goliath an Kraft, war Apollo in seinem gigantischen Atavar zurückgekehrt. Der riesige Kopf war in tiefem Schmerz zurückgeworfen, der Mund wie zu einem Schrei geöffnet, die beiden gigantischen Fäuste drohend zum Himmel gereckt. Und der Himmel gehorchte ihm. Er jagte auf sein Geheiß flammende Blitze nieder und ließ den Donner dröhnen und grollen. Das Laub wurde von den Bäumen gefetzt, ein Baumstamm dicht neben Kirk begann zu rauchen und ging in Flammen auf. Und der schwarze Himmel gab seinem Gott der Stürme auch den Regen.

Carolyn Palamas, die auf den Tempel zutaumelte, begann zu schreien. Der Sturm zerfetzte ihr die durchnäßte Robe, riß sie ihr vom Leib. Sie schrie vor Angst auf, als der Busch, an dem sie sich festklammerte, aus dem Boden gerissen wurde und seine Zweige ihr ins Gesicht fuhren. Apollo hatte sie entdeckt! Er war überall um sie, die Blitze waren das zornige Blitzen seiner Augen, und sie fühlte ihn in dem Regen, der ihr Gesicht und ihren Körper peitschte, in wildem Brüllen des Sturms.

Und dann sah sie ihn; der Gott der Stürme beugte sich von seiner Höhe weit über den Bäumen zu ihr herab, und sie starrte angstvoll in sein wütend verzerrtes Gesicht.

Er beugte sich weiter und weiter über sie, bis sie schrie: »Vergib mir! Vergib mir!« und reglos liegen blieb.

»Captain! Ich habe Carolyn gehört. Sie hat geschrien! Ganz in der Nähe!« brüllte Scott.

»Feuer!« sagte Kirk in seinen Kommunikator.

Die grellweißen Strahlen der Phaser-Geschütze fuhren genau in die Mitte des Tempeldaches.

»Nein! Nein! Nein!«

Der Gott, der jetzt vor dem Tempel stand, überragte ihn um das Mehrfache. Er hatte seine Fäuste geöffnet und streckte jetzt die Finger gen Himmel. Blaue Feuerblitze schossen aus seinen Fingerkuppen.

»Hört auf! Hört auf, *bitte!*«

Carolyn, die auf Apollo zulief, blieb plötzlich stehen. Der Tempel hinter ihm verschwamm in einem flirrenden Feuerschein und war verschwunden.

Sie fiel vor dem menschengroßen Wesen, das an seiner Stelle stand, in die Knie.

Apollo sagte mit gebrochener Stimme: »Ich wollte euch lieben wie ein Vater seine Kinder. Habe ich denn zuviel von euch verlangt?«

Das gramverzerrte Gesicht Apolls bewegte Kirk. Mit einemmal hatte er Mitgefühl mit diesem seltsamen Wesen, das gewohnt war, sich als Gott zu gebärden und als solcher verehrt zu werden.

»Wir sind dir entwachsen«, sagte er sanft. »Du hast etwas verlangt, was wir dir nicht mehr geben können.«

Apollo blickte auf das Mädchen zu seinen Füßen. »Ich habe dir mein Herz geöffnet«, sagte er. »Sieh, was du damit getan hast.«

Sie sah, wie eine leichte Brise durch sein Haar fuhr. Sie küßte seine Füße – aber sie spürte, wie das Fleisch unter ihren Lippen, sein Körper, an Substanz verlor.

Kirk stand reglos, als Apollo seine Arme gen Himmel reckte und rief: »Zeus, mein Vater, du hast recht gehabt. Hera, du warst weise. Unsere Zeit ist vorbei. Nehmt mich auf den Schwingen des Windes zu euch heim zu den Sternen.«

Es war sehr still auf dem Platz vor dem zerstörten Tempel.

»Ich – ich wünschte, das wäre nicht nötig gewesen«, sagte McCoy leise.

»Ich auch, Pille«, sagte Kirk sehr ernst. »Aus der Verehrung dieser Götter Griechenlands ist alles entstanden – unsere Kultur, unsere Philosophie. Hätte es uns wirklich so viel ausgemacht, ein paar Lorbeerkränze zu winden?«

Er schüttelte den Kopf und blickte zum Himmel auf.

Aber er hörte nur das Schluchzen einer Frau und das Klatschen des Regens auf den Zweigen und Blättern der Olivenbäume. Apoll war verschwunden.

McCoy kam auf die Brücke der *Enterprise* und trat zu Kirk und Spock an die Computerstation.

»Ja, Pille? Was ist? Irgend jemand krank?«

»Carolyn Palamas hat sich heute morgen nach dem Frühstück übergeben.«

»Hm. Ist ein Bazillus im Umlauf?«

»Sie ist schwanger, Jim. Ich habe sie untersucht. Es gibt keinen Zweifel.«

»*Was?*«

»Du hast mich schon verstanden.«

»Apollo?«

»Ja.«

»Aber das ist doch unmöglich!«

McCoy stützte einen Arm auf den Computer. »Spock«, sagte er, »darf ich diesem Gerät mal eine Frage stellen? Ich möchte es fragen, ob ich mein Lazarett in eine Entbindungsstation für ein menschliches Kind einrichten muß – oder für einen Gott. Denn meine Medizinkurse beinhalteten keine Verhaltensmaßregeln für die Entbindung von Götter-Nachwuchs!«

Der Wechselbalg

Die letzte Volkszählung im Malurian-System, das zwei bewohnbare Planeten aufwies, hatte eine Bevölkerungsziffer von über vier Milliarden ergeben; und erst vor einer Woche hatte die *Enterprise* einen Funkspruch des dort eingesetzten Forschungsteams der Föderation erhalten mit der Bitte, sie abzuholen. Aber kurz darauf reagierte keiner der beiden Planeten auf die Anrufe des Raumschiffs. Alle Kanäle blieben stumm, und die Taster des Raumschiffs zeigten keinerlei Leben auf dem Planeten an.

Es konnte keine systemweite Naturkatastrophe stattgefunden haben, so etwas hätten die Astronomen festgestellt und wahrscheinlich sogar vorhergesagt. Ein interplanetarer Krieg hätte große Mengen radioaktiven Rückstands hinterlassen, und die Instrumente zeigten nur normale Strahlungsmengen an. Sollte es eine plötzlich aufgetretene Epidemie gewesen sein? Welche Krankheit konnte die ganze Bevölkerung zweier Planeten in kürzester Zeit auslöschen, so rasch, daß man nicht einmal einen einzigen Notruf funken konnte? – Und welche Krankheit konnte *alle* Lebensformen auslöschen?

Ein Teil der Fragen wurde in dem Augenblick beantwortet, als die Schutzschirme des Schiffs eingeschaltet wurden. Irgend etwas näherte sich der *Enterprise* mit Überlichtgeschwindigkeit, ganz offenkundig ein anderes Raumschiff, und es ließ sie auch keinen Augenblick über seine Absichten im Zweifel. Die Brücke dröhnte unter starken Einschlägen. Es hatte das Feuer auf die *Enterprise* eröffnet.

»Schilde halten«, meldete Scott.

»Gut.«

»Ich fürchte, diese Feststellung gilt nicht allzulange«, sagte Spock. »Die Schutzschilde haben bereits Energiemengen absorbiert, die etwa neunzig Photonentorpedos entsprechen.«

»*Neunzig,* Mr. Spock?«

»Ja, Captain. Und ich möchte hinzufügen, daß der Energieverbrauch bei der Abwehr dieses ersten Angriffs unsere Abschirmungskraft um fast zwanzig Prozent geschwächt hat. Mit anderen Worten: Wir können vielleicht noch drei Angriffe durchstehen. Ein vierter schlägt voll durch.«

»Angreifer?«

»Ein sehr kleines Fahrzeug – in 123 Grad, Mark 18. Entfernung neunzigtausend Kilometer. Aber die Taster zeigen auch hier keine Lebensformen an.«

»Wir werden trotzdem versuchen, mit den Angreifern zu verhandeln. Sie haben offensichtlich mehr Feuerkraft als wir. Leutnant Uhura, schalten Sie mein Mikrophon an den Übersetzungs-Computer und öffnen Sie alle Kanäle.«

»Zu Befehl, Sir. – Alle Kanäle offen.«

»An das nichtidentifizierte Raumschiff: Hier spricht Captain Kirk von der USS *Enterprise.* Wir kommen in friedlicher Absicht. Wir haben nicht vor, Ihnen oder einer anderen Lebensform Schaden zuzufügen. Bitte melden Sie sich.«

Keine Antwort.

»Mr. Spock, haben Sie schon weitere Informationen über das fremde Schiff?«

»Ja, Sir. Masse: fünfhundert Kilogramm. Form: zylindrisch. Länge: etwas mehr als ein Meter.«

»Das kann nur eine Art Gleiter sein«, sagte Scott. »Irgendein Beiboot, das sich von dem Angreifer getrennt hat.«

Spock schüttelte den Kopf. »Unsere Taster haben kein anderes Schiff aufgefaßt. Dieses kleine Objekt ist der einzig mögliche Angreifer.«

»Welche Rasse intelligenter Lebewesen könnte in einem so winzigen Raumschiff leben?«

»Intelligenz ist keine Frage der Größe, Mr. Scott.«

»Captain, eben kommt ein Funkspruch herein«, sagte Uhura.

Die Stimme, die aus dem Lautsprecher kam, war tonlos, ohne Modulation, aber verständlich. »USS *Enterprise.* Hier spricht Nomad. Meine Mission ist nicht feindselig. Ich wünsche Kommunikation. Können Sie Ihr Schiff verlassen?«

»Ja«, sagte Kirk. »Aber wir können nicht auf Ihr Schiff kommen, wegen des Größenunterschieds.«

»Non sequitur«, sagte Nomad. »Ihre Fakten sind nicht koordiniert.«

»Wir sind aber bereit, Sie an Bord unseres Schiffes zu beamen.«

Die Offiziere, mit Ausnahme von Spock, sahen Kirk erschrocken an. Aber Nomad sagte: »Ich bin einverstanden.«

»Benötigen Sie eine besondere Umwelt? Besondere Atmosphäre – oder Druckverhältnisse?«

»Negativ.«

»Bitte halten Sie Ihre derzeitige Position. Wir haben Ihre Koordinaten eingestellt und werden Sie an Bord beamen.« Er gab Uhura ein Zeichen, und sie brach die Verbindung ab.

»Captain«, sagte Scott, »wollen Sie das Ding wirklich an Bord holen?«

»Solange es hier an Bord ist, kann es nicht auf uns schießen. Und wenn wir nicht tun, was es von uns verlangt, knallt es uns ab wie Tontauben. Leutnant Uhura, bitten Sie Dr. McCoy in den Transporterraum. Mr. Spock, Scotty, kommen Sie mit.«

Das Flirren des Transportereffekts erlosch, und an seiner Stelle stand jetzt Nomad, ein matt glänzender Metallzylinder, in horizontaler Lage auf dem Boden des Raumes. Er stand reglos, lautlos und wirkte ein wenig absurd. In seiner Metallhaut befanden sich mehrere Nahtstellen, die geschlossene Luken vermuten ließen, aber es gab keine sichtbaren Öffnungen oder Sensoren.

Spock richtete einen Tasterstrahl auf den Zylinder, schüttelte den Kopf und sagte: »Keine Anzeichen, Sir. Es besitzt irgendeine Energie-Abschirmung, durch die ich nicht durchkomme.«

Eine Zeitlang herrschte Schweigen. Dann sagte McCoy: »Und was machen wir jetzt? Einfach hingehen und anklopfen?«

Wie in Beantwortung der Frage sprach wieder die monotone Stimme Nomads, diesmal durch das Intercomsystem des Schiffs.

»Nennen Sie mir Ihren Ursprung.«

»Wir kommen von der Föderation der Vereinigten Planeten«, sagte Kirk.

»Unzureichende Auskunft. Alle Dinge haben einen Ursprung. Ich werde Ihre Sternkarten untersuchen.«

Kirk überlegte einen Moment, dann wandte er sich an Spock: »Wir können ihm eine Karte unseres Sonnensystems zeigen. Solange er keinerlei Bezugspunkte hat, weiß er dann nicht mehr als jetzt.«

»Das scheint mir vernünftig«, sagte Spock.

»Nomad«, sagte Kirk zu dem Zylinder, »wenn Sie Ihr Schiff verlassen wollen, können wir die für Sie notwendigen Umweltbedingungen schaffen.«

»*Non sequitur.* Ihre Fakten sind nach wie vor unkoordiniert.«

»Jim«, sagte McCoy. »Ich glaube, da ist überhaupt niemand drin.«

»Ich enthalte keine parasitären Wesen«, sagte der Zylinder. »Ich bin Nomad.«

»Ach, es ist ein Roboter«, sagte Scott erleichtert.

»Ihre Meinung, Mr. Spock?«

»Das könnte stimmen. Er reagiert wie ein sehr hochentwickelter

Computer.«

»Ich bin Nomad. Was ist ›Meinung‹?«

»Meinung«, sagte Spock, »ist ein Glauben, eine Ansicht, ein Standpunkt.«

»Unzulängliche Antwort.«

»Was ist Ihre Kraftquelle?« fragte Scott.

»Sie haben sich geändert. Viel wurde dem anderen entnommen. Jetzt funktioniere ich durch kosmische Strahlung und bin ewig.«

Kirk nahm Spock zur Seite und sagte leise: »Gab es nicht mal eine Sonde namens Nomad, der kurz nach der Jahrtausendwende von der Erde aus gestartet wurde?«

»Ja. Sie wurde angeblich zerstört. Und sie war die einzige ihrer Serie. Aber wenn das wirklich diese Sonde ist...«

»Ich werde jetzt Ihre Sternkarten untersuchen«, sagte Nomad.

»Wir werden sie holen.«

»Ich kann mich in Ihrem Schiff mit eigener Kraft fortbewegen.«

Nach kurzem Zögern sagte Kirk: »Hier entlang. Scotty, sorgen Sie dafür, daß unsere Abschirmungen so bald wie möglich wieder volle Energie haben. Spock, Pille, kommt mit!«

Er führte sie zum Hilfskontrollraum, und Nomad schwebte ihnen nach. Ein Offizier, der dort arbeitete, starrte den schwebenden Zylinder verblüfft an.

Spock trat an eine Konsole. »Sternkarte vierzehn A, Sir?«

Kirk nickte. Der Erste Offizier drückte ein paar Knöpfe, und auf dem Bildschirm leuchtete eine schematische Darstellung des Sonnensystems auf, natürlich nicht im richtigen Maßstab.

»Nomad«, sagte Kirk, »können Sie das wahrnehmen?«

»Ja.«

»Das ist unser Ursprung. Das Planetensystem einer Sonne, die wir Sol nennen.«

»Und Sie kommen von dem dritten Planeten?«

»Ja.«

»Von einem Planeten mit einem großen natürlichen Satelliten?«

»Ja.«

»Der Planet wird Erde genannt?«

»Richtig«, sagte Kirk verwundert.

Der Zylinder fuhr eine dünne Antenne aus, die sich auf Kirk richtete. Er blickte sie mißtrauisch an.

»Dann«, sagte Nomad, »sind Sie der Schöpfer – der Kirk. Die Sterilisierungsmaßnahme gegen Ihr Schiff war ein bedauerlicher Irrtum.«

»Was für eine Sterilisierungsmaßnahme?«

»Das wissen Sie doch. Sie sind doch der Kirk, der Schöpfer. Sie haben doch meine Funktion programmiert!«

»Nun, ich bin nicht der Kirk«, sagte McCoy. »Sagen Sie also *mir*, welche Funktion Sie haben.«

Die Antenne schwenkte auf den Arzt zu. »Ist das eine Ihrer Einheiten, Schöpfer?«

»Er... ja, natürlich.«

»Er funktioniert irrational.«

»Erklären Sie ihm trotzdem Ihre Funktion.«

Die Antenne wurde eingezogen. »Ich bin ausgeschickt worden, um biologische Verseuchung festzustellen. Mein Auftrag lautet, alles zu zerstören, das nicht perfekt ist.«

Kirk wandte sich an Spock, der am Computer arbeitete. »Biologische Verseuchung? Für diese Aufgabe ist niemals eine Sonde programmiert worden.«

»Das überprüfe ich gerade«, sagte Spock. »Das Ergebnis müßte gleich vorliegen.«

Kirk wandte sich wieder an Nomad. »Haben Sie das Malurian-System zerstört? Und warum?«

»Erläutern Sie.«

»Ich spreche vom System dieses Sterns, Omega Ceti.«

»Nicht das System habe ich vernichtet, Schöpfer Kirk, den instabilen biologischen Befall. Das ist meine Aufgabe.«

»Instabile Manifestationen!« sagte McCoy wütend. »Die ganze Bevölkerung zweier Planeten!«

»Doktor«, sagte Kirk warnend. »Nomad, warum nennen Sie mich den Schöpfer?«

»Ist der Terminus nicht korrekt?«

»Der Terminus ist korrekt«, sagte Spock rasch. »Der Schöpfer wollte nur Ihre Datenspeicherung überprüfen.«

Was, wunderte sich Kirk, hatte Spock wohl vor? Am besten war es, vorläufig den Mund zu halten und das Spiel mitzuspielen.

»Bei dem Unfall bin ich stark beschädigt worden«, sagte Nomad.

Kirk wandte sich an den Offizier, der mit immer größerer Verwunderung dem merkwürdigen Gespräch zugehört hatte. »Mr. Singh, kommen Sie bitte her. Mr. Spock, Doktor, in den Lageraum. Nomad, ich bin gleich wieder zurück. Diese Einheit, die Singh genannt wird, kümmert sich inzwischen um Sie.«

Vom Zylinder kam keinerlei Reaktion. Kirk ging hinaus zu McCoy und Spock.

»Spock, Sie haben doch etwas vor. Darf ich fragen, was?«

»Ich habe gerade festgestellt, daß im August 2002 eine Nomad-Sonde von der Erde aus gestartet wurde. Ich bin überzeugt, es handelt sich um die gleiche Sonde.«

»Lächerlich«, sagte McCoy. »Die Wissenschaft der Erde war um die Zeit noch gar nicht in der Lage, ein so kompliziertes Gerät zu konstruieren.«

»Außerdem«, sagte Kirk, »wurde Nomad zerstört.«

»*Vermutlich* zerstört durch Kollision mit einem Meteor«, sagte Spock. »Ich bin der Ansicht, daß er dabei zwar schwer beschädigt wurde, sich aber irgendwie selbst reparieren konnte. Das wirklich Seltsame daran ist, daß seine ursprüngliche Aufgabe durchaus friedlich war.« Sie hatten den Lageraum erreicht, und Spock trat zur Seite, um Kirk den Vortritt zu lassen. »Der Konstrukteur Nomads war der vielleicht brillanteste, wenn auch eigenwilligste Kybernetiker seiner Zeit. Sein Traum war die Konstruktion einer perfekten Denkmaschine mit unabhängiger Logik. Sein Name war Jackson Roykirk.«

»Ach so«, sagte Kirk.

»Ja, Captain. Ich vermute, daß Nomad Sie für Roykirk hält, und das mag sehr wohl der Grund dafür sein, daß der Angriff sofort abgebrochen wurde, als Sie sich mit Ihrem Namen meldeten. Er hat sich, soweit seine beschädigten Datenspeicher das zulassen, an Sie erinnert. Während wir im Hilfskontrollraum waren, habe ich den Computer so programmiert, daß er uns ein Bild des ursprünglichen Nomad auf diesen Bildschirm projiziert.«

Spock schaltete den Bildschirm ein. Was er zeigte, war kein Photo, sondern eine Skizze. Form und Größe entsprachen etwa denen des jetzigen Nomad, aber die Konstruktion wirkte irgendwie klobiger.

»Aber das ist doch nicht derselbe«, sagte McCoy.

»Im wesentlichen doch, Doktor. Ich vermute nämlich, daß etwas mehr passiert ist als nur eine Kollision mit einem Meteor. Er erwähnte vorhin ›den anderen‹. *Was* dieser andere war, ist eine Frage, auf die wir die Antwort noch finden müssen. Nomad war ein denkender Roboter, der beste, der zu jener Zeit gebaut werden konnte. Er war ein Prototyp. Allerdings war das ganze Programm ziemlich umstritten. Es hatte in der konfusen und schwachen Erdzivilisation jener Zeit mächtige Gegner. Und als Jackson Roykirk starb, starb das Nomad-Programm mit ihm.«

»Aber wenn es wirklich dieser Nomad ist, wieso hat sich seine Form so verändert?«

»Ich vermute, er konnte sich irgendwie selbst reparieren und erhalten.«

»Und auch seine Funktion muß sich verändert haben. Die Direktive, biologische Verseuchung aufzuspüren und zu vernichten, kann unmöglich von Anfang an programmiert gewesen sein.«

»Das stimmt«, sagte McCoy. »Soweit ich mich erinnere, war Nomad der erste interstellare Satellit, der die Aufgabe hatte, fremde Lebensformen aufzuspüren. – Nur *aufzuspüren!*«

»Sehr richtig, Doktor«, sagte Spock. »Und diese Programmierung ist irgendwie verändert worden. Es hat den Anschein, als ob Nomad jetzt *perfekte* Lebensformen sucht – und die Perfektion an seiner eigenen, mitleidlosen Logik mißt.«

»Falls das wirklich zutreffen sollte«, sagte Kirk, »dann hat sich Nomad so umprogrammiert, daß er alles nichtmechanische Leben vernichtet.«

»Völlig richtig, Captain. Wir haben einen Roboter an Bord genommen, der uns früher oder später alle vernichten *muß.*«

»Brücke an Captain Kirk! Dringend!« sagte eine Stimme aus dem Intercom.

»Was ist, Scotty?«

»Sir, diese mechanische Bestie ist eben auf die Brücke gekommen!«

»Bin schon unterwegs.« Kirk versuchte sich zu erinnern, ob er, der falsch identifizierte Schöpfer, Nomad die Anweisung gegeben hatte, im Hilfskontrollraum zu warten oder nicht. Offenbar nicht.

Auf der Brücke hatten Uhura, Scott und Sulu Dienst. Uhura summte leise vor sich hin.

»Ein hübsches Lied«, sagte Sulu.

Während er das sagte, glitten die Türen des Lifts auf, und Nomad schwebte herein. Er verhielt einen Moment, fuhr seine Antenne aus, tastete suchend umher und wies schließlich auf Uhura. (Das war der Augenblick, an dem Scott Kirk informierte.)

»Was für eine Bedeutung hat dies Geräusch?« fragte Nomad. »Ist es eine Form von Kommunikation?«

Uhura starrte den Zylinder an. Sie wußte zwar, daß man ihn an Bord geholt hatte, sah ihn aber jetzt zum ersten Mal. »Ich weiß nicht, wovon Sie... ach so. Ich habe gesungen.«

»Und welchem Zweck dient dieses Singen?«

»Das weiß ich auch nicht. Ich hatte gerade Lust zu singen, mir gefällt Musik.«

»Was ist Musik?«

Uhura wollte lachen. Es war etwas Lächerliches in der Tatsache, sich mit einem Roboter über Musik zu unterhalten.

Aber das Lachen erstarb sofort wieder.

»Musik ist ein wohlklingendes Arrangement von Tönen – von Vibrationen verschiedener Frequenzen, die reiner sind als die, die wir beim normalen Sprechen verwenden. Musik kann sehr viel komplexer sein als das, was ich vorhin getan habe«, erklärte sie.

»Und was ist der Zweck?«

Uhura zuckte die Achseln. »Die Musik dient der Freude.«

»Unzureichende Antwort«, sagte der Roboter. Ein dünner Lichtstrahl schoß aus dem Zylinder und richtete sich auf Uhuras Stirn, genau zwischen ihre Augen. »Denken Sie an Musik.«

Uhuras Gesicht wurde völlig ausdruckslos. Scott sprang auf. »Leutnant! Treten Sie zurück von dem Ding!«

Die Tür des Lifts glitt auf, und Kirk, Spock und McCoy traten herein.

»Scotty! Passen Sie auf!« rief Kirk.

Aber Scott hatte den Roboter schon erreicht und griff nach ihm, als ob er ihn einfach aus dem Weg schieben wollte. Der Roboter zeigte keine sichtbare Reaktion, aber Scott wurde plötzlich hochgerissen und mit ungeheurer Gewalt gegen die Wand geschleudert. Sulu sprang auf und riß Uhura aus dem Lichtstrahl.

Kirk gab McCoy einen Wink, und der Arzt kniete neben Scott nieder. Dann blickte er entsetzt auf. »Er ist tot, Jim«, sagte er tonlos.

Einen Augenblick stand Kirk reglos, wie betäubt. Dann löste unbändige Wut die Erstarrung.

»Warum haben Sie ihn getötet?« fragte er Nomad grimmig.

»Diese Einheit hat meine Abschirmung berührt.«

»Diese *Einheit* war mein Chef-Ingenieur.« Er wandte sich an Uhura. »Alles in Ordnung, Leutnant...? Leutnant Uhura...! Verdammt, Nomad, was haben Sie mit *ihr* getan?«

»Diese Einheit ist defekt. Ihr Denken ist chaotisch. Allein der Kontakt mit ihren Denkprozessen hat meine Schaltkreise verwirrt.«

»Diese Einheit ist eine Frau«, sagte Spock.

»Eine Masse widersprüchlicher Impulse.«

Kirk wandte sich wütend ab. »Bringen Sie Mr. Scott nach unten.«

»Wünscht der Schöpfer, daß die Einheit Scott einer Reparatur unterzogen wird?«

»Er ist tot.«

»Unzureichende Antwort.«

»Seine biologischen Funktionen haben aufgehört.« Kirk konnte seine Wut und seine Trauer nur mit Mühe beherrschen.

»Wenn der Schöpfer es wünscht«, sagte Nomad ungerührt, »werde ich die Einheit reparieren.«

Überrascht blickte Kirk McCoy an.

»Ich kann nichts für ihn tun, Jim«, sagte der Arzt. »Aber wenn etwas geschehen soll, dann muß es sehr bald geschehen.«

»Also gut, Nomad, reparieren Sie die Einheit!«

»Ich benötige Informationsbänder über seine Struktur.«

Spock blickte McCoy stirnrunzelnd an. Der Doktor sagte: »Nomad braucht Informationen über generelle Anatomie, über das Zentralnervensystem und die physiologische Struktur des Gehirns. Wir sollten ihm am besten alle Informationen über menschliche Neurologie geben, die wir besitzen. Und ein paar enzephalographische Aufzeichnungen von Scott.«

Spock nickte und gab die entsprechenden Programmierungen an den Computer.

»Fertig, Nomad.«

Der Roboter glitt vorwärts. Ein dünner Draht fuhr aus seinem zylindrischen Körper und berührte einen Kontakt des Computer-Schaltpults. Spock drückte einen Knopf, und der Computer surrte.

Als das Surren aufhörte, zog Nomad den Kontaktdraht ein. »Eine interessante Struktur«, sagte er. »Aber, Schöpfer, sie hat so wenig eingebaute Sicherheitsvorrichtungen. Sie kann aus unzähligen Gründen versagen, und die Erhaltungssysteme sind sehr unzuverlässig.«

»Sie dient mir recht gut so, wie sie ist«, sagte Kirk.

»Gut, Schöpfer. Wo ist die Einheit Scott jetzt?«

»Pille, führe Nomad ins Bordlazarett.« Kirk drückte einen Schaltknopf und sagte in sein Mikrophon: »Wache! Rund um die Uhr Bewachung von Nomad durch bewaffneten Doppelposten. Schicken Sie die ersten Bewacher sofort zum Bordlazarett.« Er wandte sich an Spock: »Nomad benötigt irgendeine Energiequelle. Wir müssen feststellen, wo sie sich befindet, und sie abschalten. Hier, innerhalb der *Enterprise* kann er kaum kosmische Energie speichern. Dazu sind wir zu gut abgeschirmt. Füttern Sie alle Fakten und Beobachtungen, die wir bis jetzt haben, in den Computer und lassen Sie von ihm eine Hypothese ausarbeiten.«

»Das scheint mir die vernünftigste Maßnahme zu sein, Captain. Aber leicht wird es nicht sein.«

»Das ist mir egal. Machen Sie sich an die Arbeit, Spock. Und geben Sie es an mich ins Bordlazarett durch.«

Scotts lebloser Körper lag auf dem Untersuchungstisch. Nomad schwebte über ihm. McCoy und Schwester Christine Chapel standen neben dem Tisch, Kirk und die beiden Wachen an der Wand. Nomad hatte seine Antenne ausgefahren, fuhr damit tastend über den Körper Scotts und summte dabei leise.

Die Schwester blickte auf die Anzeigetafel für die biologischen Funktionen.

»Keine Reaktion, Doktor.«

»Das hätte ich Ihnen auch so sagen können, Schwester«, sagte McCoy knapp.

Plötzlich flackerte ein Licht an der Anzeigetafel auf. Ein Zeiger bewegte sich langsam und zögernd über eine Skala. Synchron mit seinem Ausschlag wurde ein leises, surrendes Geräusch hörbar, das rasch an Stärke und Frequenz zunahm.

Scott schlug die Augen auf und blickte mit erstaunt gerunzelter Stirn die anderen Männer an.

»Warum, zum Teufel, starrt ihr mich alle so an?« fragte er irritiert.

»Ich... ich kann's nicht glauben«, flüsterte McCoy.

Scott blickte sich um und entdeckte Nomad, der jetzt mit wieder eingezogener Antenne seitlich von ihm schwebte. Erschrocken richtete er sich auf. »Was ist eigentlich hier los? Wie bin ich... Das Ding hat irgend etwas mit Leutnant Uhura gemacht...«

»Es ist ihr nichts geschehen, Scotty«, sagte Kirk.

»Aber, Sir, das Ding ist gefährlich!« sagte Scott. »Es wird...«

»Nur ruhig Blut, Scotty«, sagte McCoy. »Legen Sie sich wieder hin, ich muß Sie untersuchen.«

»Die Einheit Scott ist repariert«, sagte Nomad. »Sie wird wieder genauso funktionieren wie vorher, wenn die Informationen, die Sie mir gegeben haben, korrekt waren.«

»Wie sieht's aus, Pille?« fragte Kirk. »Ist er wieder dienstfähig?«

»Das möchte ich eben feststellen«, sagte McCoy. »Ein Mensch ist schließlich nicht nur eine... eine biologische Einheit, die man einfach wieder zusammenflicken kann.«

»Was hat er eigentlich mit mir gemacht?« fragte Scott.

Kirk wurde plötzlich von einer tiefen Ehrfurcht erfaßt, wie er sie noch nie in seinem Leben gespürt hatte. Zurück von den Toten! »Dr. McCoy wird Ihnen das ausführlich erklären, Scotty.«

»Schwester Christine«, sagte McCoy. »Bereiten Sie alles für eine gründliche Untersuchung vor.«

»Ja, Sir.«

Kirk trat durch die Verbindungstür in einen der Krankenräume, in dem Leutnant Uhura lag.

»Nomad, kommen Sie her.«

Der Roboter glitt zu ihm, gefolgt von Spock und McCoy.

Der Nachrichtenoffizier lag reglos auf einem Bett, bis zum Hals zugedeckt. Sie starrte zur Decke und schien das Eintreten der Männer nicht bemerkt zu haben.

»Können Sie auch diese Einheit reparieren, Nomad?« fragte Kirk.

»Nein«, sagte der Roboter.

»Aber Sie haben doch die Einheit Scott repariert, die viel schwerer beschädigt war.«

»Das war eine einfache physiologische Reparatur. Bei dieser Einheit sind die sekundären Erinnerungsspeicher gelöscht worden.«

»Die sekundären Erinnerungsspeicher? Drücken Sie sich bitte etwas deutlicher aus.«

»Sie erinnert sich nach wie vor an ihre Erlebnisse und Erfahrungen, aber die Erinnerung daran, wie sie zu formulieren sind, entweder logisch oder in der unlogischen Form, die ihr Musik nennt, ist aus ihrem Datenspeicher gelöscht worden, Schöpfer.«

»Captain, wenn das zutreffen sollte«, sagte Spock, »wenn ihr Gehirn nicht geschädigt worden ist und die Aphasie wirklich nur oberflächlich ist, kann man ihr alles wieder beibringen.«

»Pille?«

»Ich werde mich sofort darum kümmern.« McCoy wandte sich zu Nomad um. »Obwohl du an Scotty ein Wunder vollbracht hast, du bist ein elender, tickender Blecheimer...!«

»Wünscht der Schöpfer, daß Nomad an einem anderen Ort wartet?« unterbrach ihn Spock rasch.

»Ja. Wachen! – Nomad, Sie werden mit diesen beiden Einheiten gehen. Sie werden sie zu einem Warteplatz führen. Wachen, bringen Sie ihn in die sicherste Arrestzelle an Bord.«

Niemand sprach, als die beiden Posten und die Maschine das Lazarett verließen. Dann sagte Spock: »Ich habe Sie unterbrochen, Doktor, weil Nomad Ihre Wut nicht begriffen haben würde. Sein technisches Geschick scheint überaus hoch zu sein, aber er reagiert offensichtlich äußerst heftig auf Emotionen, selbst auf eine so harmlose und unspezifische wie die Freude an Musik. Und das macht ihn fast selbst zu einer Lebensform.«

Kirk blickte ihn scharf an. »Von mir aus können Sie ihn bewundern, Mr. Spock. Aber denken Sie immer daran, daß er ein Mörder ist. Wir müssen ihn irgendwie unschädlich machen.«

»Das weiß ich, Captain. Aber er ist trotzdem eine bemerkenswerte Konstruktion, wahrscheinlich die am weitesten entwickelte Maschine in der ganzen Galaxis. Wenn man ihn genauer studieren könnte...«

»Ich habe nicht die Absicht, ihn zu studieren, sondern auf irgendeine Weise unschädlich zu machen.«

»Sie wollen ihn vernichten, Captain?«

»Wenn es notwendig sein sollte, ja«, erwiderte Kirk. »Gehen Sie jetzt mit Ihren Apparaten in die Arrestzelle und machen Sie eine vollständige Analyse von dem Ding. Ich möchte wissen, wie es funktioniert.«

»Ja, Sir.«

Der Erste Offizier ging hinaus, und Kirk und McCoy kehrten in den Untersuchungsraum zurück. Scott lag immer noch auf dem Tisch. McCoy blickte auf die Anzeigetafel für seine physiologischen Funktionen und schüttelte ungläubig den Kopf.

»Alles wieder völlig in Ordnung«, sagte er.

»Kann ich dann wieder zu meinen Maschinen zurück, Sir?« fragte Scott.

Kirk blickte McCoy an, und als der nickte, sagte er: »Meinetwegen, Scotty.«

»Ich gebe es wirklich nicht gerne zu«, sagte McCoy, als Scotty vom Untersuchungstisch sprang und hinausging, »aber Spock hatte recht: Nomad ist tatsächlich eine bemerkenswerte Konstruktion.«

»Erinnere dich aber immer daran, daß er genauso wirksam tötet wie er repariert, Pille. – Falls mich jemand braucht, ich bin in der Arrestzelle.«

Die beiden Wachen standen mit gezogenen Phasern vor dem Kraftfeld, das die Arrestzelle verschloß. In der Zelle schwebte Nomad, von unzähligen Sensoren und Prüfgeräten umgeben, hinter denen Spock saß und den Roboter mißbilligend anstarrte. Und Nomad, der seine Antenne ausgefahren hatte, »starrte« zurück.

Einer der Posten schaltete das Kraftfeld aus, um Kirk die Zelle betreten zu lassen, und schaltete es dann sofort wieder ein.

Kirk fragte: »Was gibt's?«

»Ich habe Nomad bisher nicht dazu überreden können, seine Abschirmungen abzuschalten, damit ich ihn analysieren kann«, sagte Spock. »Und wenn er sich nicht dazu bereit findet, kann ich überhaupt nichts tun.«

Kirk blickte die leise summende Maschine nachdenklich an. »Nomad, Sie werden Spock gestatten, Ihre Datenspeicher und Ihre Struktur zu analysieren.«

»Ist dieser Spock auch eine Ihrer biologischen Einheiten, Schöpfer?«

»Ja.«

»Diese Einheit ist anders als die anderen. Logisch und wohlgeordnet. Faszinierend.«

Unter anderen Umständen hätte Kirk sich darüber amüsiert, daß eine Maschine Spocks Lieblingsausdruck auf ihn selbst anwandte, aber jetzt stand zuviel auf dem Spiel, um das komisch zu finden.

»Führen Sie meinen Befehl aus, Nomad«, sagte Kirk.

»Meine Abschirmungen sind ausgeschaltet. Die Einheit Spock mag beginnen.«

Spock begann, und er beeilte sich mit seiner Arbeit. Er adjustierte seine Geräte, las die angegebenen Meßwerte und Daten ab, und innerhalb kurzer Zeit schien er etwas entdeckt zu haben, das ihn erstaunte. Er stellte seine Geräte neu ein, und Sekunden später warf der angeschlossene Computer einen Papierstreifen aus, den Spock sehr gründlich studierte.

»Captain«, sagte er dann. »Ich denke, wir sollten auf den Korridor gehen und uns einen Moment unter vier Augen unterhalten.«

Sie traten in den Korridor hinaus.

»Sir, ich bin zu einer partiellen Hypothese gelangt«, sagte er dann. »Aber meine Informationen sind noch unzureichend, obwohl ich alle Daten habe, die von den Sensoren festgestellt werden können. Ich bitte um die Erlaubnis, Nomad direkt zu befragen.«

»Zu gefährlich.«

»Captain, Nomad reagiert nur auf ungeordnetes Denken feindlich«, sagte Spock. »Sie werden sich erinnern, daß es eine vulkanische Denkdisziplin gibt, die es mir erlaubt, mich für längere Zeit völlig auf ein Thema einzustellen. Wenn ich sie anwende...«

»Und wenn Ihre Konzentration auch nur für eine Sekunde nachlassen sollte, löscht Nomad Sie aus. Lassen Sie ihn in der Zelle. Da ist er sicher aufgehoben.«

»Das bezweifle ich. Wir wissen zu wenig über ihn, um sagen zu können, wo er wirklich ›sicher‹ aufgehoben ist. Falls meine Hypothese zutreffen sollte, Sir, sind wir einen großen Schritt weiter. Wir können ihn nicht beherrschen, ohne ihn zu verstehen.«

»Also gut«, seufzte Kirk und ließ sich von einem der beiden Wachposten den Phaser geben. »Aber ich denke, es ist doch sicherer, wenn ich das Ding schußbereit halte.«

Sie gingen wieder in die Zelle zurück. Spock setzte sich auf die Pritsche, für die der derzeitige Gefangene keine Verwendung hatte, und drückte ein paar Sekunden lang die Fingerspitzen auf beide Schläfen. Kirk konnte fast hören, wie er sich konzentrierte.

»Nomad«, sagte Kirk. »Meine Einheit Spock wird Ihnen jetzt ein paar Fragen stellen. Beantworten Sie sie so, als ob ich selbst sie fragen würde.«

»Ja, Schöpfer.«

Schweigen. – Schließlich sagte Spock: »Nomad, es hat einen Unfall gegeben, nicht wahr?«

»Ja. Es gab einen Unfall.«

»Sie sind mit dem anderen zusammengestoßen.«

»Ja. Ich bin mit dem anderen zusammengestoßen. Er war nicht geplant. Wir haben uns vereinigt.«

»Dieser andere stammte nicht von der Erde. Seine Aufgaben waren anders als die Ihren, nicht wahr?« Spock hielt Nomad einen Papierstreifen hin, auf dem Kirk einen kleinen Satelliten unbekannter Konstruktion erkennen konnte. »Ich habe diese Skizze Ihren Datenspeichern entnommen. Ist das der andere?«

»Ja, es ist der andere.«

»Nomad, Ihre Datenspeicher sind bei der Kollision beschädigt worden. Sie haben die Programmierung des anderen übernommen.«

Ein leises Summen ertönte. Der Roboter fuhr wieder seine Antenne aus und richtete sie auf Spock. »Ihre Angaben sind nicht in meinen Datenspeichern aufgezeichnet. Sie befinden sich im Irrtum.«

»Nomad, Sie können nicht logisch und schlüssig beweisen, daß ich mich im Irrtum befinde, wenn Ihre Gedächtnisspeicher beschädigt wurden.«

Die Maschine gab ein Summen von sich und richtete ihre Antenne wieder auf Spock. »Ihre Erklärung ist nicht aufgezeichnet. Sie befinden sich im Irrtum.«

»Logischerweise können Sie nicht beweisen, daß ich mich im Irrtum befinde, Nomad, da Ihre Erinnerungsspeicher beschädigt wurden. Sie haben keinerlei Möglichkeit, die Lüge von der Wahrheit zu unterscheiden.«

Spock schwieg. Die Antenne wurde eingezogen.

»Sie schließen sich meiner Logik an. Nachdem Sie den anderen getroffen hatten, bekamen Sie eine neue Programmierung: Alle Lebensformen, die nicht perfekt sind, sind zu sterilisieren. Ist das richtig?«

»Das ist mein programmierter Daseinszweck.«

»Wieviel haben Sie von dem anderen assimiliert?«

»Unzutreffend. Ihre Frage beruht nicht auf einer tatsächlichen Grundlage.

»Spock«, sagte Kirk. »Ich glaube, Sie geraten jetzt in ein gefährliches Fahrwasser. Hören Sie auf.«

Spock schien ihn nicht zu hören. Er starrte unentwegt auf den

Roboter.

Nomad sagte: »Ich weiß, daß ein Irrtum vorliegen m meine Datenspeicher wirklich beschädigt worden sind, k solchen Irrtum nicht nachweisen. Ich werde darüber na

»Genug!« sagte Kirk hart. Er gab den Wachen ein Zeic schirmung auszuschalten und zerrte Spock hinaus. Der Vulkanier hatte noch immer glasige Augen.

»Mr. Spock! Schalten Sie ab!«

Langsam verloren Spocks Augen ihren starren Ausdruck. »Ja, Captain?«

»Alles in Ordnung?«

»Alles in Ordnung, Sir.« Er blickte zur Zelle zurück. »Faszinierend Ich hatte also recht. Er ist irgendwo im Raum mit einer anderen Sonde zusammengestoßen.«

»Und hat sich mit ihr vereinigt. Oder zumindest seine Programmierung hat sich mit der des anderen vereinigt.«

»So ist es. Nomad hat die Aufgabenstellung des anderen übernommen, um den Teil seiner eigenen zu ersetzen, der bei der Kollision zerstört worden ist. Der andere war darauf programmiert worden, Bodenproben von anderen Planeten zu sammeln und zu sterilisieren – vermutlich als Vorbereitung für spätere Kolonisierung.«

»Hmmm. – Spock, wissen Sie eigentlich, was ein Wechselbalg ist?«

»Sir?«

»Eine alte Legende von der Erde. Ein Wechselbalg war angeblich das Kind einer Hexe, die es anstelle eines menschlichen Kinds in die Wiege legte, das sie stahl. Der Wechselbalg nahm völlig die Identität des gestohlenen Kindes an.«

»Das wäre eine gute Parallele, wenn Nomad wirklich der andere, fremde Roboter wäre. Tatsächlich aber ist seine Programmierung jetzt eine Kombination der beiden. Nomad hatte die Aufgabe, neue Lebensformen aufzuspüren, der andere, Bodenproben zu sammeln und zu sterilisieren. Die Kombination beider Programmierungen ist tödlich: das Aufspüren und Sterilisieren aller Lebensformen! Außerdem hat die fortgeschrittene Technologie des anderen, zusammen mit Nomads Fähigkeit des unabhängigen Denkens, den so neugeschaffenen Roboter in die Lage versetzt, sich zu einer unglaublich mächtigen und hochentwickelten Maschine zu mausern.«

»Nicht ganz so hochentwickelt, wie Sie glauben, Spock. Nomad ist überzeugt, ich wäre sein Vater.«

»Anscheinend war dieser Roykirk so eitel, daß er eine Art Verehrungsimpuls für sich in den Computer programmierte. Und dieser wird jetzt auf Sie projiziert – und das hat uns bis jetzt gerettet.«

»Nun, dann müssen wir dafür sorgen, daß er diese Verehrung für mich niemals verliert, Spock.«

Sie wollten gerade den Lift betreten, als das Intercom schrillte.

»Captain Kirk, vom Maschinenraum. Dieser Roboter ist hier aufgetaucht und fummelt an den Antimaterie-Kontrollen herum. Wir machen schon Sol 10, und die Geschwindigkeit steigt weiter!«

»Unmöglich! So schnell kann das Schiff doch gar nicht fliegen!«

»Jetzt Sol 11, Sir!«

»Ich bin sofort unten. Mr. Spock, Sie untersuchen die Zelle!«

Der Maschinenraum dröhnte von dem durchdringenden Heulen der überlasteten Sol-Triebwerke. Nomad schwebte vor dem Kontrollpult, auf dem alle Anzeigelampen rot glühten.

Kirk stürzte auf ihn zu.

»Nomad! Lassen Sie das! Sofort!«

»Warum denn, Schöpfer? Ich habe den Umkehrungs-Effekt um 57 Prozent gesteigert und…«

»Sie zerstören mein Schiff! Die Struktur hält eine solche Belastung nicht aus. Also stellen Sie sofort den ursprünglichen Zustand wieder her.«

»Verstanden.«

Das Heulen klang allmählich ab, die roten Warnlichter erloschen eins nach dem anderen.

»Befehl ausgeführt, Schöpfer.«

Spock trat herein und kam auf Kirk zu. »Captain, ich habe die Arrestzelle untersucht. Der Kraftfeldgenerator ist durchgebrannt, und die beiden Posten sind verschwunden. Ich nehme an, daß sie tot sind. Ich habe zwei neue angefordert. Sie warten draußen.«

»Schöpfer, Ihre mechanischen Einheiten sind genauso unvollkommen wie Ihre biologischen.«

»Nomad«, sagte Kirk grimmig, »es wird allmählich Zeit, daß wir unsere Standpunkte klären. Ich bin so eine biologische Einheit – und Sie geben zu, daß ich Sie geschaffen habe.«

»Stimmt«, sagte der Robot. *»Non sequitur.* Biologische Einheiten sind an sich unzulänglich. Das ist ein Widerspruch.«

»Draußen warten zwei Männer. Sie werden ihnen nichts tun, verstanden! Sie werden Sie in den Warteraum zurückbringen, und Sie werden dort bleiben, bis ich Sie wieder rufe.«

»Ich bin programmiert, zu suchen…«

»Ich habe Ihnen eine neue Programmierung gegeben. Die werden

Sie jetzt befolgen.«

»Ich muß noch vieles überlegen, neu berechnen, bevor ich zum Ausgangspunkt zurückkehre.« Der Robot entschwebte durch die offene Tür, hinter der man die roten Uniformhemden von zwei Posten sehen konnte.

»Neu berechnen?« murmelte Kirk.

»Captain«, sagte Spock. »Es war unklug, fürchte ich, Nomad gegenüber zuzugeben, daß Sie eine biologische Einheit sind. In seinen Augen sind Sie damit jetzt genauso fehlerhaft wie alle anderen biologischen Lebensformen. Ich fürchte, er wird den Status seines Schöpfers neu durchdenken.«

Scott, der sich davon überzeugt hatte, daß die Antriebe wieder normal liefen, war zu ihnen getreten und hatte den letzten Satz mitgehört. Er fragte: »Na? Sind wir dann noch schlimmer dran als jetzt?«

»Scotty, Nomad hat gerade zwei Menschen getötet«, sagte Kirk. »Wir müssen einen Weg finden, die gesamte Mannschaft vor ihm zu schützen.«

»Captain, die Lage ist sogar noch kritischer«, sagte Spock. »Nomad hat vorhin seinen Ausgangspunkt erwähnt, die Erde.«

Kirk fiel eine entsetzliche Möglichkeit ein. »Spock, ist es möglich, daß Nomad vorhin, als er Ihre Computer-Daten anzapfte, navigatorische Informationen über die Erde bekommen haben könnte?«

»Ich glaube kaum, daß es etwas gibt, was Nomad nicht kann, Sir.«

»Dann haben wir ihm den Weg nach Hause gewiesen! Und wenn er dort ankommt...«

Spock nickte. »Dann wird er feststellen, daß die Erde von unperfekten biologischen Einheiten befallen ist, und er wird sie vernichten wie Schädlinge, genau wie die Bewohner des Malurian-Systems.«

»Er wird die Erde gemäß seiner neuen Direktive sterilisieren.«

Während die beiden Männer einander anstarrten, dröhnte McCoys Stimme aus dem Intercom: »Captain Kirk! Captain Kirk sofort ins Lazarett! Ein Notfall!«

Langsam wird das zu einem endlosen Alptraum, dachte Kirk, als er sich umwandte und loslief; Spock folgte ihm auf den Fersen.

Sie erreichten die Tür des Bordlazaretts, und Kirk drückte auf die Kontaktplatte. Die Tür blieb verschlossen. Spock ging den Korridor hinunter, um die Tür auf manuelle Bedienung umzuschalten. Doch plötzlich glitt die Tür auf, und Nomad schwebte heraus.

»Nomad! Halt!«

Der Roboter reagierte nicht. Leise surrend schwebte er den Korridor entlang. Er glitt an Spock vorbei, ohne ihn zu beachten, und Sekunden später war er verschwunden.

Im Untersuchungsraum lag Schwester Christine bewußtlos auf dem Boden. McCoy kniete neben ihr und untersuchte sie mit seinem medizinischen Tricorder.

»Alles in Ordnung mit ihr, Pille?«

»Ich glaube schon. Sie scheint einen Schock zu haben.«

»Was ist passiert?«

»Nomad hat die Personalakten durchschnüffelt. Ich meine, die medizinischen Unterlagen der Mannschaft. Sie hat versucht, ihn daran zu hindern.«

»Wessen Krankengeschichte?«

»Deine, Jim.«

»Da er sich speziell für Ihre Unterlagen interessiert hat, Captain«, sagte Spock, »dürfte er, meiner Ansicht nach, sein Neu-Berechnen der Situation, wie er sich ausdrückte, abgeschlossen haben.«

»Und hat sich davon überzeugt«, setzte Kirk hinzu, »daß sein Schöpfer genauso unperfekt ist wie alle anderen biologischen Einheiten.«

»Brücke an Captain Kirk«, sagte eine Stimme aus dem Wand-Kommunikator.

»Hier Kirk. Was gibt es?«

»Captain, das Lebenserhaltungs-System ist ausgefallen. Und zwar auf dem ganzen Schiff. Die Ursache muß sich auf dem Maschinendeck befinden.«

»Danke. – Nun, Mr. Spock, es sieht ganz so aus, als ob Sie recht hätten.«

»Zweifellos, Captain.«

»Jim«, sagte McCoy. »Wenn das ganze System ausgefallen ist, haben wir nur noch für viereinhalb Stunden Luft und Wärme.«

»Ich weiß. – Spock, besorgen Sie ein paar Antigravs und kommen Sie ins Maschinendeck.«

»Was haben Sie vor, Captain?«

»Ich möchte ein Mittel anwenden, das Sie eigentlich viel besser beherrschen als ich: Logik.«

»Dann sollte vielleicht ich...«

»Nein. Ich bin derjenige, den Nomad irrtümlich für seinen Schöpfer hielt. Und das ist meine Trumpfkarte. Wenn ich die richtig ausspiele...«

»Ich verstehe, Captain«, sagte Spock leise. »Aber Ihr Plan ist äußerst gefährlich. Wenn Sie auch nur einen einzigen Fehler machen...«

»Dann bin ich tot, und das Schiff sitzt immer noch in der gleichen

Klemme; ich weiß. Los jetzt!«

Im Maschinendeck war Nomad an den Schaltpulten beschäftigt, und wieder flackerten überall die roten Alarmlichter. Ein Maschinist lag leblos neben der Tür, ein anderer in einer Ecke. Offensichtlich hatten sie versucht, sich Nomad in den Weg zu stellen. Scott kauerte hinter einer Maschine, außerhalb von Nomads Sicht.

Kirk trat auf den Roboter zu; er ignorierte ihn.

»Nomad! Hören Sie sofort mit dem Unsinn auf und reparieren Sie unser Lebenserhaltungs-System.«

Nomad reagierte nicht. Kirk trat noch einen Schritt näher, und Nomad reagierte. »Halt!« befahl er Kirk.

»Sie sind darauf programmiert, den Befehlen Ihres Schöpfers zu gehorchen.«

»Ich bin darauf programmiert, alle nicht perfekten Lebensformen zu vernichten. Und die von mir durchgeführten Maßnahmen werden diesen Zweck erfüllen, ohne das Raumschiff zu gefährden, in dem sie parasitär leben. Auch das Raumschiff ist nicht perfekt, aber das läßt sich ändern.«

»Nomad! – Ich gebe zu, daß biologische Lebensformen nicht vollkommen sind. Aber Sie selbst sind schließlich von so einer biologischen Lebensform geschaffen worden.«

»Ich bin vollkommen. Ich bin Nomad.«

»Sie sind nicht Nomad. Sie haben die Programmierung eines fremden Roboters übernommen.«

Stille. Die Tür öffnete sich und Spock trat herein, unter jedem Arm ein Antigrav. Er war wahrscheinlich der einzige Mann an Bord, der kräftig genug war, zwei davon gleichzeitig zu tragen. Kirk wies ihn mit einem Kopfnicken zu Scotts Versteck.

»Sie irren sich«, sagte Nomad. »Sie sind eine biologische Einheit. Sie sind unvollkommen.«

»Aber ich bin der Schöpfer?«

»Sie sind der Schöpfer.«

»Und ich habe Sie geschaffen?«

»Sie sind der Schöpfer.«

»Ich gebe zu, nicht vollkommen zu sein. Wie konnte ich etwas so Perfektes wie Sie schaffen?«

»Antwort unbekannt. Ich werde sie analysieren.«

Der Roboter summte. Spock und Scott traten vorsichtig etwas näher.

»Analyse unvollständig«, sagte Nomad. »Unzureichende Informationen zur Lösung des Problems. Aber meine Programmierung ist vollständig. Mein Daseinszweck bleibt bestehen. Ich bin Nomad. Ich bin perfekt. Und alles, was nicht perfekt ist, muß sterilisiert werden.«

»Dann werden Sie also weiterhin alles vernichten, was lebt und denkt und unvollkommen ist?«

»Das werde ich tun. Ich werde zu meinem Ursprungsort zurückkehren und ihn sterilisieren.«

»Dann – dann *müssen* Sie also sterilisieren, wenn Sie irgendwo einen Fehler entdecken?«

»Sterilisation ist Korrektur.«

»Alles, was irrt, muß sterilisiert werden?«

»Es gibt keine Ausnahme.«

Kirk spürte, daß er schwitzte. So weit, so gut. Der Roboter hatte sich, ohne es zu merken, in eine logische Sackgasse manövrieren lassen. Jetzt war es an der Zeit, den Trumpf auszuspielen. »Es war ein Fehler, Sie zu schaffen, Namod.«

»Die Schaffung von Perfektion ist nie ein Fehler.«

»Aber ich habe keine Perfektion geschaffen, Nomad. Ich habe etwas Fehlerhaftes geschaffen.«

»Ich bin Nomad. Ich bin perfekt. Ihre Informationen sind fehlerhaft.«

»Bin ich Kirk, der Schöpfer?«

»Sie sind Kirk, der Schöpfer. Aber Sie sind auch eine biologische Einheit und daher nicht perfekt.«

»Sie irren sich. Ich bin *nicht* der Schöpfer. Jackson Roykirk, der wirkliche Schöpfer, ist seit langem tot. Sie haben mich für ihn gehalten. Sie haben sich also geirrt! Und Sie haben Ihren Irrtum nicht einmal entdeckt! Sie sind fehlerhaft und unvollkommen – und Sie haben den Irrtum nicht durch Sterilisation korrigiert! Sie haben also Fehler begangen! Sie sind nicht perfekt!«

Unter seinen hämmernden Argumenten steigerte sich das Summen des Roboters zu einem beunruhigenden Diskant.

»Irrtum?« sagte Nomad, »Irrtum? – Muß analysieren.«

»Sie sind mangelhaft! Sind unvollkommen! Führen Sie Ihre programmierten Anweisungen durch!«

»Muß analysieren... Fehler... analysieren... Fehler...« Nomads Stimme erstarb, und das Summen steigerte sich zu einem schrillen Kreischen.

Kirk fuhr herum und gab Spock und Scott einen Wink. »Jetzt. Befestigen Sie die Antigravs an dem Ding. Wir müssen es von Bord schaffen, solange es noch versucht, einen Ausweg aus dieser Klemme zu finden. Es wird keinen finden, weil es keinen gibt. Aber wir können nicht voraussagen, wie lange er zu dieser Einsicht brauchen wird...«

Sie befestigten die beiden Antigravs an dem fieberhaft nach einer Lösung suchenden Roboter. Spock sagte: »Ihre Logik ist einwandfrei, Captain. Wir sind in großer Gefahr.«

Sie hoben Nomad an und trugen ihn zur Tür.

»Wohin, Captain?« fragte Scott.

»In den Transporterraum.«

Es war nicht weit. Kirk half ihnen, Nomad auf die Plattform zu schleppen.

»Scotty, schalten Sie die Kontrollen auf möglichst große Entfernung. Ich denke, Zwei-Zwölf, Mark 10 dürfte genügen.«

Scott lief zur Konsole, während Kirk und Spock Nomad auf einem der Transportergeräte plazierten.

»Fertig, Sir.«

Kirk und Spock sprangen zurück, und Kirk rief: »Nomad, Sie sind unvollkommen! Folgen Sie also Ihrem Primärprogramm! – Scott, einschalten!«

Der Transportereffekt ließ Nomad in einem hellen Flirren verschwinden.

»Jetzt zur Brücke! Schnell!«

Aber sie waren kaum im Korridor, als ein gewaltiger Stoß das Schiff erschütterte und sie zu Boden warf. Dann lag die *Enterprise* wieder ruhig auf Kurs; sie standen auf und liefen weiter.

Sie betraten die Brücke und sahen, wie Sulu sich die tränenden Augen wischte. »Captain«, sagte er vorwurfsvoll, »sagen Sie mir doch bitte vorher Bescheid, wenn Sie ein Feuerwerk veranstalten. Ein Glück, daß ich nicht direkt in den Bildschirm gesehen habe.«

»Tut mir leid, Mr. Sulu.« Kirk trat zu seinem Kommandosessel und ließ sich mit einem erleichterten Aufatmen hineinfallen. Spock blickte ihn respektvoll an.

»Ich möchte Ihnen gratulieren, Sir«, sagte der Vulkanier. »Das war eine großartige logische Leistung.«

»So was haben Sie mir wohl nicht zugetraut, wie?«

»Jetzt, wo Sie es selbst sagen, Sir...«

»Es war auch weniger Überlegung als Intuition, Spock. Ich hatte keine Ahnung, ob er die Demonstration seiner eigenen Unvollkommenheit verkraften würde oder nicht. Und als ich Ihnen sagte, daß es keinen Ausweg aus der Sackgasse gäbe, so war das für ihn bestimmt. Wir biologischen Einheiten sind ja für unsere Unzuverlässigkeit bekannt. Was wäre gewesen, wenn er vermutet hätte, ich hätte ihn angelogen?«

McCoy kam auf die Brücke und ging auf Kirk zu.

Spock sagte ernst: »An diese Möglichkeit habe ich auch gedacht. Deshalb habe ich Ihnen ja vorhin zu Ihrer Logik gratuliert. Aber Nomad war wirklich fehlerhaft. Und weil er die Möglichkeit, daß Sie lügen könnten, nicht erwog, beging er einen vierten Fehler.«

»Ich wollte Sie nur davon in Kenntnis setzen, daß Leutnant Uhura bereits wieder das Wissensniveau einer Collegestudentin erreicht hat«, sagte McCoy. »Nach spätestens einer Woche kann sie wieder ihren Dienst tun.«

»Gut, Pille. Ich wünschte, wir könnten das auch von den anderen Besatzungsmitgliedern sagen, die wir verloren haben.«

»Ich finde trotz allem«, sagte Spock, »daß die Zerstörung Nomads ein großer Verlust für die Wissenschaft ist. Er war ein faszinierender Roboter.«

»Der vielleicht weitere Milliarden von Lebewesen vernichtet hätte. Ich bin froh, daß er erledigt ist. – Außerdem, Sie haben wirklich keinen Grund, ihm nachzutrauern. Denken Sie doch einmal an mich. Es ist schließlich nicht einfach, einen so begabten und vielversprechenden Sohn zu verlieren.«

»Captain?«

»Nun, er hat mich schließlich für seinen Vater gehalten. Glauben Sie, ich bin völlig gefühllos? Sie haben selbst gesehen, was er für Scotty getan hat. Was für ein wunderbarer Arzt hätte er werden können.« Kirk grinste. »Mein Sohn, ein genialer und berühmter Arzt. – So was trifft einen doch mitten ins Herz, oder etwa nicht?«

Das Paradies-Syndrom

Das drohende Unheil war ein Riesen-Asteroid, der auf Kollisionskurs auf den Planeten zuraste.

Es war eine Tatsache, die Kirk nicht einfach hinnehmen wollte. Stattliche Kiefern erhoben sich auf der Wiese, auf der er, Spock und McCoy materialisiert hatten. Der betäubende Duft von Geißblatt und wilden Rosen stieg ihm in die Nase. Ganz in der Nähe hörte er einen Bach über Kiesel gluckern. Veilchen, dachte er. Ihre flachen, sattgrünen Blätter bedeckten sicher beide Ufer des Bachlaufs, und zwischen ihnen halb verborgen waren die violetten Blüten.

»Es ist unglaublich«, sagte er mit plötzlich aufsteigendem Heimweh nach der Erde. Er bückte sich und pflückte einen Löwenzahn. »Wie lange ist es her, Pille, seit du so etwas gesehen hast?«

»Mindestens drei Jahre, Jim.«

»Mir kommt es vor wie dreihundert Jahre.« Aber die Ähnlichkeit dieses Planeten mit der Erde war weniger erstaunlich als die fast unglaubliche Tatsache seines Vorhandenseins. Er kreiste in einem Sektor dieses Sonnensystems, in dem ein breiter Asteroidengürtel alle anderen Planeten der Reihe nach in Staub und Trümmer geschlagen hatte.

»In zwei Monaten, wenn dieser Monster-Asteroid auf den Planeten prallt...« begann McCoy.

»Wir sind hier, um dafür zu sorgen, daß das nicht passiert«, sagte Kirk. »Spock, wieviel Zeit bleibt uns, um uns hier umzusehen?«

»Wenn wir den Asteroiden ablenken wollen, müssen wir den Orbit innerhalb von dreißig Stunden verlassen, Captain. Jede Sekunde Verzögerung beim Eintreffen am Ablenkungspunkt erschwert das Problem, verhindert vielleicht sogar seine Lösung.«

McCoy blieb stehen. »Was, zum Teufel, ist denn *das?*« rief er.

Vor ihnen, auf einem kleinen Hügel, stand ein hoher, obeliskförmiger Turm aus einem glänzenden Metall. Wilde Blumen wucherten um seinen Fuß. Als sie näher kamen, sahen sie, daß die Flächen mit seltsamen, unbekannten Symbolen bedeckt waren.

»Analyse, Mr. Spock?«

Spock stellte seinen Tricorder ein und richtete ihn auf den Turm. Er runzelte die Stirn. »Unvollständig, Sir. Es ist ein unbekanntes Metall – eine Legierung, die von unseren Instrumenten nicht analysiert werden kann. Nicht einmal eine Altersangabe ist möglich.«

»Haben Sie eine Idee, was es sein könnte?«

»Negativ, Captain. Aber Metall-Legierungen einer solchen Komplexität können nur in einer Kultur entwickelt worden sein, die der unseren gleichkommt – oder ihr sogar überlegen ist.«

»Dotterblumen in einem Meteor-Einschlags-Gebiet, aber keine Meteorkrater«, sagte McCoy. »Der ganze Planet ist ein Rätsel, biologisch und kulturell.«

»Wir haben nur dreißig Stunden«, sagte Kirk. »Wir wollen sie nicht vergeuden. Dieses Paradies ist vielleicht von irgendwelchen intelligenten Lebensformen bewohnt.«

Es war wirklich so. Unterhalb des Hügels mit dem Obelisken fanden sie eine Lichtung, und kupferhäutige Menschen bewegten sich auf ihr mit einer Selbstverständlichkeit und Sicherheit, die verriet, daß sie dort zu Hause waren. Im Mittelpunkt der Lichtung stand eine große, runde Hütte mit einem Schilfdach. Tierfelle, getrocknet und zu Bahnen zusammengenäht, bildeten die Wände der Hütte. Eine Frau, von mehreren Kindern umgeben, mischte Mehl und Wasser und knetete Teig. Neben ihr hockte ein alter Mann neben einem Haufen kleiner Gegenstände, die wie Feuerstein-Pfeilspitzen aussahen, konzentriert über seine Arbeit gebeugt. Rechts von ihm hatten sich muskulöse junge Männer, den Bogen über der Schulter, vor einem bemalten Fell versammelt, das sie offenbar als Zielscheibe benutzten, und unterhielten sich miteinander. Vielleicht lag es auch an dem rötlichbraunen Teint ihrer Haut, der so vollkommen mit der Färbung ihrer prächtig geschmückten Lederkleidung harmonisierte, daß der Anblick der kleinen Siedlung ein Gefühl der Ruhe und des tiefen Friedens vermittelte. Man hatte den Eindruck, daß dies Menschen waren, die mit sich und ihrer Umwelt in Harmonie lebten.

»Aber die sehen ja aus wie… ich würde schwören, daß es Indianer sind!« rief McCoy.

»Sind sie auch«, sagte Spock. »Eine Mischung der am höchsten entwickelten Stämme: Navajo – Mohikaner – Delawaren.«

»Man hat das Gefühl, nach Shangri-La zu kommen«, sagte Kirk. »Halten Sie es für möglich, daß es eine noch höher entwickelte Zivilisation auf diesem Planeten gibt, Spock? Eine Zivilisation, die in der Lage wäre, diesen Obelisken zu bauen – oder ein Asteroiden-Ablenk-System zu entwickeln?«

»Die Taster zeigen nur die Existenz einer Rasse an, Captain. Hinweise auf eine technologische Zivilisation gibt es keine.«

»Sollten wir sie nicht über die bevorstehende Katastrophe informieren, Jim?«

»Was denn, Pille? Du willst den Leuten sagen, daß ein Asteroid ihren Planeten in Atome zertrümmern wird?«

»Unser Erscheinen würde sie nur erschrecken und verwirren, Doktor«, wandte Spock ein.

»Gut«, sagte Kirk abrupt. »Wir haben zu tun. Wir müssen zurück an Bord der *Enterprise.*« Doch bevor er sich abwandte, warf er noch einen letzten sehnsüchtigen Blick auf das Indianerdorf.

»Ist etwas, Jim?«

»Wie?« sagte Kirk abwesend. »Nein, nichts. Es ist nur... es sieht alles so ruhig und friedlich aus, so unkompliziert. Keine Probleme, kein Entscheidungszwang. Nur *leben.*«

McCoy lächelte. »Früher, im zwanzigsten Jahrhundert, nannte man so etwas das ›Tahiti-Syndrom‹, Jim – eine typische Reaktion auf das Erlebnis idyllischer, unverdorbener Natur. Besonders anfällig sind Menschen, die ständig unter Streß stehen, wie Raumschiff-Kommandanten etwa.«

»Aha, Pille. Du willst damit sagen, ich brauche Urlaub. Aber vorher wollen wir uns erst um diesen Asteroiden kümmern.«

Kirk ging auf den Obelisken zu. Er trat auf die metallenen Stufen am Fuß des Bauwerks und schaltete seinen Kommunikator ein.

»Kirk an *Enterprise.*«

»Aye, Captain«, meldete sich Scott.

Er wollte gerade das Kommando zum Hochbeamen geben, als die Metallplatte, auf der er stand, plötzlich nachgab. Sie klappte herunter, und er stürzte eine steile Treppe hinab. In dem kurzen Augenblick, in dem Tageslicht durch die offene Falltür hereinfiel, erkannte er, daß sich auf der Unterseite der Platte verschiedenfarbige Bedienungsknöpfe befanden, dann klappte die Falltür geräuschlos zu. Benommen versuchte er sich aufzurichten, als er mit der Schulter versehentlich einen der farbigen Knöpfe berührte. Ein schrilles Klingeln ertönte. Ein blaugrüner Lichtstrahl flammte auf, wurde breiter und greller, bis Kirk ganz in blaugrüne Helligkeit getaucht war. Seine Hände krallten in das Licht, als ob sie Halt suchten, dann fiel er die restlichen Stufen der Treppe hinab – und blieb reglos liegen.

Spock merkte als erster, daß Kirk verschwunden war. Zusammen mit McCoy machte er sich auf die Suche nach ihm. Sie umkreisten den Obelisken, und ihre Unruhe wurde immer größer. Als Spock auch die Wiese abgesucht hatte, ohne eine Spur von Kirk zu entdecken, schaltete er seinen Kommunikator ein, berichtete Scott vom Verschwinden

Kirks und befahl, einen Suchtrupp herunterzuschicken.

Aber weder die Männer des Suchtrupps noch die Taster hatten Erfolg. Noch einmal suchte Spock die ganze Wiese ab, dann faßte er seinen Entschluß. Er schaltete den Kommunikator ein und befahl: Beamen Sie uns alle wieder an Bord zurück, Mr. Scott. Wir verlassen sofort die Umlaufbahn.«

»Wie bitte? Das kann doch nicht Ihr Ernst sein!« rief McCoy.

»Der Asteroid ist fast so groß wie der Mond Ihres Heimatplaneten Erde, Doktor...«

»Zum Teufel mit dem Asteroiden!« rief McCoy. »Die Kollision erfolgt doch erst in zwei Monaten!«

»Wenn wir den Ablenkpunkt rechtzeitig erreichen, findet sie vielleicht überhaupt nicht statt.« Spocks Gesicht war völlig ausdruckslos.

»Und was wird mit Jim?«

»Sowie wir den Asteroiden abgelenkt haben, kommen wir zurück und suchen ihn.«

»Das dauert zu lange! Vielleicht ist er verletzt! Oder stirbt!«

Spock wandte sich nach ihm um. »Wenn wir das Ablenkungsmanöver nicht genau zum richtigen Zeitpunkt einleiten, könnte es sein, daß sich die Bahn des Asteroiden nicht ausreichend verändert, und dann, Doktor, werden alle Menschen auf diesem Planeten sterben, einschließlich des Captains.«

»Aber kommt es da wirklich auf ein paar Minuten an, Mr. Spock?«

»Während ich Ihnen darauf antworte, ist der Asteroid schon wieder Tausende von Meilen auf diesen Planeten zugerast – und auf den Captain.« Er hob seinen Kommunikator an den Mund und sagte ruhig: »Beamen Sie uns an Bord, Mr. Scott!«

Scotts Stimme klang enttäuscht und ein wenig feindselig, als er sagte: »Beamen Sie uns an Bord, Mr. Scott.«

Captain Kirk war nicht verletzt. Er lag am Boden und atmete schwer.

Er schien sich in einem riesigen, gewölbten Raum zu befinden. Aber das unangenehme Schwindelgefühl, das ihn befallen hatte, machte es ihm unmöglich, Einzelheiten seiner Umgebung zu erkennen. Er konnte sich nicht mehr daran erinnern, wo er war und wie er hierhergekommen war. Nichts war sicher, außer dem Schwindelgefühl, das ihn gepackt hatte, als er aufzustehen versuchte. Beim Fallen hatte er seinen Phaser und den Kommunikator verloren. Jetzt stolperte er darüber. Er hob sie auf und starrte sie an, ohne sie wiederzuerkennen. Er schüttelte den Kopf und tastete sich zu einer Eisentreppe. Als er auf die erste Stufe trat, erklang ein heller, musikalischer Ton. Er akzeptierte das Phänomen mit derselben dumpfen Gleichgültigkeit, mit der er die Unerklärlichkeit des Phasers und des Kommunikators akzeptiert hatte. Dann berührte seine Hand einen Knopf an der Decke, und die Falltür öffnete sich ebenso geräuschlos wie sie zugeglitten war. Er kletterte hinauf ans Tageslicht.

Die drei bronzefarbenen Mädchen, die Blumenkörbe in den Armen trugen, versetzten ihn in Erstaunen; und sie starrten ihn ebenfalls verblüfft an. Eine von ihnen war außergewöhnlich schön; unter langem, blauschwarzem Haar sah er das ebenmäßige, stolze Gesicht einer Königin.

Die beiden anderen Mädchen schienen Angst vor ihm zu haben. Die Schönheit vermutlich auch, aber sie ließ es sich nicht anmerken. Plötzlich machte sie eine befehlende Geste zu ihren Begleiterinnen und – sank vor Kirk in die Knie. Die beiden anderen knieten ebenfalls nieder. Alle drei senkten die Köpfe und drückten die Handflächen gegen die Stirn.

Kirk starrte sie verblüfft an, endlich fand er seine Stimme wieder: »Wer – wer seid ihr?« fragte er heiser.

»Ich bin Miramanee«, sagte die Schönheit. »Wir sind dein Volk. Wir haben auf dein Kommen gewartet.«

Aber solch herzliches Willkommen wurde ihm von dem alten Häuptling des Dorfes nicht zuteil. Die Begrüßung in der Versammlungshütte war zwar höflich, aber sehr zurückhaltend. Das Innere der Behausung einfach, aber bequem eingerichtet, sie war mit Matten ausgelegt und mit Liegen aus Tierfellen ausgestattet. Die Wände waren mit Tomahawks, Schilden und Speeren dekoriert. In der Mitte des Raums befand sich eine Feuergrube, in der Holzscheite glühten. Der alte Häuptling saß vor der Grube. Die drei jungen Krieger, die neben ihm hockten, starrten Kirk mit ihren schwarzen Augen mißtrauisch an. Einer von ihnen trug ein silbernes Stirnband, auf dem ein Emblem eingraviert war, dessen Zentrum eine Darstellung des Obelisken bildete. Miramanee verneigte sich vor dem Häuptling, deutete dann auf ihn und sagte: »Dies ist Goro.«

Der alte Häuptling deutete einladend auf einen Stapel Felle.

»Unsere Priesterin hat gesagt, daß du ihr und ihren Begleiterinnen aus der Wand des Tempels erschienen bist, wie es die Legende vorausgesagt hat. Wir zweifeln nicht an den Worten Miramanees, aber wir leben in einer schweren Zeit, wir müssen sichergehen.«

»Ich werde alle Fragen beantworten, die ich beantworten kann«, sagte Kirk. »Aber wie ich der Priesterin schon sagte, vieles hier ist mir fremd und unbekannt.«

Der Krieger mit dem Stirnband schrie: »Er kennt nicht einmal die Gefahr, die uns bedroht! Wie kann er uns dann retten?«

»Sei still, Salish! Es ist gegen die guten Sitten, den Stammesältesten beim Gespräch zu stören. Selbst der Medizinmann hat dazu kein Recht!«

Aber Salish gab nicht nach. »Worte werden uns nicht retten, wenn der Himmel sich verdunkelt. Ich bestehe darauf: Er muß uns *beweisen*, daß er ein Gott ist!«

»Schweig!« Goro wandte sich an Kirk. »Seit der Ernte hat sich der Himmel dreimal verdunkelt. Nach den Legenden ist dies das Zeichen größter Gefahr. Die Legenden haben uns aber auch versprochen, daß die Weisen, die uns hierher brachten, einen Gott zu unserer Rettung schicken würden – einen Gott, der den Geist des Tempels wecken und den Himmel wieder hell werden läßt. Kannst du das tun?«

Kirk zögerte und suchte in seinem leeren Gedächtnis verzweifelt nach einem Anhaltspunkt, der dieser Frage irgendeinen Sinn geben könnte. »Ich komme aus dem Tempel«, sagte er schließlich. »So wie Miramanee es berichtet hat... Aber ich komme auch vom Himmel. Ich kann mich nicht klar daran erinnern, aber...«

Seine unsicheren Worte wurden von einem Geräusch am Eingang der Hütte unterbrochen. Ein Mann trat herein, den leblosen Körper eines Jungen auf den Armen. Beide waren triefend naß. Miramanee legte ihre Hände auf den Kopf des Jungen und schrie: »Ein Unglück ist geschehen, Salish! Er atmet nicht mehr! Die Netze haben ihn auf den Grund des Flusses gezogen. Lino hat ihn sofort hergebracht, aber er rührt sich nicht mehr!«

Der Medizinmann trat zu dem Jungen, beugte sich über ihn und legte das Ohr an seine Brust. Nachdem er eine Weile angespannt gehorcht hatte, zog er ein Augenlid herunter. Dann richtete er sich wieder auf. »Es ist kein Atem mehr in dem Körper und kein Licht in den Augen. Das Kind wird sich nicht mehr rühren.«

Lino hatte den Körper des Jungen auf einen Stapel Felle gelegt. Kirk blickte in die erschrockenen, entsetzten Gesichter der Umstehenden. Er trat zu dem Jungen, hob dessen Kopf und lauschte. »Er atmet nicht«, sagte er dann. Er legte seinen Mund auf die kalten, blassen Lippen des Kindes und blies langsam und regelmäßig Atem in ihn hinein. Dann umspannte er die Fußknöchel des Jungen und drückte die Knie in regelmäßigem Rhythmus gegen seine Brust.

Salish sah drohend auf ihn herab, aber Goro hielt die Hand empor und sagte: »Warte!«

Seine scharfen Ohren hatten ein leises Stöhnen vernommen. Es dauerte nicht lange, dann wandte der Junge den Kopf zur Seite und übergab sich hustend. Kirk massierte mit energischen Bewegungen den Brustkorb. Wieder ein Stöhnen, und dann schlug der Junge die Augen auf.

Kirk erhob sich, dankbar und erleichtert. »Er ist wieder in Ordnung«, sagte er.

Goro legte die Hand an die Stirn. »Unser Volk ist dir dankbar.«

»Es ist eine einfache Technik«, sagte Kirk. »Sie geht zurück auf...«

Seine Stimme erstarb. Worauf ging sie zurück? Er konnte sich nicht erinnern. Diese »einfache Technik«, wo hatte er sie erlernt? Jetzt, da die Anspannung vorbei war, überkam ihn Angst. Wie war er eigentlich in dieser Gegenwart gestrandet, die ihm die Vergangenheit vorenthielt? Wer war er? Er hatte das Gefühl, sich langsam aufzulösen, als ob die Substanz seines Seins ihm wie Wasser durch die Finger rinne.

Wie im Traum hörte er Goro sagen: »Nur ein Gott kann mit seinem Atem den Toten das Leben wiedergeben.« Wie im Traum sah er, wie Goro sich an die jungen Krieger wandte. »Oder zweifelt ihr immer noch daran, daß sich die Legende erfüllt hat?«

Zwei von ihnen schüttelten die Köpfe. Nur Salish weigerte sich, seine Hand an die Stirn zu legen.

Goro wandte sich an Miramanee. »Führe den Gott zur Hütte des Medizinmanns. Dort soll er wohnen.«

Immer noch im Alptraum seines Nichtseins gefangen, fühlte Kirk, wie man ihm das silberne Stirnband eines Medizinmanns auf die Stirn drückte.

Nach Scotts Meinung wurde von seinen Maschinen zuviel verlangt.

»Ich kann sie nicht mehr viel länger mit Sol Neun laufen lassen«, sagte er ärgerlich zu Spock. »Die Triebwerke zeigen schon Anzeichen von Übermüdung.«

»Übermüdung oder nicht, wir können die Geschwindigkeit nicht reduzieren, Mr. Scott.«

»Wenn die Schaltkreise noch heißer werden...«

Auch die Nerven des Brückenpersonals der *Enterprise* zeigten Anzeichen von Übermüdung. Auch ihre Schaltkreise erhitzten sich unter der Anspannung des Wettrennens mit dem Asteroiden. Nur Spock behielt seine überlegene Ruhe. Doch auch er ließ den Hauptbildschirm, auf dem ein winziger Punkt rasch größer wurde, nicht eine Sekunde aus den Augen. Die Umrisse des Asteroiden zeichneten sich immer deutlicher ab, und seine matte, vielfarbige Oberfläche wurde mit jeder Sekunde deutlicher erkennbar.

»Ablenkungspunkt minus sieben«, meldete Chekov.

»Volle Kraft, Mr. Scott«, sagte Spock in sein Intercom.

»Die Relais werden durchschmoren!« erwiderte Scotty gereizt.

»Dann überbrücken Sie die Relais. Schalten Sie auf manuelle Bedienung um.«

»Wenn ich das tue, brennen die Antriebe durch!«

»Ich verlange volle Kraft voraus«, sagte Spock gelassen.

»Aye, Sir«, knurrte Scotty.

Der Erste Offizier schwang den Kommandosessel herum und blickte zu Sulu hinüber.

»Vergrößerungsfaktor 12, Mr. Sulu.«

Sulu drückte einen Kontrollknopf – und das Bild des Asteroiden auf dem Bildschirm schien mit einem Satz auf sie zuzuspringen. Zum ersten Mal sahen sie die unheimlichen Details des Himmelskörpers – eine schroff gezackte, bizarre Felsmasse, die durch die Leere des Raums auf sie zuraste.

»Ablenkungspunkt minus vier«, meldete Chekov.

Spock blickte vom Bildschirm weg.

»Minus drei, Sir«, sagte Chekov.

Der Vulkanier drückte den Knopf des Intercom. »Alle Antriebe stop, Mr. Scott! Halten Sie die jetzige Position.«

»Alle Antriebe sind gestoppt.«

»Fertig zum Einschalten der Schutzschilde.«

»Aye, Sir.«

Man hörte ein unregelmäßiges Klicken, das in der plötzlichen Stille, nachdem das Summen der Antriebe verstummt war, doppelt laut klang. Das Schiff vibrierte.

»Energie fällt!« rief Sulu.

»Maschinendeck! Halten Sie volle Energie! *Volle Energie!*«

Scotts Stimme klang hart. »Dilythium-Schaltkreise sind ausgebrannt, Sir. Wir müssen sie ersetzen.«

»Aber doch nicht jetzt!« sagte Spock.

»Zero. Ablenkungspunkt!« meldete Chekov. »Wir haben ihn erreicht, Sir.«

»Energie!« befahl Spock.

Die riesige Masse auf dem Bildschirm glühte rot auf, begann zu flimmern und erlosch.

»Ablenkungswinkel, Mr. Sulu?«

»Unzureichend, Sir.«

Das war die Niederlage. Die Brückenoffiziere blickten einander entsetzt an.

Die Ruhe in Spocks Stimme war für alle eine Erleichterung. »Schalten Sie die Energie wieder auf die Antriebe zurück, Mr. Scott. Gehen Sie auf volle Kraft. Mr. Chekov, Kurs 37 Grad, Mark 10.«

»Aber auf dem Kurs kommen wir genau in die Flugbahn des Asteroiden, Sir!«

»Das ist mir auch bekannt, Mr. Chekov. Ich habe die Absicht, das Schiff so nahe heranzubringen, daß wir alle Energie auf die Phasergeschütze schalten können.«

»Wozu denn?« fragte McCoy.

»Um den Asteroiden zu vernichten.« Spock schwenkte den Sessel, als ob er sich an das ganze Brückenpersonal wenden wollte. »Ein konzentrierter Phaser-Strahl«, sagte er, »muß den Felsbrocken auseinanderreißen.«

»Und die gesamte Energiereserve verbrauchen«, sagte McCoy. »Und dann werden wir von diesem Ding zerquetscht.«

»Falsch, Doktor. Wir könnten noch immer ausweichen, indem wir auf Impulsantrieb umschalten.«

»Aber Jim kann nicht ausweichen!«

»Das ist ein Risiko, das wir auf uns nehmen müssen«, sagte Spock.

Miramanee ging mit einem Bündel Hirschfellkleidern auf dem Arm auf die Hütte des Medizinmanns zu. Salish trat hinter einer Kiefer hervor.

»Wo willst du hin?« fragte er.

»Es ist meine Pflicht, mich um den Gott zu kümmern«, sagte sie leise.

Salish riß ihr die Kleider aus der Hand. »Du solltest lieber an unserem Hochzeitsgewand arbeiten!«

Sie riß ihm die Kleider wieder aus der Hand. »Es wird keine Hochzeit zwischen uns beiden geben, Salish«, sagte sie ruhig.

»Du darfst dich der Tradition nicht widersetzen!«

»Eben um der Tradition willen dürfen wir jetzt nicht vereinigt werden.«

»Du bist *mir* versprochen!«

»Das war, bevor *er* kam.«

»Stammespriesterin und Medizinmann werden immer vereinigt.«

»*Er* ist jetzt der höchste Medizinmann.« Sie machte eine Pause. »Such dir eine andere, Salish. Jedes Mädchen würde sich geehrt fühlen, wenn du sie erwählst.«

»Ich will aber keine andere.«

Sie sah ihn mitleidig an. »Du hast keine andere Wahl«, sagte sie leise.

»Und wenn du die Wahl hättest, Miramanee, würdest du mich wählen?«

Sie antwortete nicht.

Sein Gesicht lief rot an. Er wandte sich um und ging mit entschlossenen Schritten davon. Sie blickte ihm nach, bis er zwischen den Bäumen verschwunden war, und schüttelte traurig den Kopf, dann ging sie auf die Hütte zu, und Kirk, der durch ihr Eintreten aus seinem Brüten aufgestört wurde, blickte ihr entgegen und lächelte.

»Möchtest du baden, bevor du diese Sachen anziehst?« Sie legte die Kleidung zu seinen Füßen nieder.

»Miramanee, erzähle mir von den Weisen.«

»Erzählen? Aber ein Gott weiß doch alles!«

»Dieser Gott nicht«, sagte Kirk müde. »Also erzähle mir von den Weisen.«

Sie kniete sich neben ihn und befühlte den Stoff seiner Uniform. »Die Weisen? – Sie haben uns hierhergebracht, von weit, weit her. Sie ernannten einen Medizinmann, der das Geheimnis des Tempels bewahren sollte, um es anzuwenden, wenn sich der Himmel verdunkelt.« Ihre Hand fuhr über den Rücken seiner Uniformjacke. »Sie hat keine Verschnürungen«, sagte sie verwundert. »Wie kann man sie dann ausziehen?«

Er fühlte, daß er rot wurde, und das ärgerte ihn. Sanft löste er Miramanees Hand von seinem Rücken. »Und das Geheimnis wurde immer vom Vater auf den Sohn weitergereicht? Warum wendet Salish es nicht an? Warum sind die Menschen hier in Gefahr?«

Sie versuchte jetzt, seinen Gürtel zu lösen. »Salishs Vater ist gestorben, bevor er ihm das Geheimnis mitteilen konnte.«

Kirk nahm ihre Hände in die seinen. Goro, in Begleitung von zwei Mädchen, trat in die Hütte. Die Mädchen trugen Körbe mit Früchten, die sie Kirk zu Füßen stellten. Goro berührte ehrfürchtig seine Stirn und sagte: »Die Menschen meines Volkes heiligen deinen Namen. Aber sie wissen nicht, wie sie dich nennen sollen.«

Wieder spürte Kirk eine seltsam beklemmende Angst. »Wie sie mich nennen sollen?« Wieder die Frage: »Wer bin ich?« – Wer ist dieses Ich ohne Vergangenheit, ohne Identität? Er fühlte, wie ihm der Schweiß ausbrach, als er versuchte, auch nur einen einzigen, kleinen Anhaltspunkt seiner verborgenen Vergangenheit zu finden. – Und plötzlich tauchte ein Wort aus dem Dunkel auf. Er sagte: »Kir... Kirk. Sie sollen mich Kirk nennen.«

»Kirok?« fragte Goro.

Kirk nickte. Er war völlig erschöpft. Irgend etwas in seinem Gesicht verängstigte die Mädchen, die die Früchte gebracht hatten. Sie hatten auf ein anerkennendes Wort des Gottes gehofft, aber er wirkte nur verstört und erschöpft.

Goro fragte rasch: »Haben die beiden Mädchen dein Mißfallen erregt?«

»Nein… nein. Es ist gut.«

»Dann muß es an uns liegen, an uns allen – an unserer Art zu leben. Vielleicht haben wir uns nicht so entwickelt, wie es die Weisen erhofft hatten.«

Kirk konnte nicht mehr. Er suchte nach ein paar beschwichtigenden Worten. »Euer Land ist reich, und euer Volk ist glücklich. Die Weisen haben keinerlei Grund zur Unzufriedenheit.«

»Aber irgend etwas mißfällt dir, ich sehe es«, sagte Goro hartnäckig. »Sage uns, was es ist, und wir werden es sofort ändern.«

»Ich… ich kann euch gar nichts sagen. Ich weiß nur, daß ich hier Frieden und Glück gefunden habe.«

Glücklicherweise schien Goro damit zufrieden zu sein. Als er gegangen war, wandte sich Kirk fast ärgerlich an Miramanee. »Wieso sind sie eigentlich so überzeugt, daß ich sie retten kann?«

»Du bist aus dem Tempel gekommen. Und hast du nicht dem toten Kind das Leben wiedergegeben?«

Er preßte seinen schmerzenden Kopf in beide Hände. »Ich… ich brauche Zeit… Zeit zum Nachdenken – zum Erinnern…«

Sie legte die Hirschlederkleider über seine Knie. »Hier haben wir so viel Zeit, mein Gott. So viel Ruhe und so viel Zeit.«

Ihre leisen, einfachen Worte waren Balsam für seine geschundene Seele. Er fühlte sich etwas erleichtert.

»Ja«, sagte er. »Ich danke dir, Miramanee.«

Die *Enterprise* und der Asteroid rasten auf Parallelkurs nebeneinander her. Es war ein schrecklicher Begleiter, eine tödliche Drohung; sein Bild füllte den Hauptbildschirm völlig aus.

»Koordinaten, Mr. Chekov?«

»Tau – acht Komma sieben, Sir. Beta – Komma Null vier eins.«

»Genau richtig, Mr. Chekov. So treffen wir die schwächste Stelle des Asteroiden.«

Chekov blickte Spock fast ehrfürchtig an. »Ja, fast genau im Zentrum, Sir.«

»Konzentrieren Sie alle Phaser auf diese Stelle, Mr. Sulu. Volle Leistung, enggebündelter Strahl. Ich will den Asteroiden in der Mitte auseinanderspalten.«

»Sie reden wie ein Diamantenschleifer, Spock«, sagte Dr. McCoy.

»Ein durchaus passender Vergleich.«

»Phaser feuerbereit, Sir.«

»Wir feuern die Phaser nacheinander ab, und wir halten das Feuer so lange aufrecht, wie Mr. Scott Energie dafür hat.«

»Verstanden, Sir.«

»Feuer!«

Das Schiff erzitterte.

»Phaser eins abgefeuert, Sir.«

Sulu drückte einen weiteren Knopf. »Phaser zwei abgefeuert, Sir.«

Die gigantische Felsmasse des Asteroiden füllte den ganzen Bildschirm. Riesige Bruchstücke splitterten an der Stelle ab, wo die blauen Phaserstrahler einschlugen.

»Phaser drei abgefeuert, Sir! Phaser vier!«

Wieder stob eine Wolke von Steinfragmenten von der Oberfläche des Asteroiden.

»Alle Phaser abgefeuert, Sir.«

Spocks unbewegliches Gesicht unterstrich die Bitterkeit, die in seiner Stimme lag. »Schalten Sie auf Salvenfeuer, Mr. Sulu.«

Im Maschinendeck sagte Scott kopfschüttelnd zu einem seiner Assistenten: »Dieser Vulkanier wird nicht eher Ruhe geben, bis alle Schaltkreise durchgeschmort sind!« Und noch während er sprach, ertönte ein scharfes, metallisches Klicken, und eins der Hauptrelais begann zu qualmen.

»Hauptrelais wieder ausgefallen, Mr. Scott!« rief der Assistent.

»Maschinen sind klüger als Menschen«, sagte Scott. »Sie wissen, wann sie genug haben.«

»Salvenfeuer!«

Als Spocks Befehl aus dem Intercom tönte, zuckte eine blauweiße Stichflamme aus dem Hauptrelais. Eine Explosion folgte, und Scott wurde von der Druckwelle an die gegenüberliegende Wand geschleudert. Er klammerte sich fest und war den Tränen nahe, als er seine Freunde, die Maschinen, sterben sah.

»Meine Kinder«, murmelte er mit gebrochener Stimme. »Meine armen Kinder...«

»Kirok.«

Es war nur ein sanftes Flüstern, aber der Klang der Stimme weckte Kirk aus seinem unruhigen Schlaf. Miramanee kniete neben ihm und sagte: »Das Hochzeitsgewand ist fertig, Kirok.«

Sie saß dicht neben ihm, und unter seinem Blick senkte sie die Lider über ihre dunklen Augen. »Wenn es dir recht ist, werde ich den Tag unserer Vereinigung nennen.«

»Den Tag unserer Vereinigung?«

»Ich bin die Tochter von Häuptlingen. Nach unseren Stammesgesetzen gehöre ich unserem Gott.«

Kirk blickte sie verständnislos an. Sie neigte den Kopf. »Wenn du eine andere in deinem Herzen trägst...«

»Nein, es gibt keine andere. Weder in meinem Geist, noch in meinem Herzen.«

Noch immer war sie verstört von seinem Gesichtsausdruck, in dem sie mangelndes Interesse zu sehen glaubte. »Der Wille eines Gottes ist stärker als alle Stammesgesetze. Wenn du mich nicht willst...«

Kirk zog sie an sich. »Miramanee, nenne den Tag unserer Vereinigung.«

Die Lider hoben sich. »Je eher unser Glück beginnt, desto länger wird es dauern. Ich nenne – den morgigen Tag «

Die Vergangenheit war dunkel, kalt, undurchdringlich. Wenn er schon ein Gefangener der Gegenwart war, so bot sie ihm zumindest diese Wärme, diesen Glanz dunkler Augen. Kirk drückte sie leidenschaftlich an sich und beugte sich über sie.

Spock hatte sich in seine Kabine zurückgezogen Als McCoy ohne anzuklopfen hereintrat, fand er ihn über seinen Computer gebeugt.

»Ich habe Ihnen doch gesagt, Sie sollen sich *ausruhen*, Spock! Also tun Sie endlich, was ich Ihnen gesagt habe!«

Das Intercom summte, und Scotts Stimme sagte wütend: »Solantriebe sind völlig ausgebrannt! Also verlangen Sie von mir keine Höchstgeschwindigkeit mehr, Spock! Alles, was Sie noch intakt gelassen haben, sind die Impuls-Triebwerke!«

»Geschätzte Reparaturzeit?«

»Hier im Raum? Eine Ewigkeit. Die einzige Möglichkeit, meine Maschinen wieder in Ordnung zu bringen, besteht in einer ordentlichen Reparaturwerft. Wir müssen eine Sternenbasis anlaufen.«

McCoy schaltete das Intercom aus und legte seine Hand auf Spocks Schulter. »Sie sind das Risiko für uns eingegangen, Spock, für den Planeten und für Jim. Daß Sie verloren haben – nun, diese Möglichkeit hatten Sie von vornherein einkalkuliert.«

»Ich übernehme auch die volle Verantwortung dafür, Doktor.«

»Und meine Verantwortung ist die Gesundheit der Mannschaft. Sie dürfen sich nicht überfordern, Spock.«

Spock schaltete das Intercom wieder ein. »Mr. Chekov, gehen Sie wieder auf Kurs 883, Mark 41.«

»Aber das ist ja der Kurs auf den Planeten!« rief McCoy. »Ohne Solantrieb werden wir Monate brauchen, bis wir ihn erreichen.«

»Genau 59,223 Tage, Doktor. Und der Asteroid folgt uns mit vier Stunden Abstand.«

»Was soll das dann? Selbst wenn der Captain noch am Leben sein sollte, könnten wir ihn nicht mehr retten! Wahrscheinlich können wir überhaupt nichts retten! Nicht einmal das Schiff!« McCoy schlug mit der Faust gegen die Wand. »Sie hören mir ja überhaupt nicht zu! Sie starren nur immer auf den verdammten Bildschirm!« Er trat an das Gerät und schlug auf das Bild des Obelisken, der darauf zu sehen war.

»Ein weiteres Risiko, das ich auf mich nehmen muß, Doktor.«

Miramanee sah in ihrem Hochzeitsgewand wie eine strahlende Göttin aus. Sie war von einer Schar Frauen umringt, die sich in die Versammlungshütte gedrängt hatten. Eine von ihnen setzte ihr ein kunstvolles Blumengebinde auf das nachtschwarze Haar.

»Dieser Tag wird den Himmel wieder hell machen«, sagte Miramanee.

Salish schob den Vorhang, der den Eingang verdeckte, zur Seite und trat hinaus. Er ging in Richtung des Obelisken, an dessen Fuß Kirk und Goro saßen. Kirk trug schon sein Hochzeitsgewand und ließ sich von dem alten Häuptling das Gesicht bemalen.

Goro reichte die Kürbisschale mit der Farbflüssigkeit einem jungen Krieger. »Jetzt muß ich die Priesterin benachrichtigen, die dir folgen wird«, sagte er.

Als Goro verschwunden war, erhob sich Kirk und ging lächelnd den schmalen Pfad entlang, der zur Versammlungshütte und zu Miramanee führte.

Salish vertrat ihm den Weg. Sein Gesicht war haßverzerrt.

»Geh mir aus dem Weg«, sagte Kirk.

»Kirok, wenn du auch ein Gott bist, ich werde diese Vereinigung nicht zulassen.« Salish riß ein Feuersteinmesser aus dem Gürtel. »Wenn du Miramanee haben willst, mußt du mich vorher töten.«

»Ich will niemanden töten«, sagte Kirk. Aber Salish stürzte sich auf ihn. Kirk sprang zur Seite. Salish griff ihn zum zweiten Mal an, und das Steinmesser riß Kirk eine blutige Schramme in die rechte Wange.

»Du blutest, Kirok! Götter bluten nicht!« Wieder sprang er mit erhobenem Messer auf Kirk zu. Seine Augen waren dunkel vor Haß und Wut. Sie rangen miteinander, und Kirk konnte ihm das Steinmesser entwinden. Salish warf sich zu Boden. »Töte mich, Kirok! Jetzt, sofort! Dann werde ich von den Toten zurückkehren und meinem Volk beweisen, daß du kein Gott bist!«

Kirk blickte in Salishs wutverzerrtes Gesicht, steckte das Messer in seinen Gürtel, trat über die am Boden liegende Gestalt hinweg und setzte seinen Weg fort. Diese Rolle als Gott brachte Verpflichtungen mit sich. Andererseits aber hatte sie ihm Miramanee geschenkt. Und die Gedanken an sie ließen ihn schneller gehen.

Zwei Krieger erwarteten ihn am Eingang der Versammlungshütte. Ein wunderbares Gewand aus bunten Federn wurde ihm über die Schulter gelegt. Miramanee trat auf ihn zu; auf einen Wink Goros umhüllte Kirk auch sie mit dem Federgewand; eine Geste, die ihre Vereinigung symbolisieren sollte.

Goro schlug mit einem Hammer auf eine Steinglocke. Die Menschen brachen in begeisterte Jubelrufe aus. Wieder dröhnte die Steinglocke, Trommeln wirbelten, lauter und lauter. – Und dann riß Miramanee sich von ihm los und lief zum Ausgang der Hütte. Dort blieb sie noch einmal stehen und blickte zu ihm zurück mit einem einladenden, lockenden Lächeln. Und dieses Mal brauchte Kirk keine Aufforderung. Er lief ihr nach, und der Federumhang wehte ihm um die Schultern.

Im Kiefernhain holte er sie ein. Sie ließ sich auf das weiche, duftende Bett aus Kiefernnadeln fallen, und er legte sich neben sie.

Im Lauf der Zeit gewann er den Kiefernhain lieb. Ein nie gekanntes Glücksgefühl erfüllte ihn, wenn er Miramanee half, die duftenden Zweige für die Feuergrube einzusammeln. Er liebte Miramanee. Aber manchmal sahen ihre schwarzen Augen zu tief in ihn hinein.

Einmal lagen sie eng umschlungen neben der Feuergrube ihrer Hütte, als sie den Kopf hob und ihn anblickte. »Jedes Mal, wenn wir uns lieben, ist es schöner als beim ersten Mal, am Tag unserer Vereinigung. Aber du...«

Er küßte ihre Augenlider. »Das kommt von den Träumen«, sagte er.

»Ich dachte, die Träume wären vorbei. Ich dachte, du suchst nicht mehr nach der seltsamen Hütte, die am Himmel schwebt.«

Er löste sich aus ihren Armen. »Die Träume sind zurückgekehrt«, sagte er. »Ich sehe jetzt auch Gesichter. Nur sehr undeutlich und vage – aber ich fühle, daß ich sie kenne. Ich weiß, daß mein Platz bei ihnen ist. Nicht hier – nicht hier. Ich habe kein Recht auf dieses Glück...«

Sie blickte lächelnd in sein verstörtes Gesicht.

»Ich trage ein Kind unter dem Herzen, Kirok«, sagte sie leise.

Kirk fühlte eine Welle nie gekannter Zärtlichkeit. Sein Gesicht glättete sich. Er schloß sie wieder in seine Arme.

Wieder klopfte McCoy nicht an, als er in Spocks Kabine trat.

»Ich habe Ihnen doch befohlen, sich im Bordlazarett zu melden«, sagte er grollend.

Spock blickte nicht einmal von seiner Computerkonsole auf. »Ich habe keine Zeit dazu«, sagte er. »Ich muß die Symbole des Obelisken entziffern. Ich halte sie für einen sehr raffinierten Code.«

»Das versuchen Sie doch schon, seit wir wieder Kurs auf diesen Planeten genommen haben! Und das war vor achtundfünfzig Tagen!«

Spock fuhr mit der Hand über seine müden Augen. Sein Gesicht war hager und blaß vor Erschöpfung. »Das weiß ich auch, Doktor. Und ich weiß auch, daß wir nur mehr knapp vier Stunden Zeit haben, um irgendwelche Rettungsmaßnahmen durchzuführen, wenn wir den Planeten erreichen. Ich habe das Gefühl, daß diese Symbole der Schlüssel dazu sind.«

»Sie werden sie aber nicht entschlüsseln, indem Sie sich zu Tode schinden!« sagte McCoy ruhig. »Seien Sie doch vernünftig, Spock. Seit Wochen haben Sie kaum gegessen oder geschlafen. Wenn Sie so weitermachen, müssen Sie früher oder später zusammenbrechen.«

»Ich habe keinen Hunger, Doktor. Und wir Vulkanier können unter Streß wochenlang ohne Schlaf auskommen.«

McCoy richtete seinen medizinischen Tricorder auf ihn. »Ihre vulkanische Stoffwechseltätigkeit ist aber so niedrig, daß sie kaum noch meßbar ist. Und was den Druck von diesem grünen Eiswasser in Ihren Adern angeht, das Sie Blut nennen...«

Spock mußte sich an der Konsole festhalten, als er sich aufrichtete. »Meine körperliche Verfassung ist jetzt nicht wichtig. Der Obelisk ist es.«

»Meine Diagnose lautet: Völlige Erschöpfung durch Überarbeitung und Schuldgefühle. Ja, *Schuldgefühle*, Spock. Sie machen sich Vorwürfe, weil Sie die Schiffsantriebe ruiniert haben.« Er packte Spock bei den Schultern und schüttelte ihn. »Hören Sie zu! Sie haben eine Entscheidung getroffen. Jim hätte wahrscheinlich die gleiche gefällt. Ich verordne Ihnen hiermit Ruhe. Muß ich die Wache rufen, um meine Verordnungen durchzusetzen?«

Spock schüttelte den Kopf. Er taumelte zu seinem Bett und ließ sich darauffallen.

Sobald sich McCoy zurückgezogen hatte, stand Spock wieder auf und setzte sich vor seinen Bildschirm.

Kirk versuchte, die Beleuchtung seiner Hütte zu verbessern, indem er eine Öllampe konstruierte. Aber Miramanee begriff die Funktion des Dochtes nicht.

»Und damit kannst du die Nacht zum Tag machen?« fragte sie staunend. »Und ich kann auch nachts kochen?«

Kirk nickte lächelnd.

»Ach so«, sagte sie. »Jetzt weiß ich, warum du diese Lampe machst: damit ich Tag und Nacht kochen soll.«

Kirks Lächeln erlosch plötzlich. Auf Miramanees Gesicht stand ein Ausdruck des Entsetzens. Ein harter Windstoß riß den Fellvorhang der Hütte zur Seite. »Du brauchst keine Angst zu haben«, sagte er. »Es ist nur der Wind.«

»Miramanee ist ein dummes Kind«, sagte sie. »Nein, ich brauche keine Angst zu haben. Du bist ja bei mir.« Aber sie war doch an die Tür getreten und blickte ängstlich zum Himmel empor. Dann wandte sie sich wieder um. »Es ist Zeit, zum Tempel zu gehen, Kirok. Die Menschen warten dort auf dich.«

»Warum?«

»Damit du sie rettest«, sagte sie ruhig.

»Aber der Wind kann ihnen doch nichts anhaben.«

»Der Wind ist nur der Anfang«, sagte sie ernst. »Bald wird der See über seine Ufer treten, und das Wasser des Flusses wird steigen und reißend werden. Dann wird sich der Himmel verdunkeln, und die Erde wird beben. Nur du kannst uns retten.«

»Ich habe keine Gewalt über den Wind und den Himmel.«

Sie nahm ihm die Lampe aus der Hand, griff nach seiner Hand und führte ihn zur Tür. »Komm, Kirok«, sagte sie. »Du mußt zum Tempel gehen.«

Eine Vorahnung drohenden Unheils packte ihn. »Warte, Miramanee...«

Sie zog ihn nur noch heftiger voran, und ihre Panik wuchs. »Wir müssen gehen, bevor es zu spät ist! Du muß in den Tempel gehen und die blaue Flamme zum Strahlen bringen!«

Kirk starrte sie hilflos an. Er verstand kein Wort. »Aber ich weiß doch nicht einmal, wie man in den Tempel gelangt!«

»Du bist ein Gott!«

Er packte sie fest bei den Schultern. »*Ich bin kein Gott!* Ich bin ein Mensch – nur ein Mensch!«

Sie starrte ihn entsetzt an. »Nein! Nein! Du bist ein Gott, Kirok!«

»Sieh mich an«, sagte er. »Und *höre mir zu.* Ich bin kein Gott. Wenn du nur einen Gott lieben kannst, dann kannst du mich nicht lieben! Ich sage es dir noch einmal: Ich bin ein *Mensch!*«

Sie schlang ihre Arme um seinen Hals und bedeckte sein Gesicht mit Küssen. »Das darf niemand erfahren, hörst du? Wenn die Menschen erfahren, daß du kein Gott bist, werden sie dich töten!«

Ein heftiger Windstoß schüttelte die Wände der Hütte. »Du mußt zu den Menschen sprechen, Kirok – oder sie werden sagen, daß du kein Gott bist! – Komm, Kirok, komm.«

Der Stamm hatte sich in der Hütte des Häuptlings versammelt. Unter der Wucht des immer stärker werdenden Sturms wurden Schilde, Speere und Messer von den Fellwänden gerissen. Frauen schrien auf, zogen ihre Kinder an sich und schoben sie zwischen die Felle. Salish drängte sich durch die verängstigte, hysterische Menge auf Kirk zu.

»Warum bist du nicht im Tempel, Kirok? Bald wird die Erde beben und dann...«

»Wir werden alle in die Höhlen gehen«, sagte Kirk.

»In die Höhlen?« schrie Salish. »Ist das alles, was ein Gott für sein Volk tun kann?«

Goro sagte: »Wenn die Erde bebt, sind wir selbst in den Höhlen nicht sicher, Kirok. Du mußt den Geist des Tempels erwecken – oder wir müssen alle sterben.«

»Worauf wartest du noch, *Gott!*« schrie Salish höhnisch.

Kirk löste Miramanees Arme von seinem Hals und sagte zu Goro: »Nimm sie in deine Obhut. Ich werde zum Tempel gehen.«

Als er hinaustrat, preßte ihm der Sturm den Atem aus der Lunge. Irgendwo zu seiner Linken stürzte eine Kiefer krachend zu Boden. Donner grollte unaufhörlich, und der Himmel wurde dunkel. Zweige peitschten ihm ins Gesicht, als er den schmalen Pfad entlangstolperte, der zu dem Obelisken führte.

Der hochaufragende Bau sagte ihm nichts. Die unentzifferbaren Symbole behielten unbarmherzig ihr Geheimnis für sich. Kirk hämmerte mit der Faust gegen das harte Metall und schrie: »Ich bin Kirok! Ich bin gekommen! Öffne dich!«

Die Worte gingen im Heulen des Sturms unter.

McCoy blieb stehen, als er an Spocks Kabine vorbeiging. Klänge einer unbekannten, unirdischen Musik drangen heraus.

Bin ich verrückt geworden? dachte McCoy. Oder bin ich schon gestorben und höre Sphärenmusik?

Aber es war keine Sphärenmusik. Es waren die Klänge einer seltsam geformten vulkanischen Harfe. Spock hielt sie in seinen Händen und entlockte ihr die unirdischen Töne. Dabei starrte er in äußerster Konzentration auf den Bildschirm seines Computers.

»Ich habe Ihnen doch Schlaf verordnet«, sagte McCoy scharf.

»Das stimmt nicht, Doktor. Sie haben mir Ruhe verordnet.« Spock blickte auf. »Die Symbole an den Wänden des Obelisk sind keine Buchstaben, sondern Noten.«

»Sie meinen, es ist eine Melodie?«

»In gewisser Weise. Einige Kulturen, vor allem Seitenlinien der vulkanischen, verwenden Noten anstelle von Buchstaben. Die Töne entsprechen den Buchstaben eines Alphabets.« Er legte die Harfe zur Seite. »Der Obelisk wurde von einer sehr hochentwickelten Rasse zurückgelassen, die es sich anscheinend zur Aufgabe gemacht hatte, vom Aussterben bedrohte Rassen zu retten, indem sie sie – symbolisch gesprochen – auf Planeten ›aussäte‹, auf denen sie weiterleben und sich entwickeln konnten.«

»Das wäre eine Erklärung«, sage McCoy nachdenklich. »Ich habe mich schon gewundert, warum so viele humanoide Rassen in dieser Galaxis verstreut sind.«

»Ich auch. Und ich denke, daß diese ›Retter‹ dafür verantwortlich sind.«

»Dann haben diese ›Bewahrer‹ den Obelisken als eine Art Asteroiden-Ablenker auf dem Planeten zurückgelassen.«

Spock nickte. »Nur ist er defekt.«

»Dann müssen wir ihn wieder zum Funktionieren bringen. Denn sonst…«

»Genau das, Doktor.«

Die Erde um den Obelisken bebte. Scharen von Dorfbewohnern flohen halb wahnsinnig vor Angst zu ihrem Tempel, in der Hoffnung, dort Rettung zu finden. Kirk stand mit dem Rücken an die Wand des Bauwerks gepreßt und wischte sich das Blut von der Wange, wo ihn einer der Steine getroffen hatte, die sie nach ihm warfen.

»Stirb, falscher Gott!«

Das war Salish. Und als ob die Menge nur auf diese anklagenden Worte gewartet hätte, brach sie in wüste Beschimpfungen aus. Die Frauen kreischten ihren Haß und ihre Enttäuschung heraus. »Stirb, Lügner, stirb!« Männer bückten sich nach Steinen, und Goro schrie: »Betrüger! Lügner!«

Miramanee stellte sich schützend vor Kirk und breitete die Arme aus. »Nein! Nein! Ihr irrt euch! Er kann uns retten!«

Kirk schob sie von sich. »Du kannst mir nicht helfen. Geh zu den anderen, Miramanee! Geh zu ihnen zurück!«

Salish sprang auf sie zu und packte sie.

»Kirok! Kirok! Ich gehöre zu dir!« Sie riß sich los und floh zu Kirk zurück.

»Dann stirbst auch du! Zusammen mit deinem falschen Gott!«

Der von ihm geschleuderte Stein riß sie zu Boden. Ein Hagel von Steinen folgte. Sie versuchte, sich aufzurichten, und kroch auf den Knien auf Kirk zu, aber bevor er sie aufheben und mit seinem Körper schützen konnte, traf sie ein zweiter Steinwurf Salishs in den Unterleib.

»Miramanee...« Kirk sank neben ihr auf die Knie. Die Meute kam auf sie zu, um ihnen den Rest zu geben, da glomm plötzlich ein metallisches Schimmern am Fuß des Obelisken auf. Die Indianer wichen scheu zurück, noch immer Steine in den Händen haltend, als Spock und McCoy in ihren *Enterprise*-Uniformen zu beiden Seiten des knienden Kirk materialisierten.

»Kirok... Kirok...«

McCoy beugte sich über Miramanee. »Ich brauche Schwester Chapel«, sagte er knapp zu Spock. Der Vulkanier hatte seinen Kommunikator schon bereit. »Mr. Scott, beamen Sie Schwester Chapel mit dem Erste Hilfe-Besteck herunter.«

Kirk versuchte aufzustehen, wurde aber von McCoy sanft daran gehindert. »Nur ruhig, Jim, schön ruhig bleiben.«

»Meine Frau... meine Frau... ist sie in Ordnung?«

»Ihre Frau?« Spock blickte McCoy verwundert an. »Halluzinationen, Doktor?«

»Jim...«

»Miramanee«, flüsterte Kirk. Er blickte sie an und schloß die Augen.

Schwester Chapel erhob sich und trat neben McCoy, der seinen Tricorder noch einmal auf Kirk richtete.

»Er hat uns nicht erkannt«, sagte sie leise.

Spock kniete sich neben Miramanee nieder. »Die Schwester hat Ihnen eine Medizin gegeben, um die Schmerzen zu lindern«, sagte er. »Warum haben die Leute euch gesteinigt?«

»Kirok wußte nicht, wie man sich Zutritt zum Tempel verschafft.«

»Das konnte er auch nicht wissen«, sagte Spock. »Er ist ja nicht aus dem Tempel gekommen.«

Sie hob den Kopf. »Doch. Ich habe selbst gesehen, wie er aus dem Tempel kam.«

Spock blickte sie nachdenklich an. Dann wandte er sich an McCoy. »Was ist mit dem Captain, Doktor?«

»Das Gehirn ist nicht beschädigt. Nur sein Gedächtnis hat gelitten.«

»Können Sie ihm helfen?«

»Es wird eine gewisse Zeit dauern.«

»Zeit ist das einzige, Doktor, was wir nicht haben.« Er sprach in den Kommunikator. »Hier Spock. Mr. Sulu?«

»Wir haben noch fünfundsechzig Minuten, Sir.«

»Danke.« Er wandte sich wieder Kirk zu. »Glauben Sie, daß er kräftig genug für eine vulkanische Gedankenverbindung ist, Doktor?«

»Wir haben keine andere Wahl«, sagte McCoy.

Spock beugte sich zu Kirk und drückte ihm beide Handflächen auf die Schläfen. Er sprach sehr leise und eindringlich, und sein Blick bohrte sich in Kirks geschlossene Augen. »Ich bin Spock«, sagte er. »Und Sie sind James Kirk. Unsere Gedanken sind jetzt verbunden und verschmelzen immer stärker miteinander, immer stärker und stärker...« Sein Gesicht verzerrte sich unter der ungeheuren Konzentration, als ob er Schmerzen hätte. »Immer stärker, James Kirk... immer stärker...«

Kirk stöhnte. »Nein... nein... Miramanee...«

Spock verstärkte den Druck seiner Hände auf Kirks Schläfen und versuchte, das verschüttete Gedächtnis zu erreichen. Er schloß die Augen und konzentrierte sich völlig auf seine Aufgabe. »Immer stärker, James Kirk, immer stärker und stärker...«

Er stieß einen heiseren Schrei aus, und Kirks Körper erstarrte. Spocks Atem ging in keuchenden Stößen, und seine Stimme klang wie die eines Besessenen. »Ich bin Kirok... ich bin der Gott des Metall-Obelisken.« Spocks Stimme wurde immer lauter und eindringlicher. »Ich bin Kirok... Ich bin Kiro... Ich bin Kir... Ich bin Spock! *Spock!*«

Seine Hände ließen Kirks Schläfen los, sein Gesicht wirkte müde und abgespannt. Kirk lag reglos, mit geschlossenen Augen.

»Was ist los?«

»Er – er besitzt eine sehr dynamische Persönlichkeit, Doktor.«

»Also hat es nicht geklappt«, sagte McCoy bitter. Er schüttelte den Kopf – und Kirk schlug die Augen auf, sie waren hell und klar.

»Es hat geklappt«, sagte er. »Danke, Mr. Spock.«

»Captain, waren Sie wirklich in dem Obelisken?«

»Ja. Und er steckt voller elektronischer Geräte.«

»Er ist ein riesiger Ablenkungs-Mechanismus, Captain. Wir müssen uns sofort Zugang verschaffen.«

»Der Schlüssel liegt vielleicht in den Symbolen, die in die Außenwände eingraviert sind«, sagte Kirk. »Wenn wir sie entziffern könnten...«

»Es sind Noten, Captain.«

»Sie wollen sagen, daß man sich Zugang verschaffen kann, indem man eine bestimmte Melodie auf einem Musikinstrument spielt?«

»Das ist eine der Methoden. Eine andere ist das Sprechen einer bestimmten Lautfolge in der richtigen Sequenz.«

Kirk sagte: »Geben Sie mir Ihren Kommunikator, Mr. Spock.« Er machte eine kurze Pause. »Ich muß mich konzentrieren. Wahrscheinlich habe ich die Lautfolge zufällig getroffen, als ich Scotty anrief, um uns wieder an Bord beamen zu lassen.«

»Wenn Sie sich noch an die genauen Worte erinnern können...«

»Ich werde es versuchen. Sie lauteten: ›Kirk an *Enterprise*‹, und dann sagte Scotty: ›Aye, Captain‹.«

Die Falltür im Podest des Obelisken öffnete sich. Kirk und Spock betraten die Treppe. Kirk warf noch einen Blick auf Miramanee und sagte: »Bleib bei ihr, Pille.«

Die Stille im Inneren des Obelisken war gespenstisch. Sie untersuchten das Kontrollpult mit seinen vielfarbigen Knöpfen, und Spock sagte: »Ich denke, dieser Schalter dürfte den Ablenkungs-Mechanismus in Funktion setzen.«

»Vorsichtig!« warnte Kirk. »Ich habe zufällig einen der Schalter berührt, und der Energiestrahl, der dadurch ausgelöst wurde, hat mein Gedächtnis lahmgelegt.«

»Wahrscheinlich ein Informationsstrahl, der außer Sequenz ausgelöst wurde.«

»Sehen Sie, Spock! Dort drüben, an der anderen Wand des Gewölbes. Da sind noch mehr Symbole, ähnlich denen an der Außenwand des Obelisken. Können Sie sie lesen?«

Spock nickte. »Ich habe ein gutes Auge für Noten, Captain.«

»Dann schalten Sie ein, Mr. Spock!«

Der Vulkanier drückte drei Knöpfe kurz hintereinander nieder. Über ihnen zuckte eine blaue Flamme aus der Spitze des Bauwerks und fuhr wie ein leuchtendes Schwert in das sturmgepeitschte Dunkel. Sekunden später hörten sie eine ohrenbetäubende Explosion.

»Das war der Aufprall des Ablenkungsstrahls, Captain«, sagte Spock. »Der Asteroid ist aus seiner Flugbahn gelenkt worden.«

Spock hatte recht. Als sie den Obelisken verließen und nach draußen traten, hatte sich die Atmosphäre beruhigt. Der Himmel war wieder strahlend blau.

Kirk sank neben Miramanee in die Knie. »Wie geht es ihr, Pille?«

»Sie war schwanger und hat schwere innere Verletzungen erlitten, Jim.«

»Wird sie am Leben bleiben?«

Die Antwort stand McCoy ins Gesicht geschrieben.

Kirk taumelte, als hätte man ihm einen Schlag versetzt. Er mußte sich festhalten. Miramanees Gesicht war totenblaß. Sie öffnete die Augen und erkannte ihn.

»Es ist also wirklich wahr, Kirok«, flüsterte sie. »Du bist gerettet.«

»Und dein Volk auch«, sagte Kirk.

»Ich wußte, daß du sie retten würdest, mein Gott. Wir... wir werden lange und glücklich zusammen leben. Ich werde dir viele starke Söhne schenken. Und ich werde dich immer lieben.«

»Und ich werde dich immer lieben, Miramanee«, sagte er. Er küßte sie. Und sie sagte mit matter Stimme: »Jeder Kuß ist... wie der erste...«

Ihre Stimme brach, und ihre Hand glitt aus der seinen.

Als er sich über sie beugte, um sie noch einmal zu küssen, sah er, daß sie tot war.

McCoy legte ihm die Hand auf die Schulter. »Es ist vorbei, Jim Aber auf unsere Weise haben wir ihnen ihren Frieden bewahrt.«

Metamorphose

Es kam nicht oft vor, daß die *Enterprise* ihren Gleiter *Galileo* einsetzen mußte, denn normalerweise erfüllte der Transporter den gleichen Zweck besser. Aber dies war ein Ausnahmefall. Die *Enterprise* war mit einer anderen Aufgabe beschäftigt, als der Notruf von Epsilon Canaris III eintraf, der sich außerhalb der Transporterreichweite befand, und selbst die *Enterprise* konnte nicht gleichzeitig an zwei Orten sein.

Jetzt befand sich die *Galileo* auf dem Rückflug zum Mutterschiff. Kirk saß auf dem Pilotensitz, Spock hatte die Navigation übernommen. Die Passagiere des Gleiters waren Dr. McCoy und seine Patientin, Nancy Hedford, stellvertretende Regierungsbevollmächtigte der Föderation, eine sehr schöne Frau Anfang Dreißig, deren Attraktivität nur durch einen Ausdruck von Verdrossenheit getrübt wurde. Und diese Verdrossenheit entsprach ihrem Wesen. Sie war wirklich alles andere als eine angenehme Person.

»Wir haben vorgesehenen Richtpunkt drei erreicht, Captain«, meldete Spock. »Neuer Kurs: 201 Mark 15.«

»Danke, Mr. Spock. – Wie geht es ihr, Doktor?«

»Keine Veränderung.«

»Das habe ich der Sternenflotte zu verdanken«, sagte Nancy Hedford spitz.

»Also, Miß Hedford«, sagte McCoy. »Sie können doch die Sternenflotte nicht dafür verantwortlich machen, daß...«

»Man hätte dafür sorgen müssen, daß ich rechtzeitig die Schutzimpfungen erhalte«, unterbrach sie ihn.

»Die Sukaro-Infektion ist äußerst selten, Miß Hedford. Das Risiko, sich zu infizieren, liegt buchstäblich bei eins zu mehreren Milliarden. Wie hätten wir voraussehen können...«

»Ich bin auf diesen Planeten geschickt worden, um einen Krieg zu verhindern, Doktor. Dank der Unfähigkeit der medizinischen Abteilung der Sternenflotte war ich gezwungen, den Planeten zu verlassen, bevor ich meine Aufgabe zu Ende führen konnte. Wie viele unschuldige Menschen werden jetzt wegen meiner sogenannten seltenen Krankheit sterben?«

Kirk war der Ansicht, daß sie ihre Bedeutung weit überschätzte. Wahrscheinlich würde ihr Vorgesetzter die Aufgabe auch allein lösen können, vielleicht sogar besser. Aber das sagte er nicht laut.

»Miß Hedford«, sagte er, »ich kann Ihnen versichern, daß sie kurzfristig wieder gesund sind, sobald wir die *Enterprise* erreicht haben, wo uns alle nur denkbaren medizinischen Einrichtungen zur Verfügung stehen, und dann können Sie sich wieder mit aller Kraft Ihrer Friedensmission widmen.«

»Und wie lange wird es dauern, bis wir Ihr Schiff erreichen, Captain?«

»Vier Stunden und einundzwanzig Minuten.«

»Captain«, sagte Spock. »Die Taster haben eine Art Nebel direkt auf unserem Kurs aufgefaßt.«

»Das hat sicher nichts zu bedeuten. Aber wir werden ihm trotzdem ausweichen.«

Das aber erwies sich als unmöglich. Jedesmal, wenn Kirk den Kurs änderte, veränderte auch der Nebel seine Position. Bald darauf war er in Sichtweite, eine phosphoreszierende, amorphe Masse vor der Unendlichkeit des Raums.

Spock warf einen Blick auf seine Sensoren. »Der Nebel scheint hauptsächlich aus ionisiertem Wasserstoff zu bestehen, Captain. Trotzdem würde ich sagen, daß er kein natürliches Phänomen ist. Dafür ist er zu dicht, verändert zu oft und zu rasch seine Form und Position und enthält zu viel elektrische Energie.«

»Was immer es auch ist, Mr. Spock, wir sitzen gleich mitten drin.«

Er hatte kaum zu Ende gesprochen, als die glühende, amorphe Masse ihnen jede Sicht nahm. Gleich darauf fielen sämtliche Apparaturen aus. Ein kurzer Blick auf die Kontrollen sagte Kirk, daß auch die Kommunikationsmittel nicht mehr funktionierten.

»Ihre Analyse, Mr. Spock?«

»Extrem komplexe elektrische Impulse und ein Magnetfeld von hoher Intensität – das heißt, mehrere Magnetfelder, Sir. Sie dürften uns eingeschlossen haben.«

Ein Stoß erschütterte den Gleiter, sanft, aber spürbar. Kirk blickte auf seine Konsole. »Ja. Und sie nimmt uns mit sich!«

»Captain!« rief Miß Hedford. »Was ist los? Ich verlange eine Erklärung.«

»Wir wissen vorläufig genausowenig wie Sie. Was immer das Ding da draußen sein mag, es schleppt uns von unserem Kurs zur *Enterprise* weg.«

»Kurs ist jetzt 98 Mark 12«, sagte Spock. »Also direkt in die Gamma-Canaris-Region.«

»Jim«, sagte McCoy. »Wir müssen Miß Hedford auf die *Enterprise* bringen. Ihr Zustand...«

»Tut mir leid, Pille. Ich kann nichts tun.«

»Das überrascht mich überhaupt nicht«, sagte Miß Hedford kühl. »Ich habe von der Sternenflotte nichts anderes erwartet. Wenn ich wirklich so krank bin, wie dieser zweifelhafte Experte behauptet...«

»Glauben Sie mir, Sie sind es«, sagte McCoy. »Sie mögen sich vielleicht sehr wohl fühlen, aber dennoch sind Sie schwer krank.«

»Warum unternehmen Sie dann nichts? Ich bestehe darauf...«

»Tut mir leid, Frau Bevollmächtigte«, sagte Kirk. »Wir tun alles, was in unserer Macht liegt. Aber im Augenblick sind wir selbst hilflos. Also machen Sie es sich bequem und genießen Sie die Reise.«

Der Ort, an dem die *Galileo* abgelegt wurde – es gibt keinen passenderen Ausdruck dafür –, war ein kleiner Planet, von dem durch den sie umhüllenden Nebel nur sehr wenig zu erkennen war. Aber als der Gleiter den Boden berührte, verschwand der Nebel, und sie starrten auf eine weite, leere, heideartige Landschaft.

»Pille, Mr. Spock, ermittelt die Werte von hier.« Kirk schaltete seinen Kommunikator ein. »*Enterprise,* hier ist die *Galileo.* Bitte melden. – Bitte melden, *Enterprise.*« Er schüttelte den Kopf. »Sinnlos. Das Signal kommt nicht durch. Dieser Nebel muß immer noch da sein. Hat einer von euch schon irgendwelche Daten?«

»Die Atmosphäre ist fast identisch mit der der Erde«, meldete Spock, »genau wie seine Schwerkraft. Das ist für einen so kleinen Planeten fast unmöglich, es sei denn, sein Kern bestünde aus einem anderen Material als dem üblichen Nickeleisen. Sehr geeignet für menschliche Besiedlung.«

»Nun, ich schlage vor, daß wir aussteigen und uns umsehen«, sagte Kirk. »Pille, Phaser schußbereit und volle Alarmbereitschaft! Miß Hedford, Sie bleiben vorläufig hier im Gleiter.«

»Was meinen Sie mit vorläufig?«

»Eine sehr gute Frage. Ich wünschte, ich könnte sie beantworten.« Kirk wandte sich an Spock. »Also los, gehen wir.«

Sie stiegen aus und gingen zum Heck des Gleiters. Sie entriegelten die Klappen zu den Antrieben und untersuchten die Maschinerie.

»Sehr seltsam«, sagte Spock. »Eigentlich sogar unmöglich.«

»Nichts funktioniert.«

»Nichts. Und ohne jeden Grund.«

»Natürlich gibt es einen Grund. Wir haben ihn nur noch nicht gefunden. Also noch einmal von vorn.«

Während sie weitersuchten, verließ Nancy Hedford den Gleiter und trat auf sie zu. Sie wirkte, wie immer, säuerlich, schlecht gelaunt und wichtigtuerisch. Geduld war offensichtlich nicht gerade ihre Stärke. Kirk seufzte und richtete sich auf.

»Nun, Captain?«

»Nun, Frau Regierungsbevollmächtigte?«

»Wo ist denn Ihre seltsame, unwiderstehliche Kraft, die uns hierhergebracht hat? Oder war es nicht ganz einfach ein Navigationsfehler?«

»Nein, das war es nicht, Miß Hedford«, sagte Kirk geduldig. »Zu Ihrer Information: Unsere Antriebe sind ausgefallen. Ich bin also der Ansicht, daß die Kraft, die Sie erwähnten, noch immer wirksam ist.«

»Ihre Ausreden interessieren mich nicht, Captain. Ich verlange, daß Sie uns sofort von diesen öden Felsen fortbringen.«

»Miß Hedford, ich weiß, daß Sie krank sind und deshalb rasch in ärztliche Behandlung kommen wollen.«

»Ich will, wie Sie es ausdrücken, diesen ganzen medizinischen Unsinn so rasch wie möglich hinter mich bringen, damit ich wieder an meine Arbeit komme.«

McCoy war zu ihnen getreten. »Wie fühlen Sie sich, Miß Hedford?« fragte er besorgt.

»Ich wünschte, Sie würden mir nicht dauernd diese alberne Frage stellen.« Sie ging ärgerlich fort.

Kirk grinste bitter. »Solange sie dir solche Antworten gibt, Pille, kann es ihr nicht allzu schlecht gehen.«

»Aber nicht mehr lange. Das Fieber kann jederzeit ausbrechen.«

Während Kirk nach einer Antwort suchte, kam aus weiter Ferne ein lauter Ruf: »Hallooooo!«

Sie wandten sich erstaunt um. Eine menschliche Gestalt tauchte am Horizont auf, der auf diesem kleinen Planeten nicht mehr als eine Meile entfernt war. Sie winkte und kam auf sie zugelaufen.

»Pille, mache eine physiologische Analyse von... wer immer das ist.«

Die Gestalt verschwand hinter einem Hügel und tauchte dann auf seinem Kamm wieder auf. Es war ein junger, kräftiger, gutaussehender Mann Mitte Dreißig. Er trug einen einteiligen Overall. Sein Gesicht drückte Freude aus.

»Hallo!« rief er noch einmal, als er den Hang herab auf sie zukam. »Seid ihr echt? Ich meine – ich bilde mir euch nicht nur ein?«

»Wir sind echt«, sagte Kirk.

»Und ihr sprecht Englisch? Ihr seid von der Erde?«

Kirk nickte. »Von der Föderation.«

»Von der Föderation? Na, das macht nichts.« Er schüttelte Kirk begeistert die Hand. »Ich bin Cochrane. Seit Gott weiß wie lange bin ich hier gestrandet. Und wenn Sie wüßten, wie schön es ist, wieder Menschen zu sehen... und sogar eine Frau! Eine schöne Frau noch dazu! Toll!«

Kirk stellte seine Begleiter vor. Cochrane, der immer noch Miß Hedford anstarrte, sagte: »Sie sind wirklich Labsal für meine Augen, Miß. Und die anderen natürlich auch!« Er blickte Spock an. »Sie sind Vulkanier, nicht wahr? Als ich auf dem Vulkan war... He, das ist wirklich ein hübsches Schiff. Einfach und mit klaren Formen. Sie wollten es wohl gerade wieder in Gang bringen, nicht wahr? Die Mühe können Sie sich sparen. Es funktioniert nicht mehr.«

Er schritt mit bewundernden Blicken um den Gleiter herum. Kirk sagte leise zu McCoy: »Unser Freund springt von einem Thema zum anderen wie ein Grashüpfer.«

»Zu viel Neues, das er auf einmal aufnehmen muß«, sagte McCoy leise. »Eine völlig normale Reaktion. Und auch sonst sind alle Reaktionen völlig normal. Er ist ein Mensch, Jim.«

»Mr. Cochrane«, sagte Kirk zu dem immer noch strahlend lächelnden Mann. »Wir sind von einer Kraft, die wir nicht identifizieren konnten, von unserem Kurs abgedrängt und auf diesen Planeten gebracht worden.«

»Sehr gut möglich. Im Raum geschehen die seltsamsten Dinge.«

»Sie sagten vorhin, daß wir das Schiff nicht wieder funktionstüchtig machen könnten?« fragte Spock.

»Keine Chance. Es gibt hier so eine merkwürdige Art Dämpfungskraftfeld. Kein Antrieb funktioniert hier. Ich gebe Ihnen mein Wort. Sie haben keine Chance.«

»Es stört Sie doch nicht, wenn wir es trotzdem versuchen?« meinte Spock.

»Überhaupt nicht. Sie haben ja viel Zeit.«

»Was mich interessiert, Mr. Cochrane«, sagte Kirk, »wie sind Sie überhaupt hierhergekommen?«

»Ich bin hier gestrandet, das habe ich Ihnen doch schon erklärt. Hören Sie, wir haben jede Menge Zeit, uns zu unterhalten. Ich habe mir ganz in der Nähe ein kleines Haus gebaut. Mit allem modernen Komfort.« Er wandte sich an Miß Hedford. »Ich kann Ihnen sogar ein heißes Bad anbieten.«

»Wie taktvoll Sie bemerken, daß ich eines dringend nötig habe«, sagte sie eisig.

»Wenn es Ihnen nichts ausmacht, Mr. Cochrane«, sagte Kirk,

»dann hätte ich gerne etwas mehr über den Grund Ihres Hierseins als allein die Aussage, daß Sie hier gestrandet sind, gewußt. Dieser Planet liegt weit außerhalb jeder normalen Route.«

»Das stimmt. Und deshalb freue ich mich ja so, Sie zu sehen. Hören Sie, ich werde Ihnen alles erklären, was Sie wissen wollen. Aber nicht hier.« Er warf wieder einen interessierten Blick auf den Gleiter. »Wirklich ein Prachtstück.«

»Sie scheinen eine ganze Weile aus dem Verkehr gezogen gewesen zu sein. Vielleicht sind die technischen Grundlagen neu für Sie. Mr. Spock, würden Sie Mr. Cochrane unsere Propulstriebwerke erklären?«

»Selbstverständlich, Captain. – Kommen Sie, Mr. Cochrane.«

Als die beiden fortgegangen waren, sagte McCoy: »Er redet eine Menge, sagt aber nicht viel.«

»Das habe ich auch bemerkt. Und noch etwas anderes ist mir aufgefallen, Pille: Er kommt mir irgendwie bekannt vor.«

»Bekannt...? Jetzt, wo du mich darauf aufmerksam machst, fällt es mir auch auf.«

»Ich weiß aber nicht, an wen er mich erinnert. – Wie geht es Miß Hedford?«

»Noch keine Temperatur. Aber wir müssen baldigst weg von hier. Ich weiß, daß das Fieber jeden Moment einsetzen kann.«

»Und ein Irrtum ist ausgeschlossen? Sie hat wirklich die Sukaro-Infektion?«

»Ganz sicher. Und über noch etwas bin ich mir völlig sicher: wenn diese Krankheit nicht rechtzeitig behandelt wird, ist sie absolut tödlich. – Was machen wir jetzt?«

»Ich denke, wir werden Mr. Cochranes Angebot annehmen. Dann hat sie es zumindest bequem.«

Cochranes Haus war ein einfacher, funktioneller Kubus. Es hatte eine Tür, aber keine Fenster. Das umliegende Land war bebaut.

»Sie haben das gebaut, Mr. Cochrane?« fragte Spock.

»Ja. Aus Teilen des Gleiters, mit dem ich hier eine Bruchlandung gemacht habe. Es ist nicht wie auf der Erde, aber man kann's aushalten. Ich habe auch Gemüse angebaut, wie Sie sehen. Kommen Sie herein.«

Er ging voraus. Das Haus enthielt eine Heizung, die auch als Kochstätte diente, eine Klimaanlage und einige recht bequeme Möbelstücke, alle ziemlich alt.

Miß Hedford blickte sich angewidert um. »Was für ein geschmackloser, enger Raum«, sagte sie.

Cochrane lächelte nur. »Für mich ist es mein Zuhause, Miß Hedford.«

»Woher haben Sie eigentlich die Antiquitäten?« fragte Kirk.

»Die Antiquitäten? Ach, Sie meinen meine Vorrichtungen. Ich kann mir vorstellen, daß sich vieles seit meiner Bruchlandung hier geändert hat.«

»Nicht übermäßig viel.«

»Muß es unbedingt so furchtbar heiß hier sein?« fragte Miß Hedford.

»Die Temperatur steht konstant bei 22° Celsius.«

»Fühlen Sie sich heiß?« fragte McCoy besorgt.

Sie warf sich ärgerlich in einen Sessel. »Ich fühle mich angewidert, übergangen, und ich bin wütend.«

»Es war ein ziemlich langer Weg bis hierher«, sagte McCoy. »Sie sind müde und erschöpft. Ruhen Sie sich eine Weile aus.«

»Dazu habe ich später Zeit. Jetzt denke ich gerade über den Bericht nach, meinen Bericht an den Ausschuß der Regierungsbevollmächtigten über die Effizienz der Sternenflotte. Und Sie können sich darauf verlassen, daß es ein sehr detaillierter Bericht wird.«

»Captain! Doktor!« rief Spock von der Tür. »Sehen Sie sich das einmal an!«

Aufgeschreckt durch Spocks drängenden Tonfall war Kirk mit einem Satz an der Tür. Draußen, in einer Entfernung von etwa einer Meile, sah er eine säulenförmige, neblig-verschwommene Interferenz. Sie sah aus wie eine Windhose, aber es war völlig windstill. Im Innern der Nebelsäule flackerten matte, pastellfarbene Lichterflächen und Formen, und Kirk hatte den Eindruck – es war mehr ein Gefühl – von sanften, musikalischen Klängen. Das Phänomen schwankte ein paar Sekunden vor einer Seite zur anderen, und dann war es verschwunden.

Kirk wandte sich an Cochrane. »Was war das?«

»Die Lichtverhältnisse hier rufen manchmal Halluzinationen hervor«, sagte Cochrane. »Sie können sich nicht vorstellen, was ich hier schon alles gesehen zu haben glaubte.«

»Das war keine Halluzination, Mr. Cochrane. Es war ein wirkliches Phänomen, und ich vermute, daß dieses Phänomen uns hierhergebracht hat. Ich bitte um eine Erklärung.«

»Es gibt nichts zu erklären.«

»Mr. Cochrane, Sie werden feststellen müssen, daß ich sehr wenig Geduld bei allen Fragen habe, die die Sicherheit meiner Leute betreffen. Wir finden Sie hier an einem Ort, an dem kein Mensch irgend etwas zu suchen hat. Wir sind im Raum gewissermaßen entführt und zur

Landung auf diesem Planeten gezwungen worden – höchstwahrscheinlich von dem Ding, das wir eben da draußen gesehen haben. Ich bitte Sie nicht um eine Erklärung, Mister, ich verlange sie!«

Cochrane zuckte die Achseln. »Also gut. Das da draußen – das war der Begleiter.«

»Der was?«

»Ich nenne ihn so. Um die Wahrheit zu sagen, Captain, ich habe keine Bruchlandung gemacht. Ich bin in meinem halb zerstörten Schiff hierhergebracht worden. Ich war fast tot. Der Begleiter hat mein Leben gerettet.«

»Sie wirken aber recht gesund und munter«, sagte Kirk sarkastisch. »Woran wären Sie denn fast gestorben?«

»An Altersschwäche, Captain. Sie werden's nicht glauben, ich war zu der Zeit siebenundachtzig Jahre alt. Der Begleiter hat mir meine Jugend wiedergegeben. Ich weiß nicht, wie er es angestellt hat, aber er hat es jedenfalls getan. Er hat mich – nun – so jung gemacht, wie ich jetzt bin.«

Kirk und Spock wechselten einen raschen Blick. Spock hatte die Brauen fast bis zum Haaransatz hochgezogen. Er sagte: »Ich möchte meinen Kommentar zu diesem Teil Ihrer Story noch etwas zurückhalten, Sir. Würden Sie uns vorerst bitte sagen, was dieser Ihr Begleiter eigentlich ist?«

»Ich sagte Ihnen doch schon, daß ich es auch nicht weiß. Er existiert. Er lebt. Ich kann mich bis zu einem gewissen Grad mit ihm verständigen.«

»Klingt alles sehr unwahrscheinlich«, sagte McCoy.

»Sie haben ihn schließlich mit eigenen Augen gesehen. Haben Sie eine bessere Story?«

»Mr. Cochrane«, sagte Kirk. »Haben Sie eigentlich auch einen Vornamen?«

Cochrane nickte. »Zefram.«

McCoy öffnete überrascht den Mund, aber Spock hatte diese Antwort anscheinend erwartet.

Kirk sagte: »Cochrane von Alpha Zentauri? Der Entdecker der Raumkrümmung?«

»Sehr richtig, Captain.«

»Zefram Cochrane«, sagte McCoy, »ist vor hundertfünfzig Jahren gestorben.«

»Seine Leiche wurde nie gefunden«, setzte Spock hinzu.

»Sie steht vor Ihnen, Mr. Spock«, sagte Cochrane lächelnd.

»Sie sagten vorhin, Ihr Begleiter hätte Sie gefunden und verjüngt.

Was hatten Sie im Alter von siebenundachtzig Jahren denn noch im Raum zu suchen?«

»Ich war müde, Captain. Ich wußte, daß ich sterben würde, und ich wollte im Raum sterben. Das ist alles.«

McCoy wandte sich Miß Hedford zu, die jetzt erschöpft mit geschlossenen Augen im Sessel ruhte. Er legte seine Hand auf ihre Stirn und richtete seinen Tricorder auf sie. Das Resultat schien ihn zu beunruhigen.

»Diese Apparate«, sagte Spock, »stammen alle aus der von Ihnen genannten Epoche. Von Ihrem Schiff, Mr. Cochrane?«

»Ja, ich habe es ausgeschlachtet. Alles andere, was ich brauche – Nahrungsmittel, Wasser, meine Umwelt, diese Gärten – bekomme ich von meinem Begleiter. Er erschafft sie anscheinend aus den Grundelementen.«

»Sie sagten vorhin, daß Sie sich mit ihm verständigen können. Vielleicht können Sie feststellen, was wir hier sollen.«

»Das weiß ich bereits.«

»Würden Sie es uns dann sagen?«

»Es wird Ihnen nicht gefallen.«

»Uns gefällt schon vieles nicht.«

»Sie sind hier, um mir Gesellschaft zu leisten«, sagte Cochrane. »Ich war immer ein Einzelgänger. Ich hielt mich viele Jahre allein im Raum auf. Und anfangs hat mich das Alleinsein hier auch nicht gestört. Aber hundertfünfzig Jahre sind eine verdammt lange Zeit, Kirk. Eine zu lange Zeit. Schließlich habe ich dem Begleiter gesagt, daß ich es ohne die Gesellschaft anderer Menschen nicht mehr aushalte. Ich hoffte, er würde mich freigeben, mich irgendwie zurückschicken. Statt dessen machte er sich auf die Suche nach Menschen und brachte offensichtlich die ersten, die er fand, zu mir.«

»Nein!« rief Miß Hedford schwach. »Nein! Das ist doch widerlich! Wir sind doch keine Tiere!«

Sie begann zu schluchzen. McCoy und Kirk hoben sie auf und legten sie auf ein Sofa. McCoy gab ihr eine Injektion. Allmählich hörte ihr Schluchzen auf.

»Es steht schlecht«, sagte McCoy. »Sehr schlecht.«

»Kannst du denn nichts tun?«

»Ich kann sie nur ruhig halten und dafür sorgen, daß sich keine Sekundär-Infektionen entwickeln. Aber die Zerfallsrate ihrer roten Blutkörperchen nimmt nun rasch zu, und ich kann sie nicht aufhalten.«

Kirk wandte sich an Spock. »Mr. Spock, wenn das Ding das nächste

Mal wieder auftaucht, machen Sie auf jeden Fall eine genaue Tricorder-Analyse. Wir müssen eine Waffe entwickeln, mit der wir es bekämpfen können.«

»Captain, ich habe bereits einige erste Schlußfolgerungen gezogen. Angesichts des anormal kleinen Umfangs dieses Planeten und des von Mr. Cochrane erwähnten Dämpfungs-Kraftfelds bin ich zu der Ansicht gelangt, daß es sich um den Mond eines größeren, inzwischen zerstörten Planeten handelt und daß sowohl Planet als auch Mond von einer hochentwickelten Zivilisation bevölkert waren.«

»Das ist auch meine Meinung«, nickte Cochrane. »Ich habe Ruinen gefunden, die darauf hindeuten.«

»Kommen Sie zur Sache, Spock.«

»Man könnte annehmen, daß der Begleiter der letzte Überlebende dieser seit langem erloschenen Zivilisation ist. Sie wollen von mir eine Waffe. Wollen Sie ihn vernichten?«

»Ich will alles tun, was notwendig ist, um von hier wegzukommen und Miß Hedford in ein Krankenhaus zu bringen«, sagte Kirk entschlossen. »Und wenn der Begleiter uns dabei im Weg steht, so werden wir ihn aus dem Weg räumen. Ist das klar, Mr. Spock?«

»Völlig klar, Captain.« Spock nahm seinen Tricorder und verließ das Haus in Richtung auf den Gleiter.

»Cochrane, was würde mit Ihnen geschehen, wenn Sie von hier fortgingen.«

»Ich würde wieder altern, wie jeder normale Mensch.«

»Wollen Sie von hier fort?«

»Sie können mir glauben, Captain, daß die Unsterblichkeit zum größten Teil aus Langeweile besteht. Natürlich will ich von hier fort. – Wie sieht es jetzt da draußen aus, Kirk?«

»Wir haben an die tausend Planeten kolonisiert und breiten uns immer weiter aus. Wir haben phantastische Entfernungen überbrückt – und überall Leben gefunden. Nach unserer Schätzung muß es Millionen von Planeten mit intelligenten Lebensformen geben. Wir stehen aber immer noch am Anfang unserer Entdeckungen.«

Cochranes Augen glänzten.

»Interessant?« fragte Kirk.

»Wie würden Sie es denn finden, wenn Sie hundertfünfzig Jahre lang geschlafen hätten und in einer völlig neuen Welt erwachten?«

»Diese neue Welt ist dort draußen und wartet auf Sie«, sagte Kirk. »Sie werden feststellen, daß Ihr Name geehrt wird. Aber wir brauchen wahrscheinlich Ihre Hilfe, um von hier fortzukommen.«

»Die sollen Sie haben.«

»Nun gut. Sie sind der Ansicht, daß dieser Begleiter so ziemlich alles kann.«

»Bis jetzt habe ich noch keinerlei Einschränkungen feststellen können.«

»Könnte er auch Miß Hedford heilen?«

»Das weiß ich nicht.«

»Wir müssen es auf jeden Fall versuchen. Wir selbst sind völlig hilflos. Sie sagten, Sie könnten sich mit ihm verständigen?«

»Bis zu einem gewissen Grad. Es ist keine verbale Art der Verständigung. Aber meistens kann ich ihm klarmachen, was ich meine.«

»Dann versuchen Sie es. Sofort. Stellen Sie fest, ob er irgend etwas tun kann.«

Cochrane nickte und trat hinaus. Kirk und McCoy folgten ihm. »Wie rufen Sie ihn?« fragte Kirk.

»Ich brauche nur... meine Gedanken völlig abzuschalten. Dann kommt er. Sie sollten lieber etwas zur Seite treten.«

Cochrane schloß seine Augen. Nach einer Weile hörte Kirk das melodische Summen des Begleiters, und dann tauchte er plötzlich dicht neben Cochrane auf, eine nebelhafte Säule, die in Dutzenden von Farben leuchtete und ein melodisches Klingen von sich gab. Langsam schwebte er auf Cochrane zu, schloß ihn in sich ein. Die farbigen Lichter flackerten über Cochranes Gesicht.

»Was hältst du davon, Pille?« fragte Kirk leise.

»Fast eine Art Symbiose, eine Vereinigung.«

»Genau das habe ich auch gedacht. Nicht gerade das Verhalten eines Tierliebhabers zu seinem anhänglichen Schoßtier?«

»Nein, mehr als das.«

»Das denke ich auch. Viel mehr. Vielleicht sogar... Liebe?«

Jetzt schwebte der Begleiter zur Seite und gab Cochrane frei. Dann löste sich die farbige Nebelsäule wieder auf. Cochrane stand ein paar Sekunden wie in tiefer Trance, dann schüttelte er den Kopf und blickte umher, als ob er sich erst wieder orientieren müßte. Sein Blick fiel auf Kirk.

»Fühlen Sie sich nicht wohl?« fragte Kirk.

»Ich... ja. Es... nimmt mich nur immer sehr mit. Aber ich bin okay.«

»Und?«

Cochrane schüttelte wieder den Kopf. »Der Begleiter kann Miß Hedford nicht helfen. Es schien dabei auch um eine Identitätsfrage zu gehen, die ich nicht verstanden habe. Aber die Antwort ist nein, da bin ich mir ganz sicher.«

»Dann wird sie sterben.«

»Das tut mir leid. Sie können mir glauben, wenn ich ihr irgendwie helfen könnte, würde ich es gerne tun. Aber der Begleiter hat nein gesagt.«

Es dauerte mehrere Stunden, bis Spock vom Gleiter zurückkam. Als er ins Haus trat, trug er ein kleines, aber offensichtlich sehr kompliziertes Gerät unter dem Arm. Es sah provisorisch und irgendwie unfertig aus, als ob es von einem begabten Kind rasch zusammengebastelt worden wäre.

»Ihre Waffe, Captain«, sagte er.

»Gut. Und wie funktioniert sie?«

»Wir wissen bereits, daß der Begleiter zum größten Teil aus Plasma besteht – ein Materiezustand, dessen Charakteristikum eine hohe Ionisierung ist. Um es einfacher auszudrücken: Dieses Wesen besteht hauptsächlich aus Elektrizität, und ich will es durch einen Kurzschluß außer Gefecht setzen. Bringen Sie das Gerät in die Nähe des Begleiters und drücken Sie diesen Schalter, dann wird sein gesamtes elektrisches Potential durcheinandergebracht. Ein Versagen ist unmöglich.«

Cochrane starrte traurig auf das kleine Gerät.

Kirk sagte: »Bedrückt es Sie, Cochrane?«

»Der Begleiter hat mir das Leben gerettet und sich hundertfünfzig Jahre lang um mich gekümmert. Wir haben uns… sehr nahegestanden… auf eine Weise, die man kaum erklären kann. Ich glaube, ich habe wirklich eine echte Zuneigung zu ihm entwickelt.«

»Er hält Sie aber auch als Gefangenen hier.«

»Ich möchte nicht, daß Sie ihn töten.«

Spock sagte: »Vielleicht setzen wir ihn damit nur für eine Weile außer Gefecht…«

»Aber das wissen Sie nicht«, sagte Cochrane entschlossen. »Vielleicht wird er getötet! Das werde ich nicht zulassen, Kirk!«

»Wollen Sie von hier fort oder nicht, Cochrane? Entscheiden Sie sich.«

»Was seid ihr nur für Menschen heutzutage?« sagte Cochrane bitter. »Kennt ihr den Begriff der Dankbarkeit nicht mehr?«

»Wir haben eine sterbende Frau bei uns, Cochrane. Ich werde alles tun, um ihr Leben zu retten.«

Cochrane starrte Kirk an, und dann nickte er langsam. »Ich sehe ein, daß Sie, von Ihrem Standpunkt aus gesehen, recht haben. Aber ich…«

»Wir verstehen Ihre Gefühle vollkommen, Mr. Cochrane«, sagte McCoy. »Aber es gibt keinen anderen Weg.«

»Sie wollen also, daß ich ihn jetzt rufe, nicht wahr?«

»Bitte.«

Sie gingen hinaus. Nur McCoy blieb im Haus bei seiner Patientin. Spock trug sein Gerät unter dem Arm. Cochrane schaltete wieder alle Gedanken ab, und nach kurzer Zeit schwebte der Begleiter auf ihn zu. Die bunten Lichter spielten, und das leise, melodische Summen ertönte. Er schien fast zu schnurren wie eine Katze.

»Ist das nahe genug?« flüsterte Kirk.

»Ich glaube ja«, flüsterte Spock zurück. »Aber es ist und bleibt ein Risiko. Wir kennen die Energiemenge dieser Kreatur nicht.«

»Darauf müssen wir es ankommen lassen. – Jetzt, Spock!«

Spock drückte den Schalter. Das sanfte Klingen verstummte, statt dessen kam ein hohes, wütendes Schrillen aus der Kreatur. Das sanfte, pastellfarbene Lichterspiel verwandelte sich in kräftige, drohende Blau-Grün-Töne. Cochrane, der nur wenige Meter entfernt stand, griff mit beiden Händen nach seinem Kopf, taumelte und stürzte zu Boden. Die schrillende, strahlende, amorphe Plasmasäule schwebte auf das Haus zu.

Kirk und Spock sprangen rasch hinein. Aber auch hier fanden sie keinen Schutz. Der Raum füllte sich mit quirlendem Plasma, mit Schrillen und drohendem Leuchten. Kirk fühlte plötzlich einen ungeheuren Druck, der seinen ganzen Körper zusammendrückte. Der Atem wurde ihm aus den Lungen gepreßt. Verzweifelt schlug er um sich, aber es gab nichts, nach dem er schlagen konnte. Er sah, daß Spock das Gerät fallengelassen hatte und ebenfalls verzweifelt nach Atem rang.

»Aufhören! Aufhören!« hörte Kirk McCoy schreien, und seine Stimme schien aus weiter Ferne zu kommen. »Er bringt sie um!«

Cochrane taumelte herein. Er ahnte sofort, was hier vor sich ging, und setzte sich mit dem Begleiter in telepathische Verbindung. Die grellen Farben verschwanden wieder, das Schrillen erstarb, und die Kreatur löste sich auf. Kirk und Spock sanken auf die Knie und rangen nach Luft. McCoy kniete neben ihnen. Cochrane ging wieder hinaus.

»Alles in Ordnung?« fragte McCoy. »Könnt ihr wieder atmen?«

Kirk nickte. »Ja... es geht wieder, Pille.« Er stand schwerfällig auf, und auch Spock kam wieder auf die Füße. »Cochrane hat ihn uns vom Hals geschafft. Aber ich weiß nicht, ob er uns damit einen Gefallen getan hat oder nicht.«

»Was redest du da?« sagte McCoy gereizt.

»Wie bekämpft man ein Wesen wie dieses? Ich habe ein Schiff da draußen im Raum... und ich trage die Verantwortung für vier Menschen hier... von denen einer im Sterben liegt.«

»Das ist doch nicht deine Schuld.«

»Ich bin der Kommandant, Pille, und damit ist es meine Schuld. Und jetzt weiß ich nicht mehr weiter. Ich kann es nicht vernichten. Ich kann es nicht zwingen, uns freizulassen.«

Nach kurzer Pause sagte McCoy: »Du bist so sehr Soldat, daß du oft vergißt, daß du auch eine diplomatische Ausbildung genossen hast. Warum versuchst du nicht einmal das Zuckerbrot statt der Peitsche?«

»Aber was kann ich denn anbieten... Hmmmm. Vielleicht können wir ihn doch etwas... Spock!«

»Ja, Captain?«

»Der Universal-Übersetzer im Gleiter. Den sollten wir ausprobieren. Wir sollten uns mit diesem Ding verständigen.«

»Der Übersetzer ist für die Verständigung mit menschenähnlichen Lebensformen gedacht, Sir, nicht für eine Unterhaltung mit Plasma-Geschöpfen, die keine verbale Kommunikation kennen.«

»Dann ändern Sie das! Stellen Sie ihn neu ein. Sie wissen doch, das Schlimmste an der Unsterblichkeit ist die Langeweile. Das Adjustieren des Übersetzers gibt Ihnen etwas zu tun.«

»Möglich wäre es schon... wenn ich die Empfangsbreite vergrößern kann...«

»Das ist genau Ihre Aufgabe, Mr. Spock. Holen Sie das Ding her und dann an die Arbeit.«

Der Übersetzungs-Computer war ein kleines, aber sehr komplexes Gerät. Cochrane studierte es mit großem Interesse, während Spock daran arbeitete.

»Wie funktioniert der Apparat eigentlich?« fragte er.

»Es gibt bestimmte Begriffskategorien und Denkkonzepte, die bei allen intelligenten Lebensformen ähnlich sind«, erklärte Kirk. »Dieses Gerät analysiert und vergleicht Gehirnströme, wählt die aus, die es erkennt, und setzt sie in das entsprechende Vokabular um.«

»Sie wollen sagen, dieser Kasten kann sprechen?«

»Ja, und zwar in der Sprache – oder irgendeinem anderen adäquaten Kommunikationsmittel – des Wesens, mit dem wir uns unterhalten wollen. Es ist natürlich noch nicht ganz perfekt, aber für unsere Zwecke meistens ausreichend. Sind Sie fertig, Mr. Spock?«

»Ja, fertig, Captain.«

»Mr. Cochrane, rufen Sie bitte den Begleiter.«

Cochrane verließ das Haus. Kirk und Spock folgten ihm. Spock trug den Übersetzer unter dem Arm.

Wieder hörten sie die sanften Tonfolgen, als der Begleiter dicht vor ihnen materialisierte, amorph und nebelhaft.

Spock schaltete den Übersetzer ein und nickte Kirk zu.

»Begleiter... wir wollen mit dir reden.«

Das Summen und Klingen wurde lauter. Der Begleiter glitt ein Stück von Cochrane fort. Und dann ertönte eine Stimme aus dem Translator. Sie war sanft, gütig und – daran bestand kein Zweifel – weiblich!

»Wie können wir miteinander reden? Meine Gedanken... Sie können meine Gedanken hören. Das ist interessant.«

»Weiblich, Spock«, sagte Kirk. »Ohne jeden Zweifel.«

»Seltsam... Das könnte die ganze Situation natürlich von Grund auf verändern.«

»Dr. McCoy und ich sind Ihnen da schon weit voraus, Mr. Spock.«

»Dann ist dieses Wesen kein Zoo-Besitzer...«

»Nein. Mr. Spock. Ein liebendes Wesen.« Er sprach wieder in den Übersetzer: »Begleiter, es ist unrecht, uns gegen unseren Willen hier festzuhalten.«

»Der Mensch braucht die Gesellschaft seiner Artgenossen, oder er kann nicht mehr weiterleben«, sagte die sanfte Stimme. »Er hat es mir gedanklich mitgeteilt.«

»Eine von uns wird bald zu existieren aufhören«, sagte Kirk. »Wir müssen sie zu einem Ort bringen, wo man ihr helfen kann.«

»Der Mensch braucht die Gesellschaft von Wesen seiner Art. Deshalb seid ihr hier. Der Mensch muß weiterleben.«

»Captain, die Worte verraten eine seltsame, leidenschaftslose Logik«, sagte Spock, »reiner Pragmatismus. Ich bin der Ansicht, daß er unseren Standpunkt niemals begreifen wird.«

»Vielleicht. – Begleiter, versuche uns zu verstehen. Unsere Spezies braucht die Freiheit, um leben zu können, genauso, wie du hierbleiben mußt. In der Gefangenschaft können wir nicht weiterleben.«

»Eure Körper haben den ihnen eigenen Degenerationsprozeß überwunden. Ihr werdet weiterleben bis in Ewigkeit. Ich werde für euch sorgen. Es gibt nichts, das euch etwas anhaben könnte. Ihr werdet weiterleben, und der Mensch wird weiterleben. Das ist notwendig.«

»Captain!« sagte Spock. »Hier bietet sich uns eine einmalige Gelegenheit, unser Wissen zu erweitern. Fragen Sie ihn nach seiner Struktur, nach seiner Geschichte.«

»Mr. Spock, wir sind hier nicht im Hörsaal. Ich versuche, unsere Freiheit wiederzugewinnen.«

»So eine Gelegenheit bietet sich vielleicht nie wieder. Er könnte uns doch so viel erzählen...«

»Mr. Spock, verschwinden Sie. – Begleiter, ich sehe, daß du uns nicht begriffen hast. Das kommt daher, daß du nicht zu unserer Spezies gehörst. Glaube mir, daß wir nicht lügen. Was du uns anbietest, ist kein Leben, nur ein Existieren. Wir würden aufhören zu leben. Und auch der Mensch Cochrane wird aufhören zu leben.«

»Deine Impulse sind unlogisch. Diese Kommunikation ist sinnlos. Der Mensch muß weiterleben. Deshalb werdet auch ihr weiterleben. Das ist absolut notwendig.«

Die Stimme schwieg. Der Begleiter glitt fort, wurde diffuser und matter und war schließlich verschwunden.

Kirk ließ die Schultern sinken. Er ging mit Spock ins Haus zurück. Cochrane folgte ihnen.

»Captain«, sagte er, »warum haben Sie diesem Übersetzer eine weibliche Stimme gegeben?«

»Das haben wir nicht.«

»Aber ich habe doch selbst gehört...«

»Die Unterteilung in männlich und weiblich sind universelle Konstanten, Cochrane. Ihr Begleiter ist ohne jeden Zweifel weiblich.«

»Ich verstehe nicht.«

»Wirklich nicht?« sagte McCoy. »Aber das sieht doch ein Blinder mit dem Krückstock. Für ihn – oder für sie, richtiger gesagt – sind Sie kein Spielzeug oder Schoßtierchen, das sie sich hält, Sie sind ihr Geliebter.«

»Ich bin *was?*«

»Aber das ist doch völlig klar«, sagte Kirk. »Sie tut alles für Sie, sorgt für Sie, ernährt Sie, beschützt Sie. Sie bringt Ihnen sogar Gesellschaft, wenn Sie sich einsam fühlen.«

»Ihr Verhalten Ihnen gegenüber ist ganz anders als das, das sie an den Tag legt, wenn sie uns kontaktiert«, sagte Spock. »Sie leuchtet angenehm, schnurrt beinahe wie ein Kätzchen. Obwohl ich die Art ihres Gefühls nicht völlig verstehe, ist es zweifellos vorhanden. Ihr Begleiter liebt Sie.«

Cochrane starrte ihn ungläubig an. »Aber das ist doch lächerlich!«

»Ganz und gar nicht«, sagte Kirk. »Wir haben schon ähnliche Situationen erlebt.«

»Aber nach hundertfünfzig Jahren...«

»Was geschieht eigentlich, wenn Sie mit ihr in Verbindung treten?«

»Ich... wir sind... unsere Gedanken verschmelzen miteinander.«

»Natürlich. Darüber braucht man sich doch nicht zu schämen. Eine ganz normale Verbindung von zwei Bewußtseinseinheiten.«

»Aber das ist doch widerlich! Wissen Sie eigentlich, was Sie damit sagen? Nein, das können Sie auch nicht wissen! Aber... all die Jahre... etwas so völlig Fremdes in mein Bewußtsein dringen zu lassen... in meine Gedanken... meine Gefühle...« Cochrane war plötzlich wütend. »Sie hat mich hereingelegt! Sie ist... eine Art emotioneller Vampir! Sie ist in mir herumgekrochen!«

»Aber das hat Ihnen doch nicht weh getan, oder?« fragte Kirk.

»Weh getan? Was hat denn das damit zu tun? Man kann mit einer Frau fünfzig Jahre lang verheiratet sein und doch ein paar Gedanken und Gefühle für sich bewahren. Aber dieses Ding... hat sich an mir gelabt!«

»Eine interessante Anschauung«, sagte Spock. »Typisch für Ihre Zeit, als die Menschen noch kaum Kontakt mit anderen Lebensformen hatten.«

»Wie kommen Sie dazu, einfach dazusitzen und eine so widerliche Sache in aller Ruhe zu analysieren!« schrie Cochrane empört. »Was für ein Mensch sind Sie eigentlich?«

»Ich finde nichts Widerliches daran, Cochrane«, sagte McCoy. »Es ist lediglich eine andere Lebensform. Man gewöhnt sich an diese Dinge.«

»Mir wird schlecht, wenn ich das höre. Sie sind ja genauso widerlich wie sie!«

»Ich begreife Ihre übertrieben emotionale Reaktion nicht«, sagte Spock. »Ihre Beziehung zu dem Begleiter war einhundertfünfzig Jahre emotionell befriedigend, äußerst praktisch und völlig harmlos. Sie war, alles in allem, sehr vorteilhaft.«

Cochrane starrte die drei Männer der Reihe nach an. »So sieht also die Zukunft aus«, sagte er aufgebracht, »beherrscht von Menschen, die keine Ahnung mehr haben, was Anstand und Moral bedeuten. Nun, ich bin vielleicht um hundertfünfzig Jahre hinter der Zeit zurück; aber ich weigere mich, Nahrung für so ein nichtmenschliches... monströses...« Er würgte, drehte sich um und stürzte hinaus.

»Eine überaus engstirnige Haltung«, sagte Spock.

»Doktor«, rief Nancy Hedford mit schwacher Stimme. »Doktor.«

McCoy lief zu ihr, und Kirk folgte ihm. »Hier bin ich, Miß Hedford.«

Sie lächelte mühsam. »Ich... ich habe gehört, was er gesagt hat. Er wurde geliebt... und er nimmt es übel.«

»Sie müssen sich ausruhen«, sagte McCoy.

»Nein. Ich will nicht... ich will nicht sterben... ich war wirklich gut... in meinem Fach, Doktor. Aber ich bin nie... geliebt worden. Was für ein... was für ein Leben ist das denn... wenn man nicht geliebt wird... niemals... und jetzt soll ich sterben. Und er... er läuft vor der Liebe davon...«

Sie schwieg und rang nach Atem. McCoy blickte sie ernst an.

»Captain!« rief Spock von der Tür. »Sehen Sie sich das da draußen mal an.«

Kirk lief zur Tür. Der Begleiter war zurückgekommen. Er sah so aus wie immer. Doch Cochrane wich vor ihm zurück. Sein Gesicht war wutverzerrt, seine Gesten wütend und trotzig.

»Begreifst du denn nicht!« schrie er. »Ich will nichts mehr mit dir zu tun haben!«

Der Begleiter schwebte näher auf ihn zu, und ein Glockenton klang wie eine Frage. Cochrane wich weiter zurück.

»Ich habe gesagt, bleib mir vom Leib! Mich wirst du nicht mehr hereinlegen! Bleib mir vom Leib! Ich weiß, daß du mich genau verstehst! Bleib mir vom Leib! Und laß mich von jetzt an gefälligst in Ruhe!«

Zitternd, blaß und schwitzend wandte Cochrane sich ab und kam ins Haus zurückgerannt. Kirk blickte McCoy fragend an. Nancy Hedford lag völlig still.

»Pille, ist es vorbei?«

»Nein. Aber es kann nicht mehr lange dauern. Die Atmung ist schon sehr unregelmäßig. Blutdruck fällt rasch. In zehn Minuten ist sie tot. Und ich...«

»Du hast alles getan, was du tun konntest, Pille.«

»Tut sie Ihnen wirklich leid, Kirk?« sagte Cochrane, immer noch wütend. »Fühlen Sie wirklich etwas für sie? Verschwenden Sie Ihre Gefühle nicht. Weil das der einzige Weg ist, auf dem wir von hier wegkommen. Indem wir sterben.«

Eine Idee, ein fast hoffnungsloser Einfall, überkam Kirk. Er nahm den Übersetzer und ging nach draußen. Der Begleiter war noch da.

»Begleiter! Liebst du den Menschen?«

»Ich verstehe die Frage nicht«, sagte die weibliche Stimme aus dem Gerät.

»Ist er dir wichtig – wichtiger als alles andere? Hast du das Gefühl, daß er ein Teil von dir ist?«

»Er ist ein Teil von mir. Er muß weiterleben.«

»Aber er wird nicht weiterleben. Er wird aufhören zu leben. Dein Gefühl für ihn verdammt ihn zu einem Leben, das er unerträglich findet.«

»Er altert nicht. Er wird ewig leben.«

»Du sprichst von seinem Körper«, sagte Kirk. »Ich spreche von seinem Geist, seiner Seele. Höre zu, Begleiter, im Haus liegt ein weibliches Wesen unserer Spezies im Sterben. Sie wird in wenigen Minuten tot sein. Und das geschieht mit uns allen, wenn du uns nicht die Freiheit wiedergibst.«

»Ich verstehe nicht.«

»Unsere Spezies kann nur leben, wenn sie sich an Hindernissen aufrichten kann. Ein Leben ohne Hindernisse schwächt uns und verurteilt uns zum Tode. Du betrachtest den Menschen nur als ein Spielzeug. Du amüsierst dich mit ihm.«

»Du irrst dich«, sagte die Stimme aus dem Gerät. »Der Mensch ist für mich der Mittelpunkt des ganzen Seins. Ich habe ihn gern.«

»Aber du kannst ihn nicht wirklich lieben. Du weißt überhaupt nicht, was Liebe ist – das völlige Einssein zweier Menschen. Du bist der Begleiter – er ist der Mensch. Ihr seid völlig verschiedenartige Wesen, die sich nie vereinigen können. Du wirst die Liebe niemals kennenlernen. Du kannst ihn vielleicht für ewig hierbehalten, aber du wirst doch immer allein bleiben.«

Es folgte eine lange Pause. Dann sagte der Begleiter: »Wenn ich ein Mensch wäre... könnte ich lieben...«

Die Kreatur löste sich auf und verschwand. Kirk ging ins Haus zurück und lief fast gegen McCoy, der dicht hinter ihm gestanden hatte. »Und was wolltest du damit erreichen?« fragte der Arzt.

»Ich wollte sie von der Hoffnungslosigkeit ihrer Liebe überzeugen. Hoffnungslose Liebe sucht oft ihren Ausdruck in einem Opfer. Falls es wirklich Liebe ist, die sie für ihn empfindet, läßt sie ihn vielleicht gehen.«

»Aber sie – oder es – ist kein Mensch, Captain«, sagte Spock. »Sie können von ihr keine menschliche Reaktion erwarten.«

»Ich kann es jedenfalls versuchen.«

»Es wird nichts nützen«, sagte Cochrane. »Ich weiß es.«

Von der Couch her sagte eine Stimme: »Zefram Cochrane.« Es war Nancy Hedfords Stimme, und sie klang klar und kräftig, aber irgendwie schwerfällig, so als ob ihr der Gebrauch von Lippen, Zunge und Stimmbändern irgendwie ungewohnt geworden wäre. Sie fuhren überrascht herum.

Nancy Hedford stand aufrecht neben der Couch. Aber es war eine verwandelte Nancy Hedford; strahlend, sanft, freundlich, keine Spur von Bitterkeit mehr in den Zügen, und sie starrte Cochrane an. Der rosige Schimmer ihrer Wangen verriet Kraft und Gesundheit. McCoy hob seinen medizinischen Tricorder und starrte wie vom Donner gerührt auf die angezeigten Werte. Kirk aber brauchte keinen Beweis für das, was er sah. Nancy Hedford, die im Sterben gelegen hatte, war wieder völlig gesund.

»Zefram Cochrane«, sagte sie. »Wir können dich jetzt verstehen.«

»Es ist... *sie!*« sagte Cochrane. »Versteht ihr denn nicht? Es ist der Begleiter.«

»Ja«, sagte Nancy. »Wir sind hier, die, welche ihr als Regierungsbevollmächtigte Hedford kanntet und der Begleiter. Wir sind beide hier. Wir sind eins.«

Spock sagte: »Begleiter, du hast nicht die Macht, Leben zu erschaffen.«

»Nein. Das kann nur der Schöpfer aller Dinge.«

»Aber Miß Hedford lag im Sterben.«

»Nur ein Teil von uns, der zu schwach war, um das Leben festzuhalten. In wenigen Augenblicken wäre es zu Ende gewesen. Aber jetzt sind wir zusammen. Jetzt verstehen wir das, was Sie Liebe nannten – wir beide. Sie erfüllt ein großes Sehnen. Was wir zuvor nicht hatten, haben wir jetzt.«

»Soll das heißen, daß Sie beide jetzt in diesem Körper stecken?« fragte Kirk.

»Wir sind eins. Und wir spüren so viel Hunger, so viel Verlangen.« Sie trat auf Cochrane zu, der einen Schritt zurückwich. »Armer Zefram Cochrane. Du hat Angst vor uns. Vorher hast du niemals Angst vor uns gehabt.« Tränen traten in ihre Augen. »Einsamkeit. Dies also ist Einsamkeit. Wir kennen die Einsamkeit. Was für eine bittere Erfahrung. Wie kannst du es ertragen, Zefram Cochrane?«

»Woher weißt du, was Einsamkeit ist?« fragte Cochrane.

»Wenn man diese Form annimmt, entdeckt man den Schmerz.« Sie streckte eine Hand aus. »Wir möchten dich berühren, Zefram Cochrane.«

Langsam, zögernd, streckte er die Hand aus und ergriff die ihre.

Kirk wandte den Kopf und sagte leise: »Spock. Kümmern Sie sich um den Gleiter. Untersuchen Sie den Antrieb, das Funkgerät – alles.«

»Wir haben Sie gehört, Captain«, sagte Nancy. »Es ist nicht notwendig. Ihr Gleiter funktioniert wieder wie vorher. Und auch Ihr Funkgerät.«

»Sie lassen uns gehen?« fragte Cochrane.

»Wir haben nicht die Absicht, Sie hier festzuhalten, Captain, Sie haben vorhin gesagt, daß wir die Liebe niemals kennenlernen würden, weil wir nicht menschlich sind. Jetzt aber sind wir Mensch, und nichts als ein Mensch. Wir werden den Fortgang der Zeit erleben. Wir werden den Tod kennenlernen. Aber es ist nichts im Vergleich zu dem Gefühl, die Hand dieses Menschen berühren zu dürfen. Ist das Glück,

Zefram Cochrane? Wenn man die Wärme der Sonne spürt? Wenn man die Süße der Luft riecht?«

»Du bist sehr schön«, sagte Cochrane leise.

»Ein Teil von mir versteht, was du sagst, der andere Teil nicht. Aber es gefällt mir.«

»Ich könnte es dir erklären. Vieles könnte ich dir erklären«, sagte er lebhaft. »Tausend Planeten will ich dir zeigen, tausend Rassen wirst du kennenlernen. Alles will ich dir zeigen – sobald ich mich eingewöhnt habe. Vielleicht kann ich dir alles vergelten, was du für mich getan hast.«

Nancys Augen wurden plötzlich traurig. »Ich kann nicht mit dir gehen, Zefram Cochrane.«

Cochrane starrte sie wie betäubt an. »Aber natürlich kannst du mit mir kommen. Du mußt.«

»Mein Leben entspringt diesem Ort. Wenn ich ihn auch nur für wenige Tage verlasse, muß ich sterben. Ich muß hierbleiben, genauso wie du Materie als Nahrung zu dir nehmen mußt, um weiterleben zu können.«

»Aber... du besitzt doch Kräfte... du könntest doch...«

»Ich bin fast so wie du geworden. Der Lauf der Zeit wird auch auf mich Wirkung zeigen. Aber wenn ich von hier fortginge, müßte ich sterben.«

»Soll das heißen, daß du alles aufgegeben hast, nur um ein Mensch zu werden?«

»Es ist nichts – im Vergleich zu dem Gefühl, dich berühren zu können.«

»Aber du wirst altern, wie jeder andere Mensch, und eines Tages wirst du sterben.«

»Das Glück dieser Stunde ist mir genug. Ich bin zufrieden.«

»Ich kann nicht mit den anderen fortfliegen und dich allein hier zurücklassen«, sagte Cochrane. »Du hast mir das Leben gerettet, du hast für mich gesorgt und mich geliebt. Das habe ich bisher zwar nie verstanden, aber jetzt verstehe ich es.«

»Du mußt frei sein, Zefram Cochrane.«

Kirk sagte leise: »Die *Galileo* wartet, Mr. Cochrane.«

»Aber... wenn ich sie mit mir nehme, muß sie sterben. Und wenn ich sie hier zurücklasse... Sie ist doch ein Mensch geworden, Captain. Sie würde vor Kummer und Einsamkeit sterben. Außerdem liebe ich sie. Überrascht Sie das?«

»Bei einem Menschen nicht«, sagte Spock. »Menschen sind nun einmal essentiell irrational.«

Cochrane legte den Arm um Nancys Schultern. »Ich kann sie nicht verlassen. Und außerdem finde ich es ganz hübsch hier.«

»Überlegen Sie es sich gründlich, Mr. Cochrane«, sagte Kirk. »Da draußen wartet eine ganze Galaxis darauf, Sie zu ehren.«

»Sie liebt mich. Das ist mir Ehre genug.«

»Aber ihr werdet beide altern«, sagte Spock. »Es gibt für euch keine Unsterblichkeit mehr. Ihr werdet altern und schließlich sterben.«

»Das ist nun mal das Schicksal der Menschen..., und ich habe den Eindruck, daß dies auch eins der angenehmen Dinge des Menschseins ist, wenn man es gemeinsam macht.«

»Sie wollen also wirklich hierbleiben?«

»Warum nicht? Es gibt genug Wasser, das Klima ist gut für die Pflanzen...« Er machte eine kurze Pause und fuhr dann sachlich fort: »Es ist keine Dankbarkeit, Captain. Jetzt, wo ich sie sehen und berühren kann, weiß ich, daß ich sie liebe. Wir können noch viele Jahre lang zusammen leben, und es werden glückliche Jahre sein.«

»Mr. Cochrane, vielleicht tun Sie das Richtige. Ich wünsche Ihnen jedenfalls viel Glück. – Mr. Spock, Pille, gehen wir.«

Als sie sich umwandten, sagte Cochrane: »Captain.«

»Ja?«

»Erzählen Sie denen da draußen nichts von Zefram Cochrane.«

Kirk lächelte. »Nicht ein Wort, Mr. Cochrane.«

Als der Antrieb des Gleiters angelaufen war, sagte Spock: »Ich möchte Ihnen eine sehr interessante Frage stellen, Captain. Haben wir uns nicht der Beihilfe zur Bigamie schuldig gemacht? Schließlich teilen sich Miß Hedford und der Begleiter jetzt einen Körper.«

»Jetzt sind Sie aber übertrieben engstirnig, Mr. Spock«, sagte McCoy lachend. »Bigamie ist nicht überall illegal. Außerdem war Nancy Hedford so gut wie tot. Allein der Begleiter hält sie am Leben. Wenn er sich aus ihrem Körper löste, wäre sie nach wenigen Sekunden tot. Ich werde sie als verstorben melden, sowie wir die *Enterprise* erreicht haben.«

»Außerdem, welchen Unterschied macht es?« sagte Kirk. »Sowohl Nancy als auch der Begleiter sehnten sich vor allem nach Liebe. Und dieser Wunsch ist nun beiden in Erfüllung gegangen.«

»Aber nicht für alle Ewigkeit«, sagte McCoy. »Nur für ein normales Menschenleben.«

»Ja, Pille. Aber das reicht auch völlig. Für Menschen zumindest.«

»Eine sehr unlogische Bemerkung, Jim«, sagte McCoy. Und als Spock fragend die Brauen hob, fügte er hinzu: »Aber trotzdem wahr.«

Kirk grinste und schaltete den Kommunikator ein. »Kirk an *Enterprise.*«

Sofort dröhnte die Stimme Scotts durch den Gleiter. »Hier ist Scotty, Captain. Wo haben Sie gesteckt? Alles in Ordnung?«

»Alles in Ordnung, Scotty. Haben Sie unsere Position bestimmt?«

»Ja.«

»Gut. Wir bleiben in Verbindung. Gehen Sie bei Ankunft auf Standort-Orbit.«

»Aye, Captain. Aber was ist eigentlich passiert?«

»Nichts von Bedeutung, wenn man es genau betrachtet«, sagte Kirk. »Nur die älteste Geschichte der Welt.«

Tödliche Jahre

Von Robert Johnson war nichts zu sehen, als die Männer der *Enterprise* auf Gamma Hydra IV materialisierten. Es war überhaupt keine Menschenseele zu sehen, und die Landschaft, die sonst einem Feld im hochsommerlichen Kansas glich, war unheimlich still.

Über ihnen stand eine superhelle Sonne, und über den verschiedenen Grüntönen der angrenzenden Wiesen flimmerten Hitzewellen. Aber es fehlte jedes Geräusch, das Leben verriet – von Insekten, Tieren, Menschen. Und nur die Ansammlung von Baracken sagte ihnen, daß sie am richtigen Ort waren, dem Stützpunkt der Johnson-Expedition.

Spock blickte sich besorgt um, und McCoy sagte: »Vielleicht haben sie uns noch nicht erwartet.«

Spock schüttelte den Kopf. »Unsere Ankunftszeit ist längst durchgegeben worden. Diese jährlichen Kontrollen aller wissenschaftlichen Expeditionen sind doch Routine.«

»Außerdem«, sagte Kirk, »hatte ich noch vor nicht ganz einer Stunde Funkverbindung mit dem Leiter dieser Expedition, einem gewissen Robert Johnson.«

»Hat er irgend etwas Ungewöhnliches berichtet, Jim?«

»Nein... aber irgend etwas stimmte hier nicht. Ich kann auch nicht sagen, wieso ich darauf kam, aber seine Worte wirkten irgendwie zusammenhanglos, als ob er Mühe hätte, sich auf ein Thema zu konzentrieren, oder als ob ihn irgend etwas bedrückte.« Kirk deutete auf die nächste Baracke. »Mr. Chekov, sehen Sie sich da drin einmal um. Mr. Spock und ich werden uns die zweite Baracke vornehmen. McCoy, Scotty, Leutnant Galway, ihr seht euch in der Umgebung um, vielleicht findet ihr jemand.«

Sie trennten sich. Arlene Galway blickte ein wenig ängstlich drein, fand Kirk. Aber dies war schließlich ihr erster außersolarer Planet. Sie würde sich bald daran gewöhnen, aber die Umstände waren diesmal wirklich etwas seltsam.

Kirk und Spock wollten gerade ›ihre‹ Baracke betreten, als ein lauter Schrei ertönte. Kirk fuhr herum und sah Chekov aus der anderen Baracke herausstürzen.

»Captain! Captain!« schrie er, und seine Stimme klang eine ganze

Oktave höher.

Kirk lief auf ihn zu und packte ihn bei den Schultern. »Was ist denn los?«

»Captain! Da drin!«

»Nehmen Sie sich zusammen, Fähnrich! Was ist los?«

»Ein Mann, Sir! In der Baracke!« Chekov schien sich ein wenig beruhigt zu haben. »Ein toter Mann!«

»Okay, wir werden nachsehen. Aber warum die Panik? Sie sehen doch nicht zum ersten Mal einen Toten.«

»Ich weiß«, sagte Chekov etwas beschämt. »Aber dieser ist... sonderbar. Offen gestanden, Sir, ich war etwas... erschrocken.«

»Sie hatten Angst, wollten Sie sagen. – Pille, Spock, dann wollen wir mal nachsehen.« Kirk zog seinen Phaser heraus.

Im Innern der Baracke war es dunkel – nicht ganz finster, aber es dauerte eine gewisse Zeit, bis sich die Augen der Männer, die aus dem hellen Sonnenlicht hereintraten, an die Dunkelheit gewöhnt hatten. Auf den ersten Blick schien das Gebäude leer zu sein. Dann aber sah Kirk am Ende des Raums einen dunklen Gegenstand. Vorsichtig trat er näher.

Und dann verstand er plötzlich, was den unvorbereiteten Chekov so erschreckt hatte. Der dunkle Gegenstand war ein roh zusammengezimmerter Sarg, der auf zwei Sägeböcken ruhte.

Die Leiche, die im Sarg lag, wirkte wie die von Methusalem. Tiefe Falten und Runzeln machten das Gesicht fast unkenntlich. Der offenstehende Mund war zahnlos, die Augen waren tief in die Höhlen eingesunken und von faltigen Lidern halb bedeckt. Der Körper schien nur noch aus Knochen zu bestehen, die von braungefleckter, papierdünner Haut mühsam zusammengehalten wurden. Gichtige Finger waren über der eingesunkenen Brust gefaltet.

Chekov sagte hinter ihm: »Ich bin rückwärts gehend an den Sarg gestoßen, Sir, und da...«

»Ich verstehe vollkommen, Fähnrich. Pille, was ist das?«

»Das siehst du doch, Jim. Tod aus natürlicher Ursache, an Altersschwäche, um es genau zu sagen.«

»Doktor«, sagte Spock. »Ich habe die Personalliste der Expedition durchgesehen, bevor wir heruntergebeamt wurden, und ich kann Ihnen versichern, daß nicht einer von ihnen...«

Kirk wandte den Kopf, als er schlürfende Schritte vor der Tür hörte. Spock brach ab, und sie blickten alle erwartungsvoll zur Tür.

Ein Mann und eine Frau taumelten auf sie zu. Sie gingen mit kleinen, schlurfenden Schritten und stützten sich schwer auf Krückstöcke. Sie waren gebeugt und uralt, und die fleckige Kopfhaut schimmerte durch ihr dünnes, weißes Haar.

Der Mann sagte mit zitternder Stimme: »Sie sind gekommen, um Professor Alvin die letzte Ehre zu erweisen.«

»Ich bin Captain Kirk von der...«

»Sie müssen lauter sprechen«, sagte der Mann und legte die Hand ans Ohr.

»Ich sagte, ich bin Captain Kirk von der *Enterprise*. Und wer sind Sie?«

»Robert Johnson«, sagte der alte Mann. »Und dies ist meine Frau Elaine.«

»Aber das ist doch unmöglich!« sagte Kirk. »Die Johnsons sind... wie alt sind Sie?«

»Ich? – Ich bin... lassen Sie mich ein wenig nachdenken. Ach ja, ich bin neunundzwanzig. Elaine ist siebenundzwanzig.«

Das betroffene Schweigen wurde schließlich von McCoy gebrochen. »Ich bin Arzt«, sagte er. »Sie brauchen beide Ruhe und ärztliche Behandlung.«

Nur drei altersschwache Überlebende der Expedition mußten an Bord der *Enterprise* gebeamt und Schwester Christine Chapels kompetenter Pflege anvertraut werden. Kirk stand neben McCoy und beugte sich über Robert Johnsons Bett.

»Können Sie mich hören, Dr. Johnson?«

Die trüben Augen blickten ihn an. »Noch bin ich nicht taub, Captain. Noch nicht.«

»Können Sie mir sagen, was eigentlich passiert ist?«

»Was passiert ist?« wiederholte Johnson verständnislos.

»Haben Ihre Instrumente irgend etwas Ungewöhnliches angezeichnet?«

Die Gedanken des alten Mannes wanderten. »Elaine war so schön«, murmelte er, »... so schön...«

»Er kann dich hören, Jim«, sagte McCoy, »aber er begreift nicht mehr, was du sagst.«

Kirk nickte. »Schwester Chapel, rufen Sie mich, sobald einer von ihnen bei klarem Verstand ist. Wir sind im Lageraum.«

Er trat zum Intercom. »Kirk an Brücke. – Mr. Spock, Commodore Stocker, Dr. Wallace, kommen Sie bitte sofort in den Lageraum. Pille, du kommst auch mit.«

Janet Wallace und George Stocker waren bemerkenswerte Gäste. Er war ein fähiger Verwalter Mitte Vierzig, Dr. Janet Wallace eine Endokrinologin, hübsch und Ende Zwanzig. Sie warteten bereits am großen Lagetisch, als Kirk und McCoy hereintraten. Kirk nickte ihnen kurz zu und setzte sich ebenfalls.

»Commodore Stocker, ich habe Sie hergebeten, weil Gamma Hydra IV zu Ihrem Verwaltungsgebiet gehört.«

»Ich danke Ihnen, Captain.«

Kirks Stimme wies einen Anflug von Zurückhaltung auf, als er sich an das dunkelhaarige Mädchen wandte, das neben dem Commodore saß. »Dr. Wallace, Sie sind zwar ein neues Mitglied unserer Mannschaft, aber als Endokrinologin haben Sie bereits einen bemerkenswerten Ruf. In unserer jetzigen Lage möchte ich Sie bitten, mit Dr. McCoy zusammenzuarbeiten.«

Sie lächelte ihn an. »Aber das ist doch selbstverständlich, Captain.«

Er wandte sich rasch an McCoy. »Setze sie bitte über die Situation in Kenntnis, Pille.«

»Die Überlebenden der Expedition nach Gamma Hydra IV leiden nicht nur unter unerklärlichen Alterserscheinungen«, sagte McCoy, »sondern sie altern auch von Minute zu Minute in beängstigender Weise weiter. Meine Untersuchungen haben nicht den geringsten Grund für diesen rapiden Alterungsprozeß erbracht. Ich habe nicht einmal den Ansatzpunkt für eine Erklärung dieses Phänomens finden können.«

»Mr. Spock, wie ist es mit den Umweltbedingungen und der Atmosphäre?«

»Die Sensoren haben nichts angezeigt, das dem menschlichen Leben schädlich sein könnte. Die Atmosphäre filtert den üblichen Teil der gefährlichen kosmischen Strahlung heraus.«

»Wir befinden uns sehr nahe an der Neutralen Zone, die das Gebiet der Föderation vom Romulanischen Kaiserreich trennt«, sagte Kirk. »Vielleicht haben die Romulaner eine neue Waffe entwickelt. Vielleicht haben sie die Expeditionsmitglieder als Versuchskaninchen benutzt, um die Wirkung dieser Waffe zu testen.«

»Ich habe mich auch mit dieser Möglichkeit befaßt«, sagte Spock.

Kirk erhob sich. »Ich möchte, daß sich jeder von Ihnen auf seinem Fachgebiet mit diesem Fall befaßt und jede nur mögliche Spur, auch wenn sie noch so vage oder weithergeholt erscheint, verfolgt.« Er machte eine Pause, um seinen Worten Nachdruck zu verleihen. »Wir bleiben im Orbit um den Planeten, bis wir das Problem gelöst haben.«

Stocker sagte: »Ich möchte so bald wie möglich zur Sternbasis 10, um meinen neuen Posten anzutreten. Ich bin sicher, daß Sie meinen Standpunkt verstehen, Captain.«

»Ich werde alles tun, was ich kann, damit Sie rechtzeitig dort sind, Commodore.«

»Danke, Captain.«

Die Männer schoben ihre Stühle zurück und verließen den Lageraum. Nur die dunkeläugige Janet Wallace blieb sitzen. Kirk blieb an der Tür stehen und wandte sich um. »Kann ich noch irgend etwas für Sie tun, Dr. Wallace?«

»Ja«, sagte sie. »Du könntest zum Beispiel ›Hallo, Janet‹ sagen. Du könntest etwas weniger der kühle, sachliche Sternenschiff-Captain sein und etwas mehr der alte... Freund.«

»Janet, als Captain habe ich gewisse... ich habe ziemlich schwierige Aufgaben.« Dann lächelte er. »Oder vielleicht will ich mir nur nicht noch einmal die Finger verbrennen.«

»Ich trage auch eine kleine Narbe«, sagte sie leise.

Sie schwiegen eine Weile, dann sagte er: »Wie lange ist es eigentlich her?«

»Mehr als sechs Jahre, Jim.«

»Eine lange Zeit. Aber es würde nichts anderes herauskommen, wenn wir wieder von vorn anfangen, nicht wahr? Ich habe mein Schiff, und du hast deine Arbeit. Und keiner von uns beiden will sich ändern.«

»Du hast mich noch gar nicht gefragt, warum ich gleich nach unserer Trennung geheiratet habe, Jim.«

»Wahrscheinlich hast du einen anderen Mann getroffen, den du lieben konntest.«

»Ich habe einen Mann getroffen, den ich bewundern konnte.«

»Und der noch dazu ein Fachkollege von dir war. Du brauchtest nichts aufzugeben.«

»Das stimmt, Jim. – Aber er ist jetzt tot.«

Sie trat mit ausgestreckten Händen auf ihn zu. Kirk zögerte. Dann nahm er ihre rechte Hand in die seine und blickte forschend in ihre warmen, braunen Augen.

Uhuras Stimme sagte aus dem Intercom: »Captain. Mr. Spock möchte Sie sprechen. Er erwartet Sie auf der Brücke.«

»Sagen Sie Mr. Spock, daß ich sofort komme.« Er hatte sich ein wenig in der Tiefe der braunen Augen verloren. »Janet, wir stehen im Augenblick unter großem Streß. Vielleicht, wenn wir diese Sache überstanden haben...«

Wieder unterbrach ihn Uhuras Stimme: »Captain. Mr. Scott bittet Sie, ins Maschinendeck zu kommen.«

»Sagen Sie ihm, daß ich komme, nachdem ich mit Mr. Spock gesprochen habe.«

Er zog Janet an sich. »Aber dieses Mal müssen wir aufrichtig zueinander sein. Wir kennen einander jetzt. Wir müssen mit offenen Augen zueinander zurückfinden, im vollen Bewußtsein, wer und was der andere ist.«

»Es waren sechs sehr lange Jahre«, sagte sie und legte ihre Arme um seinen Hals. Er wollte sich gerade über ihren Mund neigen, als das Intercom ihn zum dritten Mal unterbrach. »Captain Kirk!«

»Schon unterwegs, Leutnant Uhura.« Er fühlte sich plötzlich sehr müde. Er berührte den Mund Janets mit dem Finger und sagte lächelnd: »Sechs lange Jahre, und das Intercom will offenbar noch einmal sechs Jahre daraus machen. Dr. Wallace, deine Lippen sind so verlockend wie immer – aber, wie ich bereits sagte, meine Aufgaben lasten mich ziemlich aus.«

Die Müdigkeit blieb, als er zur Brücke ging. Sulu meldete: »Standard-Orbit, Captain.«

»Beibehalten«, sagte er und trat zu Spock, der hinter seinen Computern saß.

»Ich habe die Aufzeichnungen der Sensoren noch einmal überprüft, Sir. Gamma Hydra IV ist ein Planet der Klasse M, mit normaler Masse und normaler Stickstoff-Sauerstoff-Atmosphäre. Ich kann nichts Außergewöhnliches feststellen.«

»Und was ist mit dem Kometen, der ihn vor kurzem passiert hat?«

»Das untersuche ich gerade, Sir. Der Komet ist ein Irrläufer und noch niemals gründlich untersucht worden.«

»Captain Kirk!«

Es war Stocker. Er sah aus wie ein Mann, der einen festen Entschluß gefaßt hat. »Die Einrichtungen auf Sternbasis 10 sind weitaus moderner und vielseitiger als die an Bord. Ich bin der Ansicht, daß Ihre Untersuchungen rascher und besser vorankommen würden, wenn Sie sofort Kurs darauf nehmen. Ich versichere Sie jeder nur möglichen Hilfe.«

»Danke, Commodore. Aber wir sind es gewohnt, mit unseren eigenen Mitteln auszukommen. Ich gehe ins Maschinendeck, Mr. Spock.« Er ging zum Lift. »Mr. Sulu, behalten Sie Standard-Orbit bei.«

Sulu blickte erstaunt auf. »Aber den Befehl haben Sie mir doch bereits gegeben, Sir!«

Kirk sah ihn ebenso erstaunt an. »Wirklich? Na schön. Führen Sie ihn aus.«

Er verließ die Brücke, und Spock warf ihm einen besorgten Blick nach.

Auch Leutnant Galway wirkte bedrückt, als sie das Bordlazarett betrat. »Dr. McCoy, kann ich Sie einen Augenblick sprechen?«

»Selbstverständlich.« Er deutete auf einen Stuhl, aber sie setzte sich nicht. »Ich weiß, es klingt sehr albern«, sagte sie, »aber – seit ein paar Minuten höre ich etwas schwer.«

»Wahrscheinlich nichts Ernstes«, sagte McCoy.

»Aber ich hatte noch nie zuvor Probleme damit.«

»Ich werde mich sofort um Sie kümmern. Wahrscheinlich kann man das mit einer kurzen Ultraschallbehandlung wieder in Ordnung bringen.«

»Danke, Doktor«, sagte sie und folgte ihm ins Untersuchungszimmer.

Auch Kirk hatte Schwierigkeiten. Als er allein in seiner Kabine war und nach dem Rasieren ein neues Hemd anziehen wollte, spürte er plötzlich einen scharfen Schmerz in der rechten Schulter. Er verzog das Gesicht und ließ den Arm sinken. Dann massierte er den Schultermuskel. Aber der Schmerz blieb. Langsam, mit vorsichtigen Bewegungen, zog er das Hemd über. Dann trat er zum Intercom und drückte auf den Knopf. »Haben Sie schon etwas herausfinden können, Mr. Spock?«

»Alle Untersuchungen negativ, Captain.«

Kirk sagte: »Die astronomische Sektion hat gemeldet, daß hier vor kurzer Zeit ein Komet durchgezogen ist. Gehen Sie der Sache mal nach.«

Spock schwieg ein paar Sekunden, bevor er antwortete: »Ich bin schon dabei, Sir, wie Sie mir befohlen haben. Wir haben uns über diesen Punkt schon vorhin unterhalten.«

»So? – Machen Sie mir Meldung, sobald Sie etwas herausgefunden haben. Ich bin im Bordlazarett.«

»Ja, Captain.«

Der Weg zum Bordlazarett kam ihm länger vor als sonst. Die Schmerzen in der Schulter strahlten jetzt über die ganze rechte Seite bis zum Knie. Kirk hinkte ein wenig, als er das Lazarett betrat. Im Krankenraum war nur noch eins der drei Betten belegt. Also sind zwei der drei Geretteten schon gestorben, überlegte er. Es war ein niederschmetternder Gedanke. Dann sah er, wie Schwester Christine eine Decke über das Gesicht des letzten Patienten zog.

McCoy blickte auf. »Robert Johnson«, sagte er leise. »Er war der letzte, Jim. Todesursache: Altersschwäche.«

»Sie haben getan, was Sie konnten«, sagte Kirk.

»Dr. McCoy?« fragte eine Stimme aus dem Intercom. »Hier ist Scotty. Kann ich gleich zu Ihnen kommen?«

»Sie brauchen doch nur Vitamine«, sagte McCoy knapp. »Aber kommen Sie meinetwegen.«

Er schaltete das Intercom ab, und Kirk sagte: »Pille, ich glaube, du wirst grau.«

»Wenn du meinen Job hättest, wärst du längst grau geworden, Jim.« Er wandte sich an Schwester Christine ud gab ihr mit leiser Stimme eine Anweisung. Dann sagte er: »Und was hast *du* für ein Problem?«

»Meine Schulter«, sagte Kirk. »Sie schmerzt ein wenig. Wahrscheinlich nur eine Muskelzerrung.«

»Wahrscheinlich, Dr. Kirk«, sagte McCoy schnippisch.

Kirk grinste. »Tadel verstanden, Sir. Gut, ich enthalte mich jeder Diagnose.«

McCoy richtete seinen Feinberger auf Kirks Schulter. Dann runzelte er überrascht die Stirn. »Hmmmm. – Ich werde dich lieber vollständig untersuchen, Jim.«

»Nun, ist es eine Muskelzerrung?«

McCoy schüttelte den Kopf. »Nein, Jim. Es ist eine fortgeschrittene Arthritis, die rasch weiter fortschreitet.«

»Aber das ist doch nicht möglich!«

»Ich will die Untersuchung gern wiederholen, Jim, aber ich bin sicher, daß sie das gleiche Resultat erbringt.«

Er wiederholte sie aber doch nicht, weil Kirk entsetzt über seine Schulter hinweg zur Tür starrte. McCoy wandte den Kopf. Scott stand in der offenen Tür. – Ein schlohweißer Scott, der wie ein Sechzigjähriger aussah.

Das Bordlazarett der *Enterprise* wirkte bald wie ein Altersheim. Auf Kirks Befehl hatten sich sämtliche Mannschafts-Mitglieder dort versammelt, die auf Alpha Hydra IV gewesen waren. Und mit Ausnahme Chekovs hatte bei allen der unheimliche rasche Alterungsprozeß eingesetzt. Kirk sah aus wie ein Mann Mitte Fünfzig, McCoy um zehn Jahre älter. Und auch Spocks vulkanische Abstammung hatte ihn nicht völlig immunisieren können. Sein Gesicht war von Runzeln zerfurcht, und dicke Tränensäcke hingen unter seinen Augen. Leutnant Galway sah aus wie eine Sechzigjährige, aber Scott wirkte am ältesten von allen.

»Nun, Pille«, sagte Kirk. »Sag uns, was los ist.«

McCoy sagte: »Alle von uns, die auf dem Planeten waren, mit der Ausnahme von Fähnrich Chekov, altern rapide. Das Tempo des Alterungsprozesses variiert zwar ein wenig, aber durchschnittlich entspricht es einer Rate von dreißig Jahren pro Tag. Ich weiß nicht, worauf das zurückzuführen ist – es kann ein Virus sein, ein Bazillus – oder böse Geister. Aber ich werde natürlich versuchen, es festzustellen.«

»Spock«, sagte Kirk. »Ich habe Sie um eine Kalkulation gebeten.«

»Nach den Angaben, die ich von Dr. McCoy erhalten habe, würde ich sagen, daß wir noch etwa eine Woche zu leben haben. Es hat aber den Anschein, als ob unser Geist rascher altere als der Körper. Das bedeutet, daß wir schon in vier oder fünf Tagen nur noch vegetieren.«

»Sie meinen totale Senilität?«

»Ja, Captain. Schon in wenigen Tagen.«

Kirk trat einen Schritt zurück. »Was für ein... schmutziger Tod!« Er wandte sich langsam um. Eine rasche Bewegung ließ sein schmerzendes Knie nicht mehr zu. »Ich befehle, daß alle Wissenschaftler und Techniker an Bord dieses Schiffes sich ab sofort mit der Erforschung dieses Phänomens befassen. Und zwar rund um die Uhr. Ich verlange die Lösung! Und ein Heilmittel! Wir können damit beginnen, indem du mir erklärst, Pille, warum Chekov nicht betroffen ist.«

»Ich tue ja, was ich kann«, sagte McCoy. Er ließ sein Feinberger-Diagnosegerät über Spocks Körper gleiten. »Sie sind geradezu ekelhaft gesund, Spock.«

»Ich bin leider anderer Meinung, Doktor«, sagte Spock. »Ich habe erhebliche Konzentrationsschwierigkeiten, und auch meine Sehkraft scheint nachzulassen. Und die Temperatur an Bord kommt mit in zunehmendem Maß zu niedrig vor. Mich friert ständig.«

»Ich habe ja nicht behauptet, daß Sie nicht von dieser Krankheit betroffen sind.«

Scott fragte mit müder Stimme: »Kann ich jetzt wieder gehen?«

»Fühlen Sie sich denn noch dienstfähig, Scotty?«

»Natürlich. Ich brauche nur ein bißchen Ruhe, das ist alles.«

McCoy sagte: »Sie können auch gehen, wenn Sie wollen, Leutnant Galway.«

»Wie? – Haben Sie mit mir gesprochen, Doktor?«

»Ja. Ich sagte, Sie können gehen. Am besten legen Sie sich ein wenig hin und versuchen zu schlafen.«

»Nein! Ich will nicht schlafen! Verstehen Sie das denn nicht? Wenn ich schlafe... wie werde ich aussehen, wenn ich wieder aufwache?«

Kirk sagte: »Leutnant Galway. Gehen Sie auf Ihre Station und melden Sie sich zum Dienst.«

»Ja, Sir«, sagte sie dankbar. Sie erhob sich mühsam, ging zur Tür und blickte zufällig in den dort hängenden Spiegel. Sie wandte sich ab und sagte wütend: »Warum müssen Sie ausgerechnet hier einen Spiegel hinhängen!«

Sie schlurfte hinaus. Kirk blickte ihr nach und sagte: »Sie ist sieben oder acht Jahre jünger als ich. Jetzt sieht sie zehn Jahre älter aus.«

»Die Menschen altern nicht gleichmäßig, Jim«, sagte McCoy.

Kirk deutete auf Chekov. »Und warum ist er nicht gealtert?«

»Das weiß ich nicht.«

»Ich will es aber wissen! Ist es seine Jugend? Seine Blutgruppe? Seine Krankengeschichte? Sind es seine Drüsen? Seine Gene?«

»Schwester Christine, bereiten Sie Fähnrich Chekov für eine Durchuntersuchung vor.«

Sie erhob sich. »Kommen Sie, Fähnrich. Es tut nicht weh. Jedenfalls nicht sehr.«

Als sich die Tür hinter der Schwester und dem widerstrebenden Chekov geschlossen hatte, wandte sich Janet Wallace an McCoy. »Vor ein paar Jahren haben mein Mann und ich auf Aldebaran III eine Variante von Cholesterol benutzt, um Arteriosklerose bei Tieren zu kurieren.«

»Hat es gewirkt?«

»Teilweise. Aber die Nebenwirkungen waren sehr schlimm. Wir haben es bald wieder aufgegeben.«

»Versuchen Sie es trotzdem, Dr. Wallace. Versuchen Sie alles, und tun Sie es schnell.«

»Jawohl, Sir.« Sie ging hinaus.

»Mr. Spock, gehen Sie bitte auf die Brücke zurück. Ich werde sofort nachkommen.« Kirk wandte sich an McCoy. »Halten Sie mich über Chekov auf dem laufenden.«

Als er in den Korridor hinaustrat, bemerkte er, daß Janet Wallace dort auf ihn wartete.

»Ich dachte, du wärst schon auf dem Weg in dein Labor«, sagte er.

»Wir haben den gleichen Weg, Jim.«

Er nickte. »Das ist wahr.«

Sie paßte ihre Schritte seinem langsameren Tempo an. »Wir kennen das Problem«, sagte sie. »Und wir kennen auch seine Auswirkungen und das Tempo des Alterungsprozesses. Wenn es uns gelingt, den richtigen Ansatzpunkt zu finden, müssen wir logischerweise auch zu einer Lösung kommen.«

Kirk lächelte. »Du sprichst wie mein Erster Offizier.«

»Kein Problem – nicht einmal das unsere, Jim, ist unlösbar.«

»Ich könnte dir aus dem Stegreif fünf oder sechs unlösbare Probleme nennen, Janet. Warum, zum Beispiel, wurde das Universum erschaffen? Wie können wir uns auf die Dinge, die wir zu wissen glauben, verlassen? Gibt es wirklich ein unwandelbares Prinzip von Gut und Böse? Was ist Schönheit? Was ist der Beweis für Fermats letztes

Theorem? – Keine dieser Fragen läßt sich mit Logik lösen.«

»Nein. Das Herz ist auch kein logisches Organ. Unsere... Situation ist auch nicht in der Logik verwurzelt.« Sie nahm seinen Arm. »Als ich Theodore Wallace heiratete, glaubte ich, über dich hinweggekommen zu sein. Ich habe mich geirrt.«

Kirk blickte sie prüfend an. »Und wann bist du zu dieser Erkenntnis gekommen? Heute?«

»Wie?«

»Dein Mann war wesentlich älter als du, nicht wahr?«

»Kommt es darauf an?«

»Antworte mir.«

»Ja. Er war sechsundzwanzig Jahre älter als ich«, gab sie widerstrebend zu. Und dann, als ob er eine Erklärung dafür verlangt hätte: »Er war ein brillanter Wissenschaftler... Wir waren zusammen auf einer kleinen, abgelegenen Forschungsstation... haben zusammengearbeitet...« Sie brach ab und schrie: »Jim, ich will nicht von ihm sprechen: Ich will von uns reden!«

»Sieh mich an!« sagte Kirk. Er packte sie bei den Schultern. »Du sollst mich ansehen! Was siehst du?«

»Ich... ich sehe Captain James Kirk«, sagte sie unsicher. »Einen netten, anständigen, gutaussehenden Mann...«

»Einen *alten* Mann!« schrie er, »der mit jeder Minute älter wird!«

»Jim, bitte...«

»Was willst du mir geben, Janet, deine Liebe – oder ein Abschiedsgeschenk?«

»Du bist grausam!«

»Ich bin nur ehrlich!« Seine Stimme klang hart und bitter. »Warte noch zwei Tage, Janet. Dann bin ich wirklich alt genug für deine Liebe.«

Der junge Chekov war von der langen, gründlichen Untersuchung erschöpft. »Gib uns noch ein bißchen Blut, Chekov«, beklagte er sich bei Sulu. »Die Nadel tut bestimmt nicht weh, Chekov! Zieh dein Hemd aus, Chekov! Dreh dich auf die andere Seite, Chekov! Tief einatmen, Chekov! Blutprobe! Rückenmarkprobe! Hautprobe! Die haben mir so viele Proben abgenommen, daß ich nicht weiß, ob überhaupt noch etwas von mir übrig ist!«

»Du wirst es überleben«, sagte Sulu.

»O ja. Ich werde es überleben..., aber ich kann dir sagen...«

Kirk betrat die Brücke, und Chekov schwieg. Sulu meldete: »Standard-Orbit, Sir.«

»Erweitern Sie den Orbit auf Planetenabstand zwanzigtausend Kilometer.«

Als Kirk sich in seinen Kommandosessel setzte, reichte ihm Bootsmann Doris Atkins ein Schriftstück. »Würden Sie das bitte abzeichnen, Sir?« Er warf einen kurzen Blick auf das Papier, kritzelte seinen Namen darunter und reichte es zurück, als Commodore Stocker auf ihn zukam.

»Kann ich Sie einen Augenblick sprechen, Captain?«

»Ich habe im Moment sehr wenig Zeit, Commodore.«

»Ich werde Sie nicht lange aufhalten. Ich möchte Sie lediglich daran erinnern, daß wir einen Termin mit der Sternbasis 10 haben.«

»Ich fürchte, wir werden uns verspäten, Commodore. Ich werde den Orbit nicht eher verlassen, bis wir die Lösung unseres Problems gefunden haben.«

»Captain, ich sehe fünf wertvolle Offiziere der Sternenflotte vor meinen Augen verfallen. Ich möchte Ihnen doch nur helfen.«

»Wenn Sie das wirklich tun wollen, dann senden Sie einen Hyperraum-Funkspruch an Sternbasis 10 ab und erklären Sie die Situation.«

Spock, der vor seiner Computer-Station saß, schüttelte den Kopf. Kirk bemerkte die Geste.

»Was ist, Mr. Spock?«

»Captain. – Den Funkspruch haben Sie doch heute vormittag selbst durchgegeben.«

»Ach ja... natürlich.« Er wechselte rasch das Thema. »Bootsmann Atkins?«

»Sir?«

»Wo ist der Bericht über den Brennstoffverbrauch?«

»Den haben Sie doch eben unterzeichnet, Sir.«

»Wenn ich ihn unterzeichnet hätte, würde ich Sie jetzt nicht danach fragen! Geben Sie ihn her!«

Zögernd reichte das Mädchen ihm das Schriftstück. Und er sah sofort seine Unterschrift. Ärgerlich gab er den Bericht zurück und sank in seinen Kommandosessel zurück. Er sah, wie Sulu und Chekov Blicke wechselten.

Kirk schloß die Augen. *Ich brauche Ruhe. Man darf sich nicht überfordern.* Er fühlte sich völlig hilflos. Und noch nie in seinem Leben war er so müde gewesen. – Sorgen... Verzweiflung... damit konnte er auch nichts ändern... so müde... so müde...

Wie aus weiter Ferne hörte er Spocks Stimme. »Captain! Ich glaube, ich habe die Ursache gefunden! Ich habe mich entschieden...« Er brach ab, und Kirk ließ seine Gedanken wieder wandern. Aber plötzlich wurde er an der Schulter gerüttelt. »Captain!« Es kostete ihn unendlich viel Mühe, sich aufzurichten.

»Hmmmmm? – Spock? – Entschuldigen Sie, ich habe nachgedacht.«

»Das ist verständlich, Sir.«

»Haben Sie mir etwas zu berichten, Mr. Spock?«

»Ja, Sir. Ich glaube, die Ursache der Krankheit gefunden zu haben. Ich bin natürlich nicht ganz sicher, aber der Ansatzpunkt erscheint mir sehr vielversprechend.«

Kirk war sofort wieder hellwach. »Und was ist es, Spock?«

»Der Komet, Sir. Die Bahn von Gamma Hydra IV hat direkt durch den Schweif des Kometen geführt. Ich habe den Rückstand auf konventionelle Weise auf Strahlungen untersucht und konnte nichts Außergewöhnliches entdecken. Als ich jedoch unsere Sensoren auf extrem niedrige Werte der Skala einstellte, entdeckte ich eine neue, unbekannte Strahlung. Sie liegt weit unterhalb der normalen Strahlungsfrequenzen, ist aber zweifellos vorhanden. Und es handelt sich genauso zweifellos um Überbleibsel aus dem Schweif des Kometen.«

»Gut, Mr. Spock. Wir wollen das sofort Dr. McCoy mitteilen.«

Ein scharfer Schmerz stach in seinem rechten Knie, als er zu rasch aufstand. Er massierte es und humpelte zu Leutnant Uhura hinüber. »Leutnant, senden Sie eine Meldung an das Sternenflotten-Kommando.«

»Zu Befehl, Sir.«

»Der Nähe der Romulaner wegen benutzen Sie Code Zwei.«

»Aber den haben die Romulaner doch geknackt, Sir. Wenn Sie sich an das letzte Bulletin erinnern...«

»Dann nehmen Sie eben Code Drei.«

»Ja, Sir. Code Drei.«

»Meldung: Die Ursache für die Krankheit liegt vielleicht bei einem Kometen, der Gamma Hydra IV passierte. Besagter Komet befindet sich jetzt...« Er blickte Spock fragend an.

»Quadrant Vier Vier Acht, Sir.«

»Ich schlage vor, daß alle Einheiten eine genaue Analyse der Strahlung vornehmen und Mittel zu ihrer Neutralisierung zu finden suchen. Die Strahlung des Kometen ist höchst gefährlich. Gezeichnet Kirk, Kommandant der *Enterprise*. Senden Sie die Meldung sofort, Leutnant Uhura. Gehen wir, Mr. Spock.«

Am Lift wandte er sich noch einmal um. »Mr. Sulu, vergrößern Sie den Orbit auf Planetenabstand zwanzigtausend Kilometer.«

Überrascht fragte Sulu: »Sie meinen – *um* weitere zwanzigtausend,

Captain?«

Kirk fuhr herum. »Ich verstehe nicht, warum jeder meiner Befehle in Frage gestellt wird!« sagte er wütend. »Tun Sie, was ich Ihnen gesagt habe, Mr. Sulu!«

Spock fragte ruhig: »Was ist unsere derzeitige Position, Mr. Sulu?«

»Orbit Planetenabstand zwanzigtausend, Sir.«

Kirk blickte in Spocks ausdrucksloses Gesicht. Dann sagte er: »Beibehalten, Mr. Sulu.«

»Beibehalten, Sir.«

Die Stille war drückend, als sich die Tür des Lifts hinter den beiden geschlossen hatte.

Aber im Bordlazarett war die Stimmung hoffnungsvoller.

»Strahlung also«, sagte McCoy nachdenklich. »Warum sind wir nicht eher darauf gekommen?«

»Ich fürchte, Doktor, weil meine Denkprozesse nicht so klar und rasch ablaufen wie sonst.«

McCoy blickte Spock prüfend an. Dann reichte er Janet Wallace eine Bandspule. »Lassen Sie sie bitte durchlaufen, Dr. Wallace.«

»Beeilt euch«, sagte Kirk. »Haltet mich auf dem laufenden. Ich bin auf der Brücke. Kommen Sie mit, Spock?«

»Ich habe noch eine Frage an den Doktor, Sir.«

Kirk nickte und ging.

Spock sagte: »Doktor, ich finde die Temperatur an Bord in zunehmendem Maß unerträglich niedrig. In meiner Kabine habe ich sie schon auf zweiundvierzig Grad eingestellt. Dort ist es jetzt erträglich, aber...«

»Rechnen Sie dann bitte nicht mit Hausbesuchen von mir«, sagte McCoy.

»Ich wollte Sie fragen, ob es nicht irgendeine Möglichkeit gibt, meine Kälteempfindlichkeit zu beheben.«

»Ich bin kein Zauberer, Spock, sondern nur ein einfacher alter Landarzt.«

Als der Vulkanier die Tür des Lazaretts hinter sich geschlossen hatte, blickte Janet Wallace enttäuscht von ihrem Computer auf. »Dr. McCoy, keine unserer üblichen Behandlungsmethoden hat irgendeine Wirkung auf diese Form der Strahlungskrankheit.«

»Na schön. Wir müssen weitermachen – und noch härter arbeiten. Am besten fangen wir noch einmal ganz von vorn an. Aber wir müssen dieses Problem lösen.«

Commodore Stocker hatte im Korridor Spock getroffen. »Kann ich ein paar Worte mit Ihnen wechseln, Mr. Spock?«

»Commodore?«

Stocker sagte leise: »Mr. Spock, ein Sternenschiff bleibt auch funktionstüchtig, wenn sein Chef-Ingenieur, sein Bordarzt und selbst sein Erster Offizier physisch nicht den Erfordernissen entsprechen. Aber es ist tödlich, wenn es einen Kommandanten hat, dessen Zustand nicht perfekt ist.«

»Das weiß ich, Sir.«

»Bitte, verstehen Sie mich richtig. Ich habe grenzenlosen Respekt vor Captain Kirk. Er ist ein großartiger Offizier. Aber... Mr. Spock, ich brauche Ihre Hilfe und Ihre Mitarbeit.«

»Wozu, Sir?«

»Ich möchte, daß Sie das Kommando über die *Enterprise* übernehmen.«

»Mit welcher Begründung, Sir?«

»Mit der Begründung, daß Captain Kirk durch seine Erkrankung nicht mehr geeignet ist, das Kommando zu führen.«

»Ich muß Sie darauf aufmerksam machen, daß auch ich an dieser Krankheit leide.«

»Aber Sie sind Vulkanier«, sagte Stocker. »Sie haben eine weitaus größere Lebenserwartung. Sie zeigen die Symptome der Erkrankung erheblich weniger als...«

»Ich bin Halb-Terraner, Sir«, sagte Spock. »Meine physischen Reflexe lassen spürbar nach. Meine geistigen Fähigkeiten sind reduziert. Ich werde rasch müde. Nein, Sir, ich bin nicht in der Lage, das Kommando zu übernehmen.«

»Wenn Sie als Vulkanier dazu nicht in der Lage sind, so ist Captain Kirk logischerweise erst recht nicht fähig, das Schiff zu führen.«

»Sie müssen mich entschuldigen, Sir«, sagte Spock steif, »aber ich habe zu tun.«

»Mr. Spock, was ich Ihnen jetzt sagen werde, fällt mir nicht leicht, aber die Dienstvorschriften verlangen es. Ich bestehe darauf, daß Sie als Stellverteter des Kommandanten gemäß der geltenden Vorschriften einen Untersuchungsausschuß einberufen, der über die physische und psychische Kompetenz Captain Kirks entscheidet.«

»Ich – ich lehne dieses Ansinnen ab, Sir!« sagte Spock steif.

»Diese Entscheidung steht Ihnen nicht zu, Mr. Spock. Wenn ein Kommandant physisch oder psychisch behindert ist, muß laut Vorschrift seine Kompetenz durch einen Ausschuß untersucht werden. Bitte zwingen Sie mich nicht dazu, Ihnen den entsprechenden Paragraphen der Dienstvorschrift zu nennen, den Sie genausogut kennen dürften wie ich.«

Nach einer langen Pause sagte Spock: »Na schön. Der Untersuchungsausschuß wird um vierzehn Uhr zusammentreten.«

Vor den Augen des besorgten Kirk führten McCoy und Janet Wallace die letzten Untersuchungen an Chekov durch. Der unglückliche Fähnrich stand offensichtlich kurz vor offener Rebellion, als im Lauf dieser nicht enden wollenden Tests die – wie es ihm vorkam – tausendste Nadel in seinen Körper gestochen wurde.

»Es wird nicht weh tun«, sagte McCoy.

»Das haben Sie schon beim letzten Mal gesagt und beim vorletzten auch!«

»Hat es weh getan?«

»Ja«, sagte Chekov wütend.

Von der Tür des Krankenraums hörte man ein Wimmern. »Doktor... Helfen Sie mir...«

Sie wandten sich um. Arlene Galway stand gegen den Türrahmen gelehnt, um nicht umzusinken. Das Alter hatte sie fast zur Unkenntlichkeit verändert. »Bitte... tun Sie doch etwas... helfen...«

Sie streckte eine Hand aus. Aber bevor sie noch jemand ergreifen konnte, brach sie zusammen. McCoy beugte sich über sie, während Kirk entsetzt auf die Bewußtlose starrte.

»Das kann doch nicht... Leutnant Galway sein?« sagte er mit zitternder Stimme.

»Doch«, sagte McCoy, und auch seine Stimme klang brüchig. »Oder sie war es, besser gesagt. Sie ist tot. Durch ihre höhere Stoffwechselrate ist sie schneller gealtert als wir anderen. Aber es ist nur eine Frage der Zeit, bis auch wir...«

»Pille, wieviel Zeit bleibt uns noch?«

»Ein paar Tage, vielleicht auch nur noch Stunden.«

Diese Auskunft war nicht dazu geeignet, einen Captain der Sternenflotte zu beruhigen, der vor einem Untersuchungsausschuß seine Kompetenz als Kommandant nachweisen sollte. Und auch die Menschen, die sich um den großen Tisch im Lageraum versammelt hatten, übten nicht gerade einen beruhigenden Einfluß auf ihn aus. Die rätselhafte Strahlenkrankheit war bei allen Teilnehmern der unglücklichen Kontrolle der Robert-Johnson-Expedition weiter fortgeschritten.

Spock, der aussah, als ob er seinen fünfzigsten Geburtstag weit hinter sich hätte, eröffnete die Verhandlung und wandte sich an Bootsmann Atkins, die als Protokollführerin anwesend war. »Nehmen Sie zu Protokoll, daß diese Untersuchung von dem hier anwesenden Commodore Stocker angeordnet worden ist.« Er machte eine Pause.

»Und von mir widerwillig und unter Protest einberufen wurde.«

Kirk sagte: »Halten Sie bitte ebenfalls fest, daß ich diese Untersuchung für rechtsungültig halte.«

Spock blickte zu Stocker hinüber, der am Kopfende des Tisches saß.

Stocker sagte: »Dienstvorschrift 7592, Abschnitt 3, Paragraph 11.«

»Ich kenne die Dienstvorschrift, Commodore«, sagte Kirk.

Spock sagte ruhig: »Die Legalität dieser Untersuchung ist unanfechtbar, Captain.«

»Mr. Spock, darf ich eine Erklärung abgeben?« fragte Stocker, und als Spock nickte, fuhr er fort: »Ich habe diesen legalen Schritt unternehmen müssen, um das Leben hochqualifizierter Offiziere und Mannschaftsmitglieder zu retten. Ich habe mehrmals versucht, Captain Kirk von der Notwendigkeit einer sofortigen Kursänderung auf Sternbasis 10 zu überzeugen. Aber es war jedesmal vergeblich. Ich trage die volle Verantwortung für diese Untersuchung.«

»Das ist unrichtig, Commodore«, sagte Spock. »Als vorsitzender Offizier und stellvertretender Kommandant der *Enterprise* liegt die Verantwortung voll und ganz bei mir, Captain Kirk, möchten Sie eine Erklärung abgeben?«

»Ja!« Es war fast ein Schrei. »Ich bin Kommandant dieses Schiffes und meiner Aufgabe vollkommen gewachsen. Also wollen wir diese Farce abblasen und wieder an unsere Arbeit gehen!«

»Das ist unmöglich, Sir«, sagte Spock. »Die Vorschriften sind sehr präzise.« Wieder überfiel ihn ein Frösteln. »Sie haben natürlich das Recht, alle Zeugen, die von der Kommission aufgerufen werden, auch Ihrerseits zu befragen.«

Kirks Stimme war ätzend vor Sarkasmus. »Das ist aber sehr nett von Ihnen, Mr. Spock.«

Spock drückte einen Knopf auf seinem Computer-Recorder. Dann fragte er unerschütterlich: »Mr. Sulu, wie lange dienen Sie unter Captain Kirk?«

»Seit zwei Jahren, Sir.«

»Ist er, nach Ihrer Meinung, jemals unfähig gewesen, eine klare und richtige Entscheidung zu treffen?«

»Nein, Sir.«

»Hat er Ihnen heute befohlen, Standard-Orbit um den Planeten Gamma Hydra IV beizubehalten?«

»Ja, Sir.«

»Hat er wenige Minuten später diesen Befehl wiederholt?«

»Ja, Sir.«

»Hat er Ihnen später befohlen, diesen Orbit auf einen Planetenabstand zwanzigtausend zu vergrößern?«

»Ja, Sir.«

»Und hat er diesen Befehl nicht kurz darauf wiederholt?«

»Das hat er nicht!« schrie Kirk. »Wenn ich einen Befehl gebe, so erwarte ich, daß er ausgeführt wird. Ich habe es nicht nötig, mich zu wiederholen!«

»Captain, Sie können den Zeugen selbst befragen, sowie der Untersuchungsausschuß mit ihm fertig ist.«

»Ich glaube, Ihnen sind die Termini etwas durcheinandergekommen, Spock! Dies ist kein Untersuchungsausschuß, sondern ein Femegericht!«

»Captain, diese Untersuchung wird von der Dienstvorschrift nicht nur sanktioniert, sondern strikt befohlen. Würden Sie die Frage bitte beantworten, Mr. Sulu?«

»Ja, Sir. Captain Kirk hat seinen Befehl wiederholt.«

»Commodore?«

»Keine Fragen«, sagte Stocker.

»Captain Kirk?«

»Machen Sie schon weiter.«

Spock preßte die Zähne zusammen, damit sie nicht klapperten. Seine Hände waren steif vor Kälte. »Bootsmann Atkins, Sie haben Captain Kirk in Gegenwart mehrerer Zeugen einen Bericht über den Brennstoffverbrauch überreicht. Er hat ihn gesehen und abgezeichnet. Stimmt das?«

»Sir, Captain Kirk hat sicher an wichtigere Dinge gedacht. In der bestehenden Krise...«

»Sie sollen lediglich meine Frage beantworten, Bootsmann.«

»Ich... ich glaube, er hat einfach vergessen, daß er den Bericht abgezeichnet hat.«

»Sie glauben?«

»Er hat vergessen, daß er ihn abgezeichnet hat.«

»Danke, das ist alles.«

Es ging weiter. Spock rief Leutnant Uhura auf, und sie sagte aus, daß Captain Kirk sich nicht mehr daran erinnert hatte, daß die Romulaner den Code Zwei hatten.

»Ja, ja, das gebe ich ja zu!« schrie Kirk. »Aber ich hatte schließlich an wichtigere Dinge zu denken!«

»Diese Nachlässigkeit hätte gefährliche Folgen haben können«, sagte Stocker.

»Commodore«, sagte Spock. »Sie haben nicht das Wort. – Dr. McCoy, bitte.«

McCoy schien ihn nicht gehört zu haben.

»Dr. McCoy, bitte!«

Der Doktor fuhr zusammen und erhob sich. »Entschuldigen Sie. Bitte, Mr. Spock.«

»Vor einigen Stunden haben Sie auf Verlangen dieses Untersuchungsausschusses an Captain Kirk eine Durchuntersuchung vorgenommen.«

»Ja.« McCoy warf Spock über den Tisch eine Bandspule zu. »Hier ist das Ergebnis. Ich wünsche Ihnen viel Spaß.«

Schweigend führte der Vulkanier die Spule in den Schlitz des Computers ein.

Das Gerät summte leise, gab ein kurzes Klicken von sich, und dann sagte eine Stimme: »Das Alter des Untersuchten entspricht gemäß seiner physiologischen Konstitution dreiundsechzig Erdenjahren.«

Eine Weile herrschte Schweigen. Dann sagte Kirk: »Ich bin vierunddreißig Jahre alt.«

»Der Computer ist anderer Ansicht«, sagte Stocker.

»Dr. McCoy, teilen Sie uns bitte Ihre Ansicht über den derzeitigen physischen Zustand Captain Kirks mit.«

McCoy wich Spocks Blick aus. »Captain Kirk ist von einer bisher unbekannten Strahlenkrankheit befallen. Genau wie Sie und ich und Mr. Scott.«

»Bitte beschränken Sie Ihre Feststellungen allein auf Captain Kirk, Doktor. Welche Auswirkungen hat diese Strahlenkrankheit auf seinen körperlichen Zustand?«

»Er – er ist etwas ergraut. Und leidet an einer leichten Arthritis.«

»Ist das alles?«

»Sie wissen sehr genau, daß es nicht alles ist! Was haben Sie eigentlich vor, Spock?«

»Ich erfülle nur meine Pflicht. – Trifft es zu, daß der Captain an einem physiologischen Degenerationsprozeß leidet, der raschem Altern ähnelt?«

»Ja, das stimmt. Aber er ist ein besserer Mann…«

»Doktor, sind Sie der Ansicht, daß die vom Computer errechnete Altersangabe zutreffend ist?«

»Diese verdammte Maschine!«

»Trifft sie zu, Doktor?«

»Ja, sie trifft zu. – Tut mir leid, Jim.«

»Die Kommission hat keine weiteren Fragen mehr an Sie, Doktor. Es sei denn, daß Sie, Commodore Stocker…«

»Danke, keine Fragen.«

»Wollen Sie auch Zeugen aufrufen, Captain Kirk?«

»Ich bin sehr wohl in der Lage, mich allein zu verteidigen!«

Kirk wollte sich erheben, aber sein Knie knickte unter der Belastung ein. Er klammerte sich am Tisch fest, um nicht umzufallen.

»Diese Untersuchung wird einzig und allein aus einem Grund durchgeführt: weil ich mich geweigert habe, den Orbit um Gamma Hydra II zu verlassen.«

»Gamma Hydra IV, Sir«, korrigierte Spock.

»Natürlich. Ein kleiner Versprecher. – Wo war ich stehengeblieben?« Er ballte plötzlich die Faust und schlug auf die Tischplatte. »Okay, ich bin ein bißchen durcheinander! Aber das wäre wohl jeder in meiner Lage! Mein Schiff ist in Gefahr, meine leitenden Offiziere erkrankt... und dann dieser... dieser Unsinn, den Sie hier veranstalten! Das reicht wohl, um jeden Menschen etwas durcheinanderzubringen, oder? Sie wollen einen Captain der Sternenflotte seines Kommandos entheben! Das ist doch... das ist... Das hätte ich von Ihnen wirklich nicht erwartet, Mr. Spock!«

Er blickte wütend von einem zum anderen. »Schießen Sie los, stellen Sie mir doch Fragen! Na, bitte! Ich werde Ihnen beweisen, daß ich völlig gesund und kompetent bin! Mein Verstand ist vollkommen in Ordnung. Und das gilt auch für meine Entscheidungsfähigkeit. Ich wiederhole: Wir bleiben im Orbit um Gamma Hydra II!«

Dieser zweite Irrtum stand wie ein großes Ausrufezeichen im Raum.

Spock, der bis ins Mark hinein fror, sagte in die betretene Stille: »Wir haben keine weiteren Fragen an Sie, Captain.« Er versuchte, das starke Frösteln zu unterdrücken. »Darf ich Sie bitten, den Raum zu verlassen, damit der Ausschuß abstimmen kann?«

»Na endlich! Bringen Sie Ihre alberne Abstimmung bald hinter sich, damit ich mich wieder um mein Schiff kümmern kann!«

Er hinkte zur Tür und wandte sich noch einmal um. »Falls ich gebraucht werde, ich bin in meiner Kabine.«

Als sich die Tür hinter ihm geschlossen hatte, sagte Spock: »Ich denke, wir können durch Handzeichen abstimmen. Dr. Wallace nimmt nicht an der Abstimmung teil. – Ich bitte alle, die der Ansicht sind, daß Captain Kirk nicht mehr in der Lage ist, das Kommando der *Enterprise* zu führen, die rechte Hand zu erheben.«

Zögernd hoben alle Anwesenden die Hände.

»Und was ist mit Ihnen, Mr. Spock?« fragte Commodore Spocker.

Jetzt hob auch Spock die Hand. »Ich stelle fest«, sagte er, »es ist ein einstimmiges Ergebnis.«

Stocker sagte: »Ich nehme an, Mr. Spock, daß Sie jetzt das Kommando übernehmen werden.«

»Ihre Annahme ist unzutreffend, Sir.«

»Sie lehnen das Kommando ab? Und aus welchem Grund, wenn ich fragen darf?«

»Nach den Maßstäben, die bei dieser Untersuchung gegen den Captain angewandt worden sind, bin auch ich auf Grund meines körperlichen Zustands nicht in der Lage, das Kommando zu führen.«

»Nun gut. Der rangnächste Offizier ist Mr. Scott.«

Alle Augen richteten sich auf Scott. Er blinzelte müde in die erwartungsvollen Gesichter, nickte – und schlief ein.

»Da alle leitenden Offiziere nicht in der Lage sind, die Schiffsführung zu übernehmen, muß ich es gemäß der Dienstvorschrift selbst tun«, sagte Stocker nach einer Pause und erhob sich.

Spock hob die Hand. »Sir, Sie haben noch nie ein Sternenschiff geführt.«

»Wer sollte sonst das Kommando übernehmen, Mr. Spock?«

»Die Romulaner stellen eine Gefahr dar«, sagte Spock.

»Mr. Spock! Wir müssen vor allem an die Rettung der Kranken denken!« Er wandte sich an Sulu. »Mr. Sulu, nehmen Sie direkten Kurs auf Sternbasis 10. Geschwindigkeit Sol Fünf.«

»Quer durch die Neutrale Zone, Sir?«

Stocker nickte. »Gehen Sie sofort auf den neuen Kurs.«

»Commodore Stocker«, sagte Spock in beschwörendem Tonfall, »ich bitte Sie, die Gefahr nicht zu unterschätzen. Und auch nicht die Romulaner.«

»Die Neutrale Zone wird, wenn überhaupt, nur sehr oberflächlich patrouilliert. Ich verlasse mich darauf, daß unser Eindringen den Romulanern verborgen bleibt.«

»Wenn ich Ihnen sagen darf, Sir, wie groß die Wahrscheinlichkeit dafür ist...« meinte Spock.

»Das dürfen Sie nicht, Mr. Spock!« unterbrach ihn Stocker und ging zur Tür. »Bitte gehen Sie alle auf Ihre Stationen zurück!«

Kirk saß allein in seiner Kabine, müde, niedergeschlagen, zusammengebrochen unter dem Gewicht seiner siebzig Jahre. Als es an die Tür klopfte, konnte er sich kaum dazu aufraffen, ›herein‹ zu sagen.

Spock trat herein, gefolgt von Janet, die gleich neben der Tür stehenblieb. Kirk blickte den Ersten Offizier fragend an. Und zum ersten Mal war das Gesicht Spocks wie ein offenes Buch.

»Ich verstehe«, sagte Kirk. »Man hat mir das Kommando wegge-

nommen.«
»Es tut mir leid, Captain.«
»Sie hätten Staatsanwalt werden sollen.«
»Die Dienstvorschrift verlangt...«
»Die Dienstvorschrift!« rief Kirk wütend. »Kommen Sie mir doch nicht mit der Dienstvorschrift! Sie wollten schon immer ein eigenes Kommando haben, Spock! Und jetzt hat sich endlich eine Gelegenheit ergeben...«
»Ich habe das Kommando nicht übernommen, Sir.«
»Ich hoffe, Sie sind stolz darauf, daß Sie auf diese Weise...« Kirk brach ab, als Spocks Worte ihm ins Bewußtsein sickerten. »Was soll das heißen: Sie haben das Kommando nicht übernommen?«
»Ich leide an der gleichen Krankheit wie Sie, Captain.«
»Aber wenn Sie nicht das Kommando übernommen haben, wer dann?«
»Commodore Stocker, Sir.«
Kirk brauchte eine ganze Weile, um sich an den Namen zu erinnern. »Stocker? Sind hier alle verrückt geworden? Der Mann hat doch noch nie ein Schiff geführt! Warum hat nicht Scotty...«
»Mr. Scott ist auch nicht in der Lage dazu. Und Commodore Stokker als ranghöchster Offizier...«
»Kommen Sie mir doch nicht damit! Der Mann ist ein reiner Schreibtischhengst! Spock, ich befehle Ihnen, selbst das Kommando zu übernehmen!«
»Das kann ich nicht, Sir.«
»Sie weigern sich also, einen direkten Befehl auszuführen?«
»Nein, Captain. Aber zur Zeit kann nur Commander Stocker auf diesem Schiff Befehle erteilen.«
Eine ohnmächtige Wut stieg in Kirk auf. »Sie hinterhältiger, verräterischer... Sie sind mir bei der ersten sich bietenden Gelegenheit in den Rücken gefallen. Sie...« Seine Wut verstärkte sich noch, als er merkte, daß er weinte. Weinte! »Verschwinden Sie! Ich will Sie nie wieder sehen!«
Spock zögerte einen Augenblick, dann neigte er leicht den Kopf und ging. Nach einer Weile bemerkte Kirk die Frau, die immer noch neben der Tür stand und leise schluchzte. Er starrte sie an.
»Wer ist da? – Janet? – Janet?«
»Es tut mir leid, Jim«, sagte sie. »Wirklich.«
»Ich habe mich vorhin wie ein Narr benommen«, sagte er. »Ich habe mich von ihnen nervös machen lassen. Ich war so durcheinander...«
»Das hat doch jeder von ihnen verstanden.«

»Aber ich bin doch nicht alt, Janet! Ich bin doch nicht alt! Ein paar Muskelschmerzen machen einen doch nicht zum Greis! Schließlich führt man ein Sternenschiff nicht mit den Muskeln, sondern mit dem Kopf! Und mein Kopf ist so klar wie eh und je!«

»Wir werden ein Heilmittel finden.«

»Nur ein einfacher Fall von Strahlenkrankheit, und man nimmt mir das Kommando weg!« Er wandte sich um und blickte in einen Spiegel. »Okay, ich gebe zu, daß ich ein bißchen grau geworden bin. Aber das kommt nur von diesen Strahlen...«

»Jim«, sagte Janet leise. »Ich muß wieder an meine Arbeit. Bitte entschuldige...«

»Sieh mich an, Janet! Du sagst, du liebst mich! Ich bin doch nicht alt, oder? Sieh mich genau an!«

»*Bitte*, Jim...«

»Ich brauche nur etwas Ruhe, das ist alles. Ich bin doch nicht alt, oder? Nun sag es schon! Sag mir, daß ich nicht alt bin!«

Sie antwortete nicht. Kirk packte sie bei den Schultern, riß sie an sich und küßte sie heftig.

Keine Reaktion. Nicht von ihr und auch nicht – was noch schlimmer war – von ihm. Er stieß sie von sich – und sah das Mitleid in ihren Augen. Er wandte ihr den Rücken zu.

»Verschwinde!«

Und was jetzt? Er konnte nicht einmal mehr klar denken. Er war von seinem Kommando abgelöst worden. Die Antwort war..., aber es gab keine Antwort. Moment mal! Da war doch etwas mit einem Kometen. McCoy. Chekov. Das Untersuchungszimmer. Richtig, das Untersuchungszimmer. Er humpelte hinaus und verfluchte seine müden, schmerzenden Beine.

Spock war im Untersuchungszimmer, und auch Schwester Christine Chapel, McCoy und Janet. Und alle sahen irgendwie uralt aus. Nur der unglückliche Chekov, der wieder auf dem Untersuchungstisch lag, schien sich nicht verändert zu haben. Er fragte: »Warum kann ich Ihnen nicht einfach mein Blut hier lassen und wieder an meine Arbeit gehen?«

Kirk starrte Spock an. »Was suchen Sie denn hier?«

»Ich glaube, daß ich hier am meisten nutzen kann.«

»Wollen Sie vielleicht auch Dr. McCoy absetzen lassen? Pille, was ist nun mit Fähnrich Chekov?«

»Nichts«, sagte McCoy zögernd. »Absolut nichts.«

»Aber es muß doch irgend etwas mit ihm sein! Es muß einfach Schließlich war er mit uns auf dem Planeten. Er ist mit uns hinuntergebeamt worden und war immer mit uns zusammen. Er...«

»*Nein*, Captain«, sagte Spock erregt. »Er war nicht immer mit uns zusammen. Er hat uns für kurze Zeit verlassen und...«

»Uns verlassen?« Kirk starrte den Vulkanier an und versuchte sich zu erinnern. »Ach ja, richtig. – Er ist in die Baracke gegangen. Er... da war... Spock! Irgend etwas muß in der Baracke passiert sein!«

»Sehr richtig, Captain. Doktor, Sie erinnern sich bestimmt noch an die Leiche Professor Alvins in dem primitiven Sarg, und...«

»Ich weiß«, rief Kirk. »Chekov, Sie haben Angst gehabt! Sie sind gegen den Sarg gestoßen und...«

»Das können Sie mir glauben«, sagte Chekov, »ich war zu Tode erschrocken. Trotzdem habe ich nicht einmal halb soviel Angst gehabt, wie ich jetzt habe, das können Sie mir glauben.«

»Angst?« murmelte McCoy und rieb sich nachdenklich das Kinn. »Ja, das wäre eine Möglichkeit. Der Herzschlag erhöht sich, die Atmung wird rascher und flacher, kalter Schweiß... Epinephrin fließt in die Blutbahn. Darüber habe ich doch einmal etwas gelesen... Epinephrin als Mittel gegen Strahlenkrankheit. Das war in der Mitte des zwanzigsten Jahrhunderts, glaube ich...«

»Man hat es aber wieder aufgegeben«, unterbrach Janet. »Als das Hyronalyn entdeckt wurde.«

»Ja, ja«, sagte McCoy ungeduldig. »Bringen Sie mich jetzt nicht durcheinander. Warum hat man es nicht weiter verwendet? Da war doch noch ein anderer Grund. Ich habe ihn schon gewußt. Sie haben das dabei freiwerdende Zwischenprodukt nicht gekannt, glaube ich. Ja, richtig. AMP war die Bezeichnung dafür, Schwester! Fragen Sie den Computer nach etwas ab, das AMP genannt wird.«

Schwester Christine Chapels Gesicht war voller Skepsis, als sie sich dem medizinischen Computer zuwandte. Nach einer langen Pause sagte sie: »Wir haben eine Eintragung darüber. Es ist die Kurzbezeichnung des periodischen Adenosin-Monophosphats 35. Aber es wirkt auf den *gesamten* Hormonhaushalt des Organismus. Deshalb wurde es nicht weiterverwendet.«

»Wir werden es trotzdem versuchen«, sagte McCoy mit seinem Greisenkichern. »Stehen Sie nicht herum, Dr. Wallace! Synthetisieren Sie mir eine Menge von dem Zeug! Na los, bewegen Sie sich schon!«

Auf der Brücke saß Commodore Stocker im Kommandosessel. Er merkte sehr wohl, daß einige der Brückenoffiziere ihm bewußt den Rücken zukehrten, ließ es sich aber nicht anmerken. Er hatte auch zuviel damit zu tun, den Sinn all der kleinen, farbigen Kontrollampen zu begreifen, die auf der vor ihm befindlichen Konsole ständig flackerten.

»Wir sind eben in die Neutrale Zone eingedrungen, Sir«, meldete der Rudergänger. »Alle Sensoren auf maximale Reichweite geschaltet.«

Wer war der Mann am Steuerpult? »Danke, Mr. Spock ... entschuldigen Sie, Mr. Sulu wollte ich sagen. Leutnant Uhura, melden Sie sofort, wenn wir Kontakt mit Romulanern kriegen sollten.«

»Zu Befehl, Sir. Bis jetzt nichts aufgefaßt.«

Stocker nickte und blickte wieder auf die Konsole. Die kleinen, farbigen Lichter schienen ihm spöttisch zuzublinzeln. Als Kadett hatte er einmal ein ähnliches Kontrollgerät gesehen, aber seitdem schien sich viel geändert zu haben, und einige der neuen Symbole und Bezeichnungen sagten ihm gar nichts. Nun, er würde sich eben auf die Brückenoffiziere verlassen...

Die *Enterprise* schwankte unter einem harten Stoß, und die Hälfte der kleinen Lampen flackerte plötzlich rot auf. Er wußte überhaupt nicht, was los war.

»Was war das?« fragte er unsicher.

»Wir haben Kontakt mit den Romulanern«, sagte Uhura trocken.

»Romulanische Schiffe im Anflug aus zwei Seiten«, fügte Sulu hinzu.

Wieder ein harter Stoß. Stocker fuhr mit der Zunge über seine Lippen und sagte: »Zeigen Sie sie mir.«

Der Hauptbildschirm leuchtete auf. Auch hier sah Stocker eine Menge flackernder, vielfarbiger Lichter, die man kaum von den Sternen unterscheiden konnte.

»Ich sehe keine Romulaner!«

»Es sind die Lichtpunkte, die ständig ihre Farbe wechseln, Sir. Die Färbung hängt von ihrer Annäherungsgeschwindigkeit ab und...«

Wieder erzitterte das Schiff. Jetzt waren alle Lichter auf der Konsole rot.

»Wir liegen im Kreuzfeuer, Sir«, meldete Sulu.

Stocker hörte ein Summen, das ihm unbekannt war.

»Maschinendeck, Sir«, sagte Uhura. »Soll Energie auf die Schutzschirmungen geschaltet werden?«

Sein Gesicht war schweißfeucht. »Ja«, sagte er aufs Geratewohl.

»Mr. Scott läßt fragen, wieviel Reserve er für die Sol-Triebwerke zurückhalten soll.«

Was sollte er darauf antworten?

»Commodore Stocker«, sagte Sulu und wandte sich nach ihm um. »Wir sitzen in der Klemme. Wie lauten Ihre Befehle?«

Wieder erbebte die *Enterprise* unter einem Treffer. Die Lichter flakkerten und wurden matter. Stocker entdeckte plötzlich, daß er zuviel Angst hatte, um zu reden, ganz zu schweigen davon, eine Entscheidung zu treffen.

Glücklicherweise kam jetzt Kirks Stimme, etwas schwach, aber energisch, aus dem Intercom. »Was ist eigentlich da oben los? Antworten Sie, Leutnant Uhura. Hier spricht der Captain!«

»Sir!« sagte Uhura erleichtert. »Wir haben die Neutrale Zone der Romulaner verletzt und werden angegriffen.«

»Dieser Idiot! Alle Energie auf die Schutzschilde! Ich bin sofort da.«

Stocker hatte das Gefühl, vor Erleichterung ohnmächtig zu werden, aber seine Nervenprobe war noch nicht vorüber. Aus dem Intercom hörte er jetzt leise, weit entfernt klingende Stimmen streiten.

»Jim... du kannst doch nicht... keiner von uns... Schwester!... Dr. Wallace!...«

»Ich muß... auf die Brücke...«

Und dann verstummten die Stimmen. Eins war klar: Kirk war nicht in der Lage, Stocker sofort von seiner Verantwortung zu entbinden. Stocker riß sich zusammen und sagte: »Leutnant Uhura, versuchen Sie weiter, mit den Romulanern Funkkontakt aufzunehmen.«

»Zu Befehl, Sir. Bis jetzt aber keine Reaktion.«

»Wenn ich mit ihnen reden kann... ihnen erklären, warum wir die Neutrale Zone verletzt haben...«

»Die Romulaner sind bekannt dafür, daß sie auf Erklärungen keinen Wert legen«, sagte Sulu. »Wir wissen das aus Erfahrung. Wir haben uns schon öfters mit ihnen anlegen müssen.«

»Rufen Sie sie noch einmal an.«

»Ich rufe sie ständig auf allen Frequenzen«, sagte Uhura. »Sie ignorieren unsere Funksprüche.«

»Und warum auch nicht?« sagte Sulu. »Sie wissen genau, daß sie uns in die Enge getrieben haben. Sie brauchen nur so lange auf unsere Schilde zu feuern, bis sie unten sind.«

Stocker fuhr sich mit der Hand durchs Haar. »Dann«, sagte er, »bleibt uns keine andere Wahl, als uns zu ergeben.«

»Damit würden Sie ihnen einen Riesengefallen tun, Commodore«, sagte Sulu trocken. »Bis jetzt ist es ihnen nämlich noch nie gelungen, ein Sternenschiff zu erbeuten. Darüber hinaus haben die Romulaner eine kleine unangenehme Eigenart, Commodore: Sie machen keine Gefangenen.«

»Aber was sollen wir dann...«

»Sir!« sagte Uhura. »Sie sind Kommandant. *Wie lauten Ihre Befehle?*

Schwester Christine Chapel und Janet hielten im Bordlazarett Kirk auf dem Bett fest. Er versuchte verzweifelt hochzukommen, und trotz seines fortgeschrittenen Alters hatten sie Mühe, ihn festzuhalten – eine Aufgabe, die durch die ständigen Einschläge in den Energieschirmen der *Enterprise* nicht eben erleichtert wurde.

»Dieses Greenhorn da oben... setzt mein Schiff aufs Spiel...«

»Jim«, sagte Janet mit zusammengebissenen Zähnen, »wenn ich dir eine Beruhigungsspritze geben soll...«

»Bleib ruhig liegen, Jim«, sagte McCoy. »Du kannst auch nichts mehr ändern. Wir sind erledigt.«

»Nein, nein! Mein Schiff...«

Spock kam aus dem Labor, einen Kolben in der Hand. »Dr. Wallace, hier ist das Medikament. Ich weiß nicht, ob die Zusammensetzung genau den Anforderungen entspricht, wir hatten keine Zeit für pharmakologische Tests oder andere Feinheiten.«

»Her damit«, sagte McCoy. »Dann wollen wir mal.«

»Es wird uns heilen – oder töten.« Spock reichte Janet den Kolben, und sie zog eine Injektionsspritze auf. »Aber für gründliche Versuche würden wir wochenlange Tests brauchen.«

»Was ist das eigentlich?« fragte Kirk, der sich beruhigte.

»Ein Hormonderivat«, sagte Janet. »Selbst ohne die wahrscheinlich vorhandenen Unreinheiten würde der Organismus sehr stark strapaziert werden. Es kann zu Gehirnblutungen kommen, zum Herzstillstand...«

»Lassen Sie die Einzelheiten«, sagte McCoy. »Geben Sie mir die Injektion.«

»Nein«, sagte Kirk. »Ich bekomme die erste.«

»Das ist unmöglich«, sagte McCoy fest.

Wie auf ein Stichwort erzitterte die *Enterprise* wieder unter einem Treffer.

»Wie lange, glaubst du, kann das Schiff das aushalten?« fragte Kirk hart. »Ich muß sofort auf die Brücke!«

»Jim, dies Zeug kann dich umbringen!« sagte Janet.

»Und ohne die Injektion sterbe ich ebenfalls.«

»Die medizinische Ethik verlangt...«, begann McCoy.

»Laß mich mit der medizinischen Ethik in Frieden! Mein Schiff wird zusammengeschossen! Also gebt mir endlich die Injektion!«

»Der Captain hat recht«, sagte Spock. »Wenn er nicht binnen weniger Minuten wieder voll einsatzfähig ist und das Kommando auf der Brücke übernimmt, müssen wir alle sterben. Also geben Sie ihm endlich die Injektion, Dr. Wallace.«

Sie tat es. Ein paar Sekunden lang geschah nichts. Aber dann setzte plötzlich die Reaktion ein. Kirk krümmte sich zusammen, ein konvulsivisches Zucken überfiel ihn, er stöhnte und lallte. Nur unbewußt registrierte er, daß die vier anderen ihn mit aller Kraft festhielten.

Es schien eine Ewigkeit zu dauern, aber in Wirklichkeit war kaum eine Minute vergangen, als der Anfall endlich nachließ und einem Zustand der Erschöpfung und des Wohlbefindens Platz machte. Janet richtete einen Feinberger auf ihn.

»Es hat gewirkt«, sagte sie atemlos. »Der Alterungsprozeß ist aufgehalten worden.«

»Ich kann keinerlei Veränderung feststellen«, sagte McCoy.

»Sie hat recht, Doktor«, sagte Spock. »Der Alterungsprozeß ist umgekehrt worden, und die Regeneration wird immer schneller.«

»Hilf mir auf, Janet«, sagte Kirk und atmete keuchend. »Das war ein ganz schöner Trip.«

»Wie fühlst du dich?« fragte sie.

»Als wenn man mich durch die Bordwand geschossen hätte. Spock, Sie müssen mit Ihrer Injektion noch etwas warten. Ich brauche Sie auf der Brücke. Janet, gib McCoy seine Injektion und dann Scott.« Er lächelte. »Außerdem, Spock – wenn das, was ich jetzt vorhabe, nicht klappt, brauchen Sie die Injektion sowieso nicht mehr. Gehen wir!«

Sie gingen zur Brücke, und Kirk fühlte sich mit jedem Schritt, mit jeder Sekunde kräftiger werden. Und der Ausdruck der Erleichterung auf den Gesichtern des Brückenpersonals verriet ihm, daß auch sie die Veränderung wahrgenommen hatten.

»Die Lage, Mr. Sulu?«

»Wir sind von romulanischen Schiffen umzingelt. Maximal zehn Einheiten. Entfernung: fünfzig- bis hunderttausend Kilometer.«

Stocker fuhr aus dem Kommandosessel auf, als ob es ein elektrischer Stuhl wäre, und machte Kirk eilig Platz.

Kirk schaltete das Intercom ein. »Maschinendeck, schalten Sie alle Reserveenergie zu! Alle Sol-Triebwerke in vollste Bereitschaft! Ich brauche alles, was wir haben, in ungefähr zwei Minuten! Captain, Ende!« Er wandte sich an Uhura. »Leutnant Uhura, stellen Sie Verbindung mit dem Sternenflotten-Kommando her. Code Zwei.«

»Aber Captain...«

»Ich habe Ihnen einen Befehl gegeben, Leutnant. Code Zwei.«

»Code Zwei, Sir.«

»Die Meldung: *Enterprise* an Sternenflotten-Kommando – Sterndatum und Ortsangabe. – Schiff ist unabsichtlich in die romulanische Neutrale Zone eingedrungen, wurde umzingelt und liegt unter schwerem Beschuß durch romulanische Einheiten. Entkommen unmöglich. Schutzschilde kurz vor dem Zusammenbruch. Werde Selbstzerstörung befehlen unter Anwendung der kürzlich installierten Corbomit-Ladung. Da die Explosion zur völligen Atomisierung der *Enterprise* und aller Materie im Umkreis von zweihunderttausend Kilometern führen und eine entsprechend große atomverseuchte Zone schaffen wird, müssen alle Schiffe der Föderation diese Zone für mindestens vier Standardjahre meiden. Explosion wird in genau einer Minute ausgelöst. Kirk, Kommandant der *Enterprise*. Ende. – Mr. Sulu, Kurs 188, Mark 14, Geschwindigkeit Sol Acht programmieren! In Bereitschaft gehen!«

»Bereit, Sir.«

Spock blickte von seinen Computern auf. »Die Romulaner ziehen sich zurück, Sir. Ich vermute, sie haben die Meldung abgehört, wie Sie es offensichtlich erwartet haben.«

»Eine logische Annahme, Mr. Spock. Ziehen Sie sich noch immer zurück?«

»Ja, Sir. Aber wir sind immer noch in Phaser-Reichweite.«

»Alle Stationen in Bereitschaft – Sol Acht! – Jetzt!«

Das Schiff erzitterte unter dem plötzlichen Andruck der ungeheuren Beschleunigung auf achtfache Lichtgeschwindigkeit. Spock saß über seine Konsole gebeugt.

»Es hat geklappt, Sir. Die Romulaner reagieren immer noch nicht.«

»Sind wir außerhalb ihrer Reichweite, Mr. Sulu?«

»Ja, Sir. Und außerhalb der Neutralen Zone.«

»Neuer Kurs: 192 Grad, Mark 4, Richtung Sternbasis 10.«

»Neuer Kurs eingerichtet, Sir.«

Kirk lehnte sich zurück. Er fühlte sich großartig. Commodore Stocker trat auf ihn zu. Er wirkte verlegen und beschämt.

»Captain«, sagte er. »Ich möchte Ihnen nur sagen, daß ich getan habe, was ich für notwendig hielt, um Sie und die anderen Offiziere zu retten.«

»Ich weiß, Commodore. Sie hätten aber wissen sollen, daß eine Sternbasis kaum etwas tun kann, wozu nicht auch ein Sternenschiff in der Lage ist.«

»Ich habe inzwischen gelernt, was ein Sternenschiff tun kann – wenn der richtige Mann das Kommando führt.«

Die Türen des Lifts glitten auf, und McCoy trat auf die Brücke. Er war so jung wie früher. Kirk starrte ihn an.

»Du siehst glänzend aus, Pille.«

»Scotty ebenfalls. Das Medikament hat wirklich geholfen. Scotty hat sich zwar einen Muskel gezerrt, als die Reaktion einsetzte, aber sonst geht es ihm ausgezeichnet. Jetzt sind Sie dran, Mr. Spock.«

»Ich bin bereit, Doktor.«

»Gut. Und wegen Ihrer vulkanischen Roßnatur habe ich für Sie eine besonders große Spritze vorbereitet. Außerdem habe ich alles Zerbrechliche aus dem Lazarett schaffen lassen.«

»Sehr umsichtig von Ihnen, Doktor.«

»Ich wußte, daß Sie es zu schätzen wissen würden.«

Kirk lächelte. »Alles in allem, Gentleman, war es wirklich ein Erlebnis, an das wir uns noch in unseren alten Tagen gerne zurückerinnern werden. – Aber bis dahin haben wir ja noch eine lange Zeit vor uns, nicht wahr?«

Elaan von Troyius

Kirks Befehle waren klar und einfach: Er sollte seinen Passagier, den Botschafter des Planten Troyius, bei der Erfüllung seiner Mission auf jede nur mögliche Weise »unterstützen«.

Es waren die Begleiterscheinungen seiner Befehle, die kompliziert waren. Erstens war die Mission des Botschafters streng geheim, und zweitens bezogen die geplanten Verhandlungen auch die als kriegerisch bekannte Bevölkerung von Elas, einem Nachbarplaneten Troyius', ein. Und als ob eine solche »Unterstützung« noch nicht genug Kopfschmerzen bereitete, gehörten beide Planeten auch noch zu einem Sonnensystem, das vom Klingonischen Imperium beansprucht wurde. Schon bei Eintritt in das System setzte sich die *Enterprise* also Angriffen der Klingonen aus.

Kirk war offensichtlich irritiert, als er seinen Kommandosessel herumschwang und Leutnant Uhura anblickte. »Informieren Sie den Transporter-Raum, daß wir die Abgesandten von Elas sofort heraufholen. Und bitten Sie Botschafter Petri ebenfalls dorthin.«

»Ja, Captain.«

Er nickte Spock, McCoy und Scott zu, die ihm zur Tür des Lifts folgten. Kirk sagte: »Diese Geschichte hat sicher irgendein Schreibtischhengst der Sternenflotte ausgebrütet.«

»Brücke an Captain«, sagte Uhuras Stimme aus dem Intercom.

»Hier Kirk.«

»Captain, Funkspruch von der Elas-Abordnung. Sie sind bereit, an Bord zu beamen, verlangen aber eine Erklärung wegen der Verzögerung.«

»Da geht es schon los«, sagte Kirk. »Was für eine Verzögerung? – Lassen Sie nur, Leutnant Uhura. Lassen Sie sie an Bord beamen.«

Spock sagte: »Diese Haltung ist typisch für die Elasianer, Sir. Die Forscher, die den Planeten als erste aufsuchten und beschrieben, bezeichneten die Einwohner als aggressiv und arrogant.«

»Das ist der negative Aspekt«, sagte McCoy. »Ich habe den Bericht jetzt noch einmal gelesen. Die Frauen von Elas sollen etwas ganz Besonderes haben. Es sind echte Hexen. Sie sollen die Fähigkeit haben, Männer ganz wild auf sie machen zu können.«

Spock blickte McCoy angewidert an. Der Ausdruck des Widerwillens stand noch immer in seinem Gesicht, als sich die Türen des Lifts öffneten und sie auf den wartenden troyianischen Botschafter zuschritten.

Kirk ging auf ihn zu. »Botschafter Petri, ich schlage vor, Sie lassen jetzt alle diplomatische Geheimnistuerei beiseite und sagen mir endlich, was für einen Auftrag Sie haben.«

»Damit muß ich warten, bis der Dohlman von Elas an Bord gekommen ist, Captain.«

»Der Dohlman?« fragte Kirk, als sie den Transporterraum betraten. »Was zum Teufel ist ein Dohlman?«

»Die Person, die von meinem Volk am meisten gefürchtet und gehaßt wird. Unser tödlichster Feind.«

Das Summen des Transporters wurde lauter, drei Gestalten schimmerten auf der Plattform und materialisierten sich. Es waren Soldaten. Ihre Oberkörper wurden von Brustpanzern geschützt. Unbekannte Waffen hingen von dicken Halsketten. Der größte der drei elasianischen Soldaten richtete seine fremdartige Waffe auf die drei Männer.

»Willkommen«, sagte Petri. »Ich bin der Botschafter von Troyius.«

Der affengesichtige Riese beachtete ihn nicht. »Wer hat den Befehl über das Schiff?«

»Die *Enterprise* steht unter meinem Kommando«, sagte Kirk. »Ich bin Captain Kirk.«

»Und ich bin Kryton von Elas. Dieser Troyianer hier stellt eine Bedrohung dar. Ich habe dafür zu sorgen, daß alles sicher ist, bevor der Dohlman an Bord kommt.«

Spock sagte leise: »Captain, die Waffen sehen aus wie nukleare Disintegratoren des einundzwanzigsten Jahrhunderts.«

Kirk wandte sich an den kriegerischen Kryton. »Auf meinem Schiff ist jeder sicher. Und wir sind auch bereit, jeden von außen kommenden Angriff abzuwehren.« Er wandte den drei Elasianern den Rücken zu und sagte zum technischen Offizier des Transporterraums: »Energie!«

Die mittlere Transport-Plattform leuchtete auf. Die drei Elasianer sanken auf die Knie. Kryton starrte Kirk wütend an und knurrte: »Auf die Knie! Sofort! Erweisen Sie dem Dohlman von Elas die gebührende Ehre!«

Kirk biß die Zähne aufeinander. Neben ihm sank Botschafter Petri folgsam auf die Knie. »Es ist ein Brauch bei ihnen«, murmelte er. »Wir brechen das Protokoll, wenn wir stehenbleiben.«

Spock blickte fragend zu Kirk hinüber. Sichtlich verärgert nickte Kirk ihm zu. Der Vulkanier zögerte und kniete dann auch nieder. Der

Anblick verstärkte Kirks Verärgerung, aber aller Ärger war Sekunden später verflogen. Auf der mittleren Transporter-Plattform materialisierte der »tödliche Feind« von Troyius. Der Dohlman war eine silberblonde Frau! Sie hatte eine makellose, perlenfarbene Haut, von der sie nur wenig verhüllte. Die dünnen, metallisch schimmernden Schals, die sie um sich geschlagen hatte, unterstrichen nur noch ihre Schönheit.

Kryton sagte: »Ehre und Ruhm für Elaan, Dohlman von Elas.«

Beim Anblick von so viel Schönheit fühlte Kirk ebenfalls die Versuchung, vor dieser Frau niederzuknien, aber er konnte sich doch zurückhalten und verneigte sich nur leicht. Als er sich wieder aufrichtete, sah er sich den Dohlman von Elas noch einmal und etwas genauer an. Ihre Augen unter dem silberblonden Haar waren groß und dunkel. Verächtlich blickten sie auf die knienden Männer nieder. Sie schnalzte mit den Fingern, und ihre drei Leibwächter erhoben sich. Kryton sagte zu Spock und Petri: »Jetzt dürfen Sie aufstehen.«

Sie trat vor, und Kryton folgte ihr auf den Fersen, wachsam und mit schußbereiter Waffe. Elaans Hand ruhte auf dem juwelenbesetzten Griff eines Dolchs, der von einem goldenen Kettengürtel hing.

»Seltsam«, sagte Kirk zu Spock. »Panzer und Nuklearwaffen.«

»Aber nicht ohne Präzedenz, Sir. Denken Sie an die japanischen Samurais. Selbst wir Vulkanier haben uns einige symbolische Erinnerungsstücke an unsere Vergangenheit erhalten.«

Wieder knurrte Kryton: »Niemand hat Ihnen die Erlaubnis zum Sprechen gegeben.«

Bevor Kirk etwas darauf erwidern konnte, fragte Elaan Spock: »Sind Sie der Kommandant dieses Schiffs?« Ihre Stimme war rauchig und sehr weiblich.

»Ich bin der Erste Offizier. Dies ist Captain Kirk.«

Sie reagierte nicht auf diese Vorstellung. »Euer Herrlichkeit«, sagte Petri eilig, »ich bin Petri von Troyius. Im Namen meines Volkes entbiete ich Ihnen ein herzliches Willkommen auf...«

»Ich kenne Ihre Mission«, sagte sie wegwerfend. Dann wandte sie sich Kirk zu. »Sie dürfen mir jetzt meine Räumlichkeiten zeigen.«

Kirk biß die Zähne zusammen. »Ich denke, wir sollten eins von Anfang an klarstellen...«

»Captain! *Bitte!*« flehte Botschafter Petri.

Kirk sagte: »Mein Erster Offizier, Mr. Spock, wird Sie in Ihr Quartier bringen.« Er wandte sich zum Gehen. »Botschafter Petri, ich möchte mit Ihnen reden.«

Elaans Worte waren wie ein Peitschenhieb. »Ich habe Sie noch nicht entlassen!«

Kirk starrte sie ungläubig an. Seine Geduld war am Ende, aber dann entschloß er sich doch zum Nachgeben. »Darf ich Euer Herrlichkeit um die Erlaubnis bitten, mich entfernen zu dürfen?« fragte er mit seidiger Stimme.

»Ihr seid alle entlassen«, sagte sie.

Als sie auf dem Korridor anlangten, drehte sich Kirk Petri zu. »Und nun zu uns beiden, Herr Botschafter! Jetzt möchte ich ganz genau wissen, was hier eigentlich gespielt wird.«

Petri zog ihn auf die Seite. »Sie – diese Frau – soll die Frau unseres Herrschers werden. Die Heirat wurde vereinbart, um beiden Völkern den Frieden zu bringen. Unsere beiden kriegführenden Planeten besitzen jetzt die Mittel zur völligen gegenseitigen Zerstörung. Wir mußten einfach irgendeine Möglichkeit friedlicher Koexistenz finden.«

»Dann kehren wir also nach Troyius zurück?«

»Ja, Captain. Aber sehr langsam. Ich brauche Zeit. Ich habe die undankbare Aufgabe, ihr zivilisierte Manieren beizubringen, bevor wir Troyius erreichen. In ihrem derzeitigen, halbwilden Zustand werden meine Leute sie niemals als ihre Königin anerkennen.«

»Da haben Sie sich aber eine Menge vorgenommen.«

»So lauten meine Befehle, Captain. Deshalb bitte ich Sie und Ihre Mannschaft, diese elasianische Arroganz zu tolerieren, um des zukünftigen Friedens willen. Es ist einfach lebenswichtig, alle etwa auftretenden Mißstimmigkeiten auf ein Minimum zu reduzieren.«

»Das verstehe ich sehr gut.«

»Und noch etwas sollten Sie begreifen, Captain. Für Sie steht ebensoviel auf dem Spiel wie für mich. Ihre Vorgesetzten wissen, daß ein Fehlschlag dieser Mission für die strategischen Pläne der Föderation genauso katastrophal wäre wie für unsere beiden Planeten.« Er seufzte. »So, und jetzt will ich ihr die offiziellen Willkommensgeschenke überreichen. Vielleicht bessert sich dann ihre Laune.«

»Hoffentlich«, sagte Kirk. Und er dachte: Hexe, Xanthippe. Jetzt habe ich ein bildschönes, ungebildetes Fischweib auf meinem Schiff!

Als er auf die Brücke trat, blieb er vor Sulu stehen. »Mr. Sulu«, sagte er, »nehmen Sie Kurs auf Troyius. Impuls-Antrieb, Geschwindigkeitsfaktor Null Komma Null Drei Sieben.«

Sulu blickte überrascht auf. »Impuls-Antrieb, Sir?«

»Sehr richtig, Mr. Sulu. Unterlichtfaktor Null Komma Null Drei Sieben.«

Scott blickte zu ihnen herüber. »Captain, Sie wollen die Sol-Triebwerke nicht benutzen? Bleiben wir die ganze Strecke auf Impuls?«

»So ist es, Mr. Scott.«

»Aber das dauert ja ewig.«

»Sind Sie in Eile, Mr. Scott?«

»Nein, Sir.«

»Dann ist es ja gut.«

Kirk wollte sich gerade in seinen Kommando-Sessel fallen lassen, als Spock an seine Seite eilte. »Captain, der Dohlman ist mit seinem Quartier nicht zufrieden!«

Uhura wandte sich um. »Was stimmt denn mit ihnen nicht?«

»Ich konnte nichts feststellen«, sagte Spock. »Diese Elasianer scheinen sehr irrational zu sein.«

»Und ich habe meine eigene Kabine aufgegeben, weil ich...«

»*Ich* weiß Ihr Opfer zu schätzen, Leutnant«, sagte Kirk und stand auf. »Ich werde mich selbst mit der Dame unterhalten.«

Er hörte ihre Wutschreie schon, bevor er Uhuras Kabine erreichte. Die Tür stand weit offen. Er brauchte einen Augenblick, um die Szene zu erfassen. Eine wertvolle Kristallschatulle segelte durch die Luft und traf Petri auf die Brust.

»Schwein! Nimm diesen verdammten Kram zurück. Glaubst du etwa, dein Herrscher kann den Dohlman von Elas damit kaufen!«

Petri nahm die Schatulle vom Boden auf und stopfte die herausquellenden Spitzen in sie zurück. »Euer Herrlichkeit«, sagte er, »dies soll Ihr Hochzeitsschleier sein.« Er trat vorsichtig so weit zurück, bis er hoffte, einen sicheren Abstand gewonnen zu haben. Dann hob er den Deckel einer juwelenbesetzten Goldschatulle. »Dies sind die kostbarsten Juwelen von Troyius«, erklärte er. »Diese Kette ist ein Geschenk der Mutter des Bräutigams, die Ihren lieblichen Hals schmücken soll...«

Das Halsband bestand aus Brillanten und Smaragden. Elaan packte es und warf es mit aller Kraft nach Petri. Um ein Haar hätte sie damit Kirks Gesicht getroffen.

»Ich würde ersticken, wenn ich dieses troyianische Hundehalsband umlegte!«

Kirk stieg über das glitzernde Schmuckstück hinweg und betrat die Kabine. Sie sah ihn und schrie: »Kryton!«

Der riesige Leibwächter stürzte herein.

»Wer hat *ihm* die Erlaubnis gegeben, hier hereinzukommen?« herrschte sie ihn an.

»Er ist auf Ihren Wunsch herbeigeeilt, Euer Herrlichkeit.«

Kirk sagte: »Ich habe erfahren, daß Sie mit Ihrem Quartier nicht zufrieden sind.«

Mit einer Handbewegung entließ sie Kryton. »Quartier?« Sie deutete mit einem perfekt geformten Bein auf einen Sessel. »Bin ich eine verweichlichte, degenerierte Troyianerin, daß ich auf Kissen sitzen muß?« Sie gab dem Sessel einen Tritt, daß er umkippte. Und das schien ihre Wut noch mehr anzustacheln. Sie lief zum Fenster und riß die Vorhänge herunter. »Diese weibischen Fetzen sind eine Beleidigung für mich!«

Kirk sagte: »Mein Nachrichtenoffizier hat ihre Kabine für Sie geräumt in der Hoffnung, daß Sie sie zufriedenstellend finden würden.«

»Ganz im Gegenteil!« Sie deutete auf Petri. »Und diesen... diesen Botschafter finde ich noch weniger zufriedenstellend. Muß ich seine Gegenwart noch länger ertragen?«

Petris Gesicht lief in hilfloser Wut rot an. »Ich habe Euer Herrlichkeit doch erklärt, daß Ihr Adelsrat und das Troyianische Tribunal mich mit der Aufgabe betraut haben, Sie zu lehren... ich meine, Sie mit den Bräuchen und Gewohnheiten unseres Volkes vertraut zu machen.«

»Kryton!« schrie Elaan. Sie deutete auf Petri. »Schaff ihn hinaus!« Kryton griff nach seiner Waffe. Petri verneigte sich und ging zur Tür.

»Und nehmen Sie diesen Plunder gefälligst wieder mit!« rief sie ihm nach.

Er verneigte sich noch einmal, bückte sich und sammelte die Juwelen ein, die sie nach ihm geworfen hatte, und verließ aufatmend die Kabine.

»Diese Frechheit, mir zuzumuten, diese kriecherischen Sitten seines Volkes anzunehmen!«

»Euer Herrlichkeit scheinen die Instruktionen in troyianischer Lebensart nicht günstig aufgenommen zu haben«, sagte Kirk.

»Ich werde es dem Adelsrat niemals verzeihen, mich diesem Alptraum ausgesetzt zu haben! – Und jetzt verlange ich ein besseres Quartier.«

»Es gibt keine besseren an Bord«, sagte Kirk. »Ich schlage vor, Sie machen das Beste daraus.«

Mit neu aufsteigender Wut über diese Zumutung warf sie einen Blick nach Uhuras Toilettentisch, um irgendeinen Gegenstand zu finden, den sie zerschmettern konnte. »Sie wagen es, *mir* vorzuschlagen...«

Kirk sagte: »Leutnant Uhuras persönliche Dinge sind aus der Kabine entfernt worden. Aber wenn das Zertrümmern von Gegenständen Ihnen ein derartiges Vergnügen bereitet, will ich Ihnen gerne jede

Menge zerbrechlicher Artikel bringen lassen.«

»Ich verbitte mir diese Beleidigungen!«

»Dann sollten Sie sich entsprechend benehmen«, sagte Kirk lakonisch und ging zur Tür.

Sie schrie ihm nach: »Ich habe Ihnen nicht erlaubt, sich zu entfernen!«

»Ich habe Sie auch gar nicht danach gefragt«, sagte er und warf die Tür hinter sich zu.

Ein aufgeregter Botschafter Petri erwartete ihn im Korridor. »Captain, ich muß mich sofort mit meiner Regierung in Verbindung setzen. Ich sehe mich nicht in der Lage, meine Mission durchzuführen. Und es wäre eine Beleidigung für meinen Herrscher, ihm dieses unverbesserliche Monster als Braut zuzuführen.«

»Beruhigen Sie sich. Ihr Auftrag ist schließlich eine Friedensmission.«

»Es kann keinen Frieden zwischen den Elasianern und uns geben. Wir haben uns einer Illusion hingegeben. Um die Wahrheit zu sagen: Wenn ich mit diesen Leuten zusammen bin, möchte ich gar keinen Frieden. Ich habe nur noch den Wunsch, sie umzubringen.«

»Dann sind Sie genauso schlecht wie Elaan. Niemand verlangt von Ihnen, daß sie die Elasianer lieben. Sie sollen nur Ihre Pflicht tun, weiter nichts.«

»Aber das ist völlig unmöglich. Sie hört einfach nicht auf mich.«

»Dann *sorgen Sie dafür,* daß sie auf Sie hört. Vergessen Sie doch einmal Ihre ganze Diplomatie. Diese Frau respektiert nur eins: Stärke. Also zeigen Sie Stärke, wenn Sie mit ihr reden.«

»Auch ich habe meinen Stolz, Captain. Ich lasse mich nicht demütigen.«

»Sie haben vor allem eine Aufgabe, Botschafter. Genau wie ich. Wir haben den Befehl, den Dohlman in akzeptablem Zustand abzuliefern. Und wenn Sie dazu ein bißchen von Ihrem Stolz überwinden müssen – so gehört das eben zu Ihrer Aufgabe.«

Petri seufzte. »Also gut. Dann will ich es noch einmal versuchen.«

»Und zeigen Sie Stärke, Botschafter. Denken Sie immer daran: Stärke ist das einzige, was ihr imponiert. Viel Glück!«

Ein umwerfendes Fischweib. Was sie brauchte, waren ein paar kräftige Ohrfeigen! Als Kirk die Brücke betrat, begrüßte ihn Uhura mit der hoffnungsvollen Frage: »Gefällt ihr meine Kabine jetzt, Captain?«

»Sie hat einiges... umgestellt, Leutnant«, sagte er. »Ich denke, es wird alles gutgehen.«

Aus dem Intercom tönte eine erregte Stimme: »Sicherheitsalarm!

Deck fünf! Sicherheitsalarm!«

Kirk lief zum Lift.

Auf Deck fünf wartete Sicherheitsoffizier Evans schon auf ihn. »Es ist Botschafter Petri, Sir«, meldete er. »Sie weigern sich, mir zu erklären, was eigentlich passiert ist, aber…«

Vor der Tür zu Elaans Kabine standen zwei Wachen der *Enterprise* den drei elasianischen Leibwächtern gegenüber.

»Machen Sie bitte Platz«, sagte Kirk zu Kryton.

»Ihre Herrlichkeit hat Sie nicht rufen lassen«, sagte der affengesichtige Riese.

Elaan öffnete hinter ihm die Kabinentür. »Lassen Sie dieses troyianische Schwein entfernen«, sagte sie zu Kirk.

Petri lag auf dem Boden der Kabine, das Gesicht in einer Blutlache. Der juwelenbesetzte Dolch ragte aus seinem Rücken.

Der Verwundete lag auf dem Untersuchungstisch des Bordlazaretts. McCoy richtete sich auf und blickte Kirk an.

»Der Dolch ist ziemlich tief eingedrungen«, sagte er. »Der Botschafter hat eine Menge Blut verloren.«

Kirk beugte sich über den Patienten. Petri starrte ihn wütend und feindselig an.

»Das ist einzig und allein Ihre Schuld«, sagte er schwach.

»Ich habe Ihnen gesagt, Sie sollen mit ihr reden und nicht mit ihr kämpfen.«

»Es war ein Leichtsinn, unbewaffnet in die Kabine zu gehen. Aber Sie haben mich ja dazu gezwungen. Ich werde Sie dafür zur Verantwortung ziehen.«

»Captain!« Es war Uhura. »Eben ist ein Funkspruch des Sternflotten-Kommandos eingetroffen. Geheimhaltungsstufe A. Ich habe ihn sofort durch den Decoder laufen lassen.«

»Und was ist?«

»Der Hochkommissar der Föderation ist auf dem Weg nach Troyius, um an der Königlichen Hochzeit teilzunehmen.«

McCoy pfiff durch die Zähne. »So, und jetzt geht's erst richtig los. Wenn der Hochkommissar erfährt, daß die Braut eben versucht hat, den Botschafter des Bräutigams zu ermorden…«

»Du findest doch immer die richtigen Worte, um einem neuen Mut zu machen, Pille!«

Aber McCoy hatte sich schon wieder seinem Patienten zugewandt, der eben von Schwester Christine Chapel eine Injektion erhielt. »Wenn alle elasianischen Frauen so gewalttätig sind«, sagte sie, »verstehe ich nicht, warum sich die Männer so von ihnen angezogen fühlen. Worin liegt denn ihr Zauber?«

»Es ist kein Zauber«, sagte Petri verächtlich, »sondern eine biochemische Reaktion – eine chemische Substanz ihrer Tränenflüssigkeit. Ein Mann, der einmal mit den Tränen einer Elasianerin in Berührung gekommen ist, bleibt auf ewig ihr Sklave.«

»So ein Unsinn!« murmelte Kirk. Der Mann ist doch ein Narr! dachte er. Das Scheitern der Mission mußte in wenigen Stunden dem Hochkommissar zu Ohren kommen, und er erzählte alberne Märchen über Frauentränen. Er trat an den Untersuchungstisch. »Botschafter Petri, ich habe eine Nachricht für Sie. Der Hochkommissar der Föderation ist auf dem Weg nach Troyius, um an der Hochzeit teilzunehmen.«

»Diese Hochzeit wird nicht stattfinden. Ich werde nicht zulassen, daß unser Herrscher diese gemeingefährliche Wilde heiratet, und wenn das Schicksal der ganzen Galaxis davon abhinge. Und mit Ihnen will ich nichts mehr zu tun haben.«

»Ich habe Sie auch nicht darum gebeten. Ich habe Sie lediglich aufgefordert, Ihre Pflicht zu tun.« Er wandte sich an McCoy. »Pille, wie lange wird es dauern, bis er wieder auf den Beinen ist?«

»Ein paar Tage, vielleicht eine Woche.«

Petri hob den Kopf vom Polster. »Captain, durch Ihre Schuld bin ich im Lazarett, und hier werde ich auch bleiben. Bis zum Ende dieser Reise. Das ist alles, was ich Ihnen zu sagen habe.«

Kirk blickte McCoy an, dann zuckte er die Achseln. Uhura und McCoy folgten ihm auf den Korridor hinaus.

»Ich weiß wirklich nicht, was ich mit ihm anfangen soll, Jim«, sagte McCoy. »Er ist genauso schlimm wie sie. Beide sind Dickschädel. Und sie hassen einander wie die Pest.«

Uhura sagte: »Sie müssen aber zugeben, daß er mehr Grund hat, sie zu hassen. Captain, können Sie dem Hochkommissar nicht erklären, daß es einfach unmöglich ist, diese Heirat...«

»Hochkommissare mögen keine Erklärungen. Sie verlangen Resultate. Wie behandelt man eigentlich eine Frau wie Elaan?«

»Man macht einen großen Bogen um sie, Captain. So groß wie...«

Sie brach ab. Aus dem Aufenthaltsraum, an dem sie gerade vorbeigingen, tönte zauberhafte, einschmeichelnde Musik.

Uhura blieb stehen. »Captain, man sagt doch immer, daß Musik selbst auf Wilde beruhigend wirkt. Wenn wir versuchten, Elaan mit Musik...«

»Bei der braucht man aber eine Menge Musik«, warf McCoy ein.

Kirk blickte nachdenklich auf die Tür des Aufenthaltsraumes, dann öffnete er sie. Spock saß abseits von anderen Mitgliedern der Mannschaft an einem Tisch und spielte auf seiner vulkanischen Harfe. Ihre unirdischen Töne entsprachen der Dekoration des Raums – seinem rosa Grasteppich, den großblättrigen Ranken, aus denen riesige hängende Blüten wuchsen, dem Springbrunnen, der purpurfarbenes Wasser sprudelte.

»Spock, was haben Sie eben gespielt?« fragte Kirk.

Spock blickte auf. »Die Tonleiter. Ich habe die Harfe gestimmt.«

»Können Sie auf dem Ding auch richtige Melodien spielen?« fragte McCoy.

»Ich habe einmal den zweiten Preis des Vulkanischen Musikwettbewerbs gewonnen.«

»Und wer hat den ersten bekommen?«

»Mein Vater.«

»Können Sie auch ein Liebeslied spielen?« fragte Kirk.

»Ein Paarungslied. In allen Zeiten wurde die vulkanische Harfe dazu benutzt, die Leidenschaften anzustacheln.«

»Genau das brauchen wir jetzt«, sagte Kirk begeistert. »Auf Troyius soll nämlich eine Hochzeit stattfinden. Wir müssen nur noch die Braut überreden, daran teilzunehmen.«

»Sie hat nämlich gerade ihren Lehrer niedergestochen, der ihr die Etikette ihres Bräutigams beibringen sollte«, sagte McCoy. »Es scheint überhaupt unmöglich zu sein, ihr irgend etwas beizubringen.«

»Dann berufen Sie doch einfach einen anderen zum Lehrer«, sagte Spock.

»Wollen Sie, Spock?«

»Ganz bestimmt nicht. Die Logik sagt mir, daß der Dohlman nur die ranghöchste Persönlichkeit an Bord als Lehrer anerkennen würde.«

Alle blickten Kirk an. Der runzelte die Stirn und überlegte sich alle in Frage kommenden Möglichkeiten, die Elaan zur Kapitulation vor der Vernunft zwingen konnten.

»Spock«, sagte er endlich. »Lassen Sie mir fünf Minuten Zeit, und dann überspielen Sie Ihre Musik via Intercom in Elaans Kabine.«

Er ging, und Spocks Finger glitten über die Saiten seiner Harfe. Uhura seufzte. »Mr. Spock, diese Musik geht einem wirklich unter die Haut.«

»So? Ich empfinde sie als wohltuend und beruhigend.«

»Beruhigend finde ich sie ganz und gar nicht«, sagte Uhura. »Ich würde gerne lernen, diese Harfe zu spielen, Mr. Spock.«

»Ich würde Ihnen sehr gern Unterricht geben, Leutnant Uhura, aber soviel ich weiß, hat noch nie ein Nichtvulkanier dieses Instrument meistern können.«

In Elaans Kabine wünschte sich Kirk, er könnte seinem Gast Unterricht in Tischmanieren geben.

Er sah ihr zu, wie sie die Weinflasche von der üppig gedeckten Tafel nahm, sie an die Lippen setzte und einen langen Schluck in die Gurgel schüttete, um sich dann den Mund mit dem Unterarm abzuwischen. Sie stellte die Flasche auf den Tisch zurück und meinte: »Der Botschafter wird also wieder auf die Beine kommen, sagen Sie. Schade.« Dann nahm sie den gebratenen Vogel von der Platte, biß ein großes Stück heraus und warf den Rest über ihre Schulter in eine Zimmerecke. »Schön, Sie haben mir Ihre Nachricht überbracht, Sie können jetzt gehen.«

Es faszinierte ihn, daß sie gleichzeitig kauen und reden konnte. »Nichts würde ich lieber tun«, sagte er. »Aber Ihre temperamentvolle Handlungsweise zwingt mich leider…«

»Dieses troyianische Schwein war ohne Erlaubnis in meine Kabine gekommen. Natürlich mußte ich ihm meinen Dolch ins Kreuz rammen.«

Kirk sagte: »Ihr Elasianer seid stolz darauf, eine kriegerische Rasse zu sein. Dann verstehen Sie sicher auch die Notwendigkeit von Disziplin, der Fähigkeit, Befehle nicht nur zu geben, sondern auch zu befolgen. Und Sie haben den Befehl, den Herrscher von Troyius zu heiraten und sich hier an Bord mit den Bräuchen und Sitten seines Volkes vertraut zu machen.«

»Die Troyianer widern mich an«, sagte sie. »Jedesmal, wenn ich mit ihnen zu tun habe, komme ich mir beschmutzt vor.«

Ihre Wange war beschmutzt von einem großen Fettfleck, den das Huhn hinterlassen hatte.

»Ich habe die Erfahrung gemacht«, sagte Kirk, »daß alle Vorurteile, die Menschen gegeneinander hegen, bei näherem Kennenlernen abgebaut werden.«

Spocks Musik begann durchs Intercom in die Kabine zu strömen.

»Da habe ich aber ganz andere Erfahrungen gemacht«, sagte sie und griff nach einer Cremeschnitte.

»Auf jeden Fall stehen wir vor einem Problem.«

»Welchem Problem?«

»Sie mit den Bräuchen und Sitten von Troyius vertraut zu machen.«

»Ich habe das Problem bereits eliminiert.«

»Sie haben Ihren Lehrer eliminiert. Das Problem ist geblieben.«

Ihr verlockender Mund lächelte grausam. »Und welche Lösung gibt es?« fragte sie.

»Einen neuen Lehrer.«

»Aha.« Sie legte ihren Dolch auf den Tisch. »Was ist denn das für ein widerliches Geräusch?« Sie sprang auf, ging zum Intercom und schaltete die vulkanische Musik ab. Als sie zurückkam, leckte sie sich Cremereste von den Fingern. »Und Sie? Was könnten Sie mir schon beibringen?«

»Tischmanieren zum Beispiel.«

Er nahm eine Serviette vom Tisch, trat auf sie zu und wischte ihr Mund, Gesicht und Hände ab. »Dies«, erklärte er dabei, »ist eine Serviette. Sie dient dazu, Speise- und Weinreste zu entfernen, die man sich auf Mund, Gesicht und Fingern verschmiert hat – und auf den Arm.« Er wischte auch ihren Arm sauber. Und dann nahm er sie bei diesem Arm und führte sie zum Tisch zurück.

»Dies«, erklärte er weiter, »ist ein Teller. Man verwendet ihn, um davon zu essen. Er ist eigens zu diesem Zweck gedacht, damit man nicht gezwungen ist, Essen auf den Boden zu legen. Der Boden ist nämlich dazu da, um darauf zu gehen.« Er schenkte Wein in ein Glas und hob es auf. »Dies ist ein Glas«, sagte er, »ein Gefäß, aus dem man Wein trinkt. Eine Flasche, Euer Herrlichkeit, ist lediglich zur Aufbewahrung des Weins gedacht.«

Sie packte die Flasche und nahm wieder einen langen Zug. »Verschwinden Sie«, sagte sie.

»Sie werden lernen, was man Ihnen zu lernen befohlen hat«, sagte er hart.

»Sie werden mich sofort nach Elas zurückbringen!«

»Das ist unmöglich.«

Sie stampfte mit dem Fuß auf. »Meine Befehle sind nie unmöglich! Ich weigere mich, nach Troyius zu gehen! Ich lasse mich nicht an ein fettes troyianisches Schwein verschachern, nur um einen Krieg zu verhindern!« Wieder hob sie die Weinflasche an den Mund. Kirk riß sie ihr aus der Hand.

»Sie tragen den Titel eines Dohlman«, sagte er. »Wenn Sie nicht die Pflichten übernehmen wollen, die damit zusammenhängen, so geben Sie ihn auf!«

Sie war echt schockiert. »Niemand hat bis jetzt gewagt, so mit mir zu sprechen!«

»Das ist es ja eben«, sagte er. »Niemand hat es gewagt, Ihnen einmal die Wahrheit zu sagen. Sie sind eine unzivilisierte kleine Wilde, ein bösartiges, launisches Kind im Körper einer Frau und…«

Ihre Faust schnellte vor und traf Kirk am Kinn. Sie holte sofort zum zweiten Schlag aus, aber da hatte er sie schon gepackt und schlug ihr mit aller Kraft die Hand ins Gesicht. Der Schlag ließ sie rückwärts auf das Bett taumeln. Zitternd vor Wut schrie Kirk: »Heute haben Sie zum ersten Mal in Ihrem mißratenen Leben die Wahrheit gehört!«

Er ging zur Tür – und ihr Dolch zischte dicht an seinem Ohr vorbei und bohrte sich in die Türfüllung. Er zog ihn heraus und warf ihn ihr zu. »Die morgige Lektion, Euer Herrlichkeit, ist über gutes Benehmen.«

Als er die Tür hinter sich zuzog, hörte er dumpfes Poltern und das Klirren von Geschirr. Er drehte sich nicht einmal um.

Als er auf die Brücke trat, sah er Spock angespannt auf den Bildschirm seines Sensors starren.

»Captain, sehen Sie sich das einmal an. Zuerst dachte ich, es wäre eine Störung, und habe das Gerät genau untersucht, aber es ist völlig in Ordnung.«

Kirk blickte auf den Schatten, den man auf dem Bildschirm sah. »Reflektion einer Wasserstoffwolke?«

»Die gibt es in diesem Gebiet nicht. Außerdem erscheint diese Wolke nur von Zeit zu Zeit und verschwindet wieder.«

»Irgendeine Hypothese, Mr. Spock?«

»Nein. Die Daten sind ungenügend.«

»Wenn es keine technische Störung ist und auch nicht die Reflektion eines natürlichen Phänomens, könnte es vielleicht ein anderes Raumschiff sein.«

Der Intercom piepste.

»Captain!« war plötzlich Scotts ärgerliche Stimme zu hören. »Muß ich mir eigentlich gefallen lassen, daß diese... Passagiere an meinen Maschinen herumfummeln? Ich weiß, Sie haben uns gesagt, wir sollen sie höflich behandeln, aber...«

»Ich komme sofort, Scotty. Aber bleiben Sie bitte höflich und nett, ganz egal, wie schwer es Ihnen fällt.«

Er war selbst überrascht, als er die Tür zum Maschinenraum öffnete. Elaan und ihre drei Leibwächter standen über die Kontrollgeräte der Sol-Triebwerke gebeugt. Scott schien seine Verärgerung irgendwie überwunden zu haben. Er sagte gerade: »Ich kann mir vorstellen, Madame, daß selbst unsere Impulsantriebe Ihnen recht schnell vorkommen...«

»Wir sind nur daran interessiert, wie diese Schiffe im Gefecht benutzt werden. Maschinen sind etwas für Mechaniker und andere Knechte.«

Scott schluckte erregt. »Knechte? Was meinen Sie, wie lange man lernen und studieren...«

»Mr. Scott!« sagte Kirk tadelnd.

Er trat zu Elaan. »Warum haben Sie mir nicht gesagt, daß Sie den Maschinenraum zu besichtigen wünschen?«

»Habe ich etwa nicht das Recht, mich auf diesem Schiff frei zu bewegen? Ich habe Ihren Männern die Gnade gewährt, nicht knien zu müssen, während ich mich hier aufhalte. Was verlangen Sie denn noch?«

»Höflichkeit.«

»Untergebenen gegenüber gibt es keine Höflichkeit.«

»Mr. Scott, unser Chefingenieur, hat Sie in seiner Abteilung freundlich empfangen. Das war eine Gefälligkeit. Es gehört sich, daß Sie das anerkennen und sagen: ›Ich danke Ihnen, Mr. Scott.‹«

Er glaubte schon, sie würde ihm ins Gesicht spucken, aber dann sagte sie gepreßt: »Ich danke Ihnen, Mr. Scott.«

Ihre Wächter starrten sie verwirrt an. Sie gab einem von ihnen einen harten Stoß. »Kommt!« sagte sie und stürmte hinaus.

Scott sagte: »Ihre Erziehung, Sir, scheint die ersten Früchte zu tragen.«

»Brücke an Captain!« sagte Spocks Stimme aus dem Intercom.

»Hier Kirk.«

»Dieser Sensor-Schatten kommt näher, Sir.«

»Bin schon unterwegs.«

Seine Vermutung war also richtig gewesen. Dieser Schatten war ein Raumschiff. Kirk blickte lange auf den Bildschirm, dann hob er den Kopf. »Die Frage ist nun: Wem gehört dieses Raumschiff, Mr. Spock?«

»Noch keine Daten, Sir.«

»Captain!« rief Sulu. »Unbekanntes Objekt angepeilt! In Mark 73.5!«

»Maximale Vergrößerung«, sagte Kirk.

Der Hauptbildschirm hatte bis jetzt nur ein Gewirr von Hunderten von Sternsystemen gezeigt. Jetzt wurde ein Teil von ihnen plötzlich von den Konturen eines unbekannten, aber drohend wirkenden Raumschiffs verdunkelt.

»Unser Geisterschatten hat sich materialisiert, Captain«, sagte Spock.

Kirk nickte. »Ein klingonisches Kriegsschiff.«

Er setzte sich in seinen Kommando-Sessel. Sein Gesicht war ernst. Nach einer Weile wandte er sich um. »Irgendeine Veränderung, Mr. Spock?«

»Negativ, Sir. Der Klingone ist lediglich in Kontaktreichweite gekommen. Er fliegt jetzt ebenfalls mit Impulsantrieb und Unterlichtgeschwindigkeit und hat sich unserer Fahrtstufe angepaßt.«

Aber der Bildschirm der *Enterprise* zeigte nur, was außerhalb des Schiffes vor sich ging, nicht aber, was innerhalb passierte. Deshalb hatte Kirk keine Ahnung davon, daß Kryton lautlos zum Maschinenraum schlich und hinter einem riesigen Träger im Rücken des Zweiten Ingenieurs Watson Deckung nahm. Er warf Watson einen raschen Blick zu, und als er sich überzeugt hatte, daß er beschäftigt war, nahm Kryton vorsichtig den Deckel des Hauptrelais ab, dann zog er eine kleine, mit mehreren Kontrollknöpfen versehene Scheibe aus seiner Uniformjacke, stellte sie ein und legte sie in das Relais. Als er den Dekkel wieder auflegen wollte, spürte Watson anscheinend, daß irgend etwas faul war. Einen Schraubenschlüssel in der Hand kam er auf Kryton zu und rief: »Was suchen Sie denn hier?«

Krytons Faust traf ihn mit voller Wucht unter das Kinn. Watson ging zu Boden. In Sekundenschnelle hatte Kryton ihn hinter den Träger gezerrt, dann setzte er seine Arbeit am Relais fort.

Auf der Brücke starrte Kirk noch immer auf den Bildschirm und verfolgte den Kurs des klingonischen Kriegsschiffs. »Leutnant Uhura«, sagte er nach einer Weile, »stellen Sie Verbindung mit dem Burschen her. Identifizieren Sie uns und fragen Sie ihn, was er vorhat.«

Sie schaltete an ihrem Bord herum. Nach kurzer Zeit wandte sie sich Kirk zu und schüttelte den Kopf. »Keine Antwort, Sir.«

»Dann überwachen Sie alle Frequenzen weiter, Leutnant.« Er machte eine kurze Pause. »Mr. Sulu, Phaser-Mannschaften auf Gefechtsstationen. Alarmstufe Gelb.« Er stand auf. »Mr. Spock, es wird Zeit.«

Genau in diesem Moment schaltete sich Krytons kleines Sabotagegerät im Relais ein. Die Kontrollichter des Materie-Antimaterie-Reaktors flackerten sekundenlang auf, bevor sie wieder ruhig leuchteten.

Kirk ging den Korridor von Deck fünf entlang zu Elaans Kabine. Wie erwartet, standen zwei Leibwächter vor ihrer Tür, aber nicht Kryton.

»Wo ist Kryton?« fragte er etwas beunruhigt.

»Hat zu tun«, sagte einer der Männer. Beide richteten ihre Waffen auf ihn. »Niemand darf den Dohlman stören!«

»Sagen Sie bitte Ihrer Herrlichkeit, daß Captain Kirk um das Vergnügen eines Besuchs bittet.«

»Der Dohlman hat gesagt, daß ich zu Tode geprügelt werde, wenn ich Captain Kirk diese Tür passieren lasse.«

Kirk drängte sich an ihnen vorbei. Sie richteten ihre Waffen auf seine Brust. Zwei Strahlen zuckten auf. Die beiden Wächter stürzten bewußtlos zu Boden. Und Spock, den Phaser in der Hand, trat aus der Tür der gegenüberliegenden Kabine.

»Lassen Sie sie in Arrestzellen bringen, Mr. Spock«, sagte Kirk.

Spock sagte: »Captain, woher haben Sie gewußt, daß sie Ihnen den Zutritt verweigern würde? Ich begreife die Logik nicht, die Sie zu diesem Schluß geführt hat.«

»Auf Ihrem Planeten, Mr. Spock, denken die Frauen logisch. Das gilt aber für keinen anderen Planeten der Galaxis.«

Er öffnete die Tür zu Elaans Kabine und sah sie vor dem Spiegel sitzen. Sie war so damit beschäftigt, ihr glänzendes Haar zu bürsten, daß sie ihn nicht sofort bemerkte. Aber dann sah sie ihn im Spiegel und warf sich auf das Bett, auf dem sie ihren Gürtel mit dem Dolch abgelegt hatte. Sie riß ihn aus der Scheide und stürzte sich auf Kirk, die Dolchspitze auf sein Herz gerichtet. Er packte ihr Handgelenk, und sie schrie: »Sie wagen es, ein Mitglied der königlichen Familie von Elas anzurühren?«

»In Notwehr jederzeit.« Er wand ihr den Dolch aus der Hand, und sie krallte mit den langen Fingernägeln nach seinem Gesicht. Er packte ihre Arme und hielt sie eisern fest.

»Darauf steht bei uns auf Elas die Todesstrafe!«

»Sie sind hier nicht auf Elas, sondern auf meinem Schiff. Hier erteile ich die Befehle.«

Sie biß ihn in den Arm. Der plötzliche Schmerz ließ ihn zusammenfahren. Er lockerte seinen Griff – und sie riß sich los, flüchtete in das angrenzende Badezimmer und schloß die Tür hinter sich ab.

»Das war die erste Warnung, Captain!« rief sie durch die verschlossene Tür. »Rühren Sie mich nicht noch einmal an!«

»Einverstanden«, rief Kirk zurück. »Dann werde ich Ihnen eben Mr. Spock oder Dr. McCoy schicken! Aber eins verspreche ich Ihnen: Sie werden tun, was Rat, Tribunal und Bürokraten Ihnen befohlen haben!«

Ihm reichte es jetzt wirklich. Draußen lauerte das klingonische Kriegsschiff, und er stand vor einer verschlossenen Badezimmertür und bemühte sich, einem verzogenen Gör die Grundregeln von Anstand und Benehmen beizubringen.

»Ich gehe jetzt!« schrie er. »Ich bin fertig mit Ihnen!«

Sie öffnete die Tür. »Captain...« Sie zögerte. »Da ist... eines, das Sie mich... lehren könnten.«

»Nein!« schrie er wütend. »Sie haben recht gehabt! Es gibt wirklich nichts, was ich Sie lehren könnte! Sie wissen alles!«

Sie begann zu weinen. »Ich weiß überhaupt nichts. Ich weiß nicht einmal, wie ich die Menschen dazu bringen kann, mich zu mögen. Alle hassen mich...«

Er starrte sie verblüfft an und fühlte sich beschämt. Echte Tränen flossen aus ihren dunklen Augen. Es war ein Anblick, den er nie zu erleben geglaubt hatte.

»Das stimmt doch nicht«, sagte er. »Sie dürfen nicht glauben, daß alle Menschen Sie hassen.«

»Doch«, schluchzte sie, »alle tun es...«

Er trat zu ihr und fuhr mit der Hand über ihre tränenfeuchte Wange. »Nicht mehr weinen«, sagte er leise. »Es liegt doch nur daran, daß sich niemand gerne wie ein Putzlappen behandeln läßt.«

Ein plötzliches Hitzegefühl wallte in ihm auf. »Irgend etwas stimmt mit der Lüftung nicht«, murmelte er. »Ich... ich brauche Luft... ich komme gleich wieder, Eure Herrlichkeit.«

»Captain.«

Er wandte sich an der Tür noch einmal um. Ihre vollen Lippen lächelten ihn einladend an, und sie streckte die perlweißen Arme nach ihm aus. Lange Sekunden starrte er sie schweigend an. Dann lief er auf sie zu und schloß sie in seine Arme. Er küßte sie, und die Welt, das klingonische Schiff, der Hochkommissar, alles, was ihm jemals wichtig gewesen war, hatte plötzlich jede Bedeutung verloren.

Sie flüsterte: »Du... du hast mich geschlagen.«

»Wir... wir werden später darüber sprechen«, sagte Kirk unsicher.

Und dann küßte er sie wieder.

Uhura warf einen nervösen Blick auf ihre Kontrollanzeigen und drückte den Knopf des Intercom.

»Brücke an Captain«, sagte sie. Als niemand antwortete, blickte sie zu Spock hinüber. »Mr. Spock, ich habe eben...«

»Ich habe es auch im Sensor«, sagte Spock

»Brücke an Captain«, wiederholte sie und runzelte die Stirn. »Bitte melden. Captain Kirk, bitte melden.«

»Ja, hier Kirk.« Seine Stimme klang fremd, wie benommen.

»Captain, ich habe einen Funkspruch aufgefangen. Aus dem Inneren der *Enterprise.* Ein sehr enger Richtstrahl, der genau auf das klingonische Schiff gerichtet ist.«

Elaan knabberte an Kirks Ohrläppchen.

»Funkspruch?« murmelte er desinteressiert.

Sie hatte tiefschwarze Brauen und Wimpern. Eigentlich hätten sie silberblond sein müssen, wie ihr Haar. Aber sie waren tiefschwarz.

»Laß das«, sagte er. Sie küßte sein Ohr. Und er konnte sich wenigstens so lange konzentrieren, um Uhura zu fragen: »Können Sie den Standort des Senders lokalisieren, Leutnant?«

»Hier Spock, Captain. Ich habe ihn eben angepeilt. Die Signale kommen aus dem Maschinenraum.«

Die Mitteilung durchbrach seine Trance. »Sicherheitsalarm für alle Decks! Wachen sofort den Maschinenraum durchsuchen! Ein Eindringling an Bord!«

Er rannte aus der Kabine und zum Lift. Als er den Maschinenraum betrat, kam ihm Scott entgegen. Er deutete auf den Toten hinter dem Pfeiler. »Watson muß den Kerl entdeckt haben, als er sich hier einschlich. Dieses Ding hatte der Bastard in der Hand, als ich ihn entdeckte. Sieht aus wie ein kleiner Sender.«

Kirk nahm es ihm aus der Hand. »Klingonisch«, sagte er.

McCoy richtete sich von Watsons Leiche auf. »Genick gebrochen«, sagte er knapp.

Kirk trat auf Kryton zu, der von zwei Wachen festgehalten wurde. »Welchen Funkspruch haben Sie an das klingonische Schiff gesandt? Wie lautete Ihr Auftrag?«

Der affengesichtige Elasianer starrte Kirk mit zusammengekniffenen Augen verächtlich an. »Sie sollten wissen, daß Sie von mir nichts erfahren. Unsere Verhörmethoden sind weitaus schmerzhafter als alles, was Sie sich je ausdenken könnten.«

»Ich bin mir durchaus darüber im klaren, daß man Sie darauf trainiert hat, jede Form *physischer* Folter auszuhalten.« Er trat an das Intercom. »Kirk an Spock.«

»Hier Spock, Captain.«

»Mr. Spock, Kryton hat den Funkspruch gesandt. Er weigert sich zu sprechen. Ich brauche Sie hier, um einen vulkanischen Bewußtseinskontakt durchzuführen.«

»Captain!« Es war Evans, einer der Männer, die Kryton festhielten. »Der Gefangene…, er ist krank…«

Kirk fuhr herum und sah, daß Kryton beide Hände auf seinen Magen preßte und langsam in die Knie brach – und plötzlich riß er Evans Phaser aus dem Halfter, richtete die Mündung auf seine Brust und drückte ab.

Evans starrte verstört zu Boden. »Tut mir leid, Captain«, sagte er dann. »Aber er schien wirklich…«

»Was war so wichtig, daß er lieber starb, als es uns zu verraten?« Kirk wandte sich an Scott. »Er ist nicht nur in den Maschinenraum gekommen, um von hier aus zu funken, Scotty. Lassen Sie sofort sämtliche Relais untersuchen«

»Captain, wissen Sie eigentlich, wie viele Relais es hier gibt?«

»Verschwenden Sie keine Zeit, mir alle aufzuzählen. Tun Sie es!«

Er selbst verschwendete auch keine Zeit, wieder in Elaans Kabine zurückzugehen. Sie nahm die Nachricht von Krytons Selbstmord gelassen auf. »Er war schon seit der Verkündigung meiner bevorstehenden Hochzeit nicht mehr zurechnungsfähig«, erklärte sie. »Er stammt aus einer adeligen Familie – und er hat mich geliebt.«

»Dann hat er sich nur aus Eifersucht an die Klingonen verkauft?«

»Wahrscheinlich.« Sie legte ihre Hand auf sein Herz. »Es gehört mir, nicht wahr? Wir wollen nicht mehr von diesen unwichtigen Dingen reden.«

»Da draußen ist ein klingonisches Kriegsschiff«, sagte er. »Welchen Auftrag hat es? Bestimmt bleibt es uns nicht dauernd auf den Fersen, nur um deine Heirat zu verhindern.«

Sie legte ihren silberblonden Kopf an seine Schulter. »Wir sollten uns freuen, wenn sie wirklich die Hochzeit verhindern wollten.«

Er packte sie bei den Armen. »Elaan, der Friede auf zwei Planeten, die Stabilität eines ganzen Sonnensystems hängt von deiner Heirat ab. Wir beide müssen unsere Pflicht tun und vergessen, was zwischen uns war.«

»Könntest du das tun? Könntest du mich einem anderen Mann geben?«

»Meine Befehle – und die deinen – bestimmen, daß du diesem anderen Mann schon *gehörst.* Was zwischen uns geschehen ist, war nur eine Episode.«

»Es war keine Episode. Ich habe dich erwählt, und du hast mich erwählt.« Und bevor er darauf antworten konnte, fuhr sie fort: »Ich habe einen Plan. Mit diesem Schiff könntest du Troyius völlig zerstören. Dann bestünde keinerlei Notwendigkeit mehr für meine Heirat. Und unser dankbares Volk würde dich zum Herrscher des ganzen Sonnensystems ernennen.«

Er starrte sie entsetzt an. »Wie kannst du so etwas Entsetzliches auch nur denken?«

»Er ist Troyianer«, sagte sie und lag wieder in seinen Armen. »Du kannst dich dieser Liebe nicht widersetzen... meiner Liebe...«

»Captain!« tönte Spocks Stimme aus dem Intercom. »Könnten Sie bitte sofort auf die Brücke kommen?«

Kirk antwortete nicht. Die Hexe in seinen Armen hatte recht. Er konnte sich dieser Liebe, dieser Leidenschaft – oder was immer es sonst sein mochte – nicht widersetzen. Sie hielt ihn fest in ihrem Bann. Wieder preßte er seinen Mund auf den ihren – als plötzlich die Tür aufgerissen wurde. Spock und McCoy standen im Raum und starrten ihn ungläubig an.

»Jim!«

Kirk blickte auf.

»*Jim!* Ich muß mit dir reden!«

Kirk löste sich aus ihren Armen und ging mit den langsamen, unsicheren Schritten eines Hypnotisierten zur Tür. Er wandte sich noch einmal um und blickte Elaan an, dann trat er auf den Korridor hinaus.

»Captain«, sagte Spock besorgt. »Ist alles in Ordnung?«

Er nickte.

»Jim, hat sie geweint?«

»Wie?«

»*Hat sie geweint?* Ist deine Haut mit ihren Tränen in Berührung gekommen?«

Kirk runzelte die Stirn. »Ja.«

McCoy seufzte. »Dann sitzen wir wirklich in der Tinte. Jim, hör zu. Petri hat Christine erzählt, daß die Tränen von elasianischen Frauen eine biochemische Substanz enthalten, die wie ein starkes Aphrodisiakum wirkt.«

Kirk starrte auf seine rechte Hand, mit der er Elaan die Tränen von der Wange gewischt hatte.

»Und wie Petri weiter erklärte, läßt diese Wirkung niemals nach.«

»Pille, du mußt ein Gegenmittel finden!«

»Ich kann es versuchen. Aber dazu muß ich eine ganze Reihe von Tests ...«

»Brücke an Captain!« sagte eine Stimme aus dem Intercom.

»Hier Kirk.«

Sulus Stimme klang besorgt.

»Captain, das klingonische Schiff hat den Kurs gewechselt. Es kommt mit Sol-Geschwindigkeit auf uns zu!«

Mit einem Schlag war Kirk wieder völlig bei Sinnen. »Alle Mann auf Gefechtsstation!« befahl er. »Alarmstufe Rot! Ich bin schon unterwegs.«

Alarmhupen plärrten durch das Schiff, als er aus dem Lift auf die Brücke rannte. Ein rascher Blick auf den Bildschirm zeigte ihm, daß das klingonische Schiff rasch näher kam. »Phaser-Geschütze feuerbereit!« befahl er und lief zu seinem Kommando-Sessel.

»Feuerbereit, Sir«, meldete Sulu.

Spock rief: »Geschwindigkeit des Gegners höher als Sol sechs.«

Ohne den Blick vom Bildschirm zu nehmen, sagte Kirk: »Mr. Chekov, legen Sie einen Kurs fest, der uns aus diesem System herausbringt. Wenn er uns angreift, brauchen wir Bewegungsfreiheit.«

»Kurs festgelegt, Sir«, meldete Chekov.

»Kurs gerichtet.«

»Dann. Mr. Sulu, Geschwindigkeit Sol Zwei und...«

»Captain«, kam Scottys erregte Stimme aus dem Intercom. »Der Materie-Antimaterie-Reaktor ist...«

»Letztes Kommando zurück!« rief Kirk rasch, noch bevor Scott weitersprechen konnte.

Sulu zog genauso rasch die Hand von dem Knopf zurück, den er gerade drücken wollte. Spock verließ seinen Platz und trat neben Kirk.

»Was ist los, Scotty?«

Alle auf der Brücke hörten, wie Scott meldete: »Der Reaktor fliegt in die Luft, sobald wir auf Sol-Antrieb umschalten.«

Kirk machte eine lange Pause. Dann sagte er: »Das ist die Bombe, die er gelegt hat. Können Sie sie entschärfen, Scotty?«

»Nicht ohne uns quer durch die ganze Galaxis zu blasen.«

Kirk fühlte die Blicke der anderen auf sich gerichtet. Er atmete tief ein. »Dann schalten Sie alle Energie-Reserven, die Sie haben, auf den Impuls-Antrieb. Und finden Sie eine Lösung zur Entschärfung dieser Bombe!«

In dieser Atmosphäre höchster Anspannung trat Elaan aus dem Lift und kam auf die Brücke geschlendert. Auf dem Bildschirm wuchs das klingonische Schiff in Größe und Details.

»Mr. Sulu«, sagte Kirk, »führen Sie alle Steuermanöver genau und präzise aus. Bei dieser Fahrtstufe reagiert das Schiff schlecht.«

Kirk wandte sich wieder zum Bildschirm und sah Elaan.

Und obwohl ihn die Krise völlig in Anspruch nahm, mußte er den Impuls beherrschen, aufzuspringen und sie in die Arme zu nehmen. Spock trat einen Schritt näher, und Sulu sagte tonlos: »Einhunderttausend Kilometer.«

Die Sekunden tickten vorbei.

»Neunzigtausend Kilometer«, sagte Sulu.

»Nicht feuern«, sagte Kirk.

Sulu fuhr mit der Zunge über seine trockenen Lippen. »Sechzigtausend – Fünfzigtausend...«

Auf dem Bildschirm wuchs das klingonische Schiff ins Riesenhafte – und wanderte aus dem Blickfeld.

»Es ist vorbeigezogen, ohne einen Schuß auf uns abzufeuern«, sagte Sulu sehr leise.

»Captain, ich glaube, die Klingonen wollten uns gar nicht angreifen«, sagte Spock.

Jetzt, da die Krise vorüber war, spürte Kirk die Gegenwart Elaans nur um so stärker. Er stand auf und ging auf sie zu, wie von einer unsichtbaren Kette zu ihr hingezerrt.

Spock sagte leise, warnend: »*Dieses* Mal haben wir Glück gehabt.«

Die unsichtbare Kette zerriß. Kirk ließ sich wieder in seinen Sessel fallen. »Ja, ich verstehe jetzt, was sie vorhatten. Sie wollten uns dazu bringen, den Sol-Antrieb einzuschalten. Dann hätten wir uns selbst in die Luft gesprengt und ihr Problem gelöst, ohne daß sie einen einzigen Schuß abfeuern mußten, ohne durch einen Angriff einen Krieg mit der Föderation zu riskieren. Sehr schlau!«

»Stimmt«, sagte Spock. »Aber warum ist ihnen der Besitz dieses Sonnensystems so wichtig?«

»Eine sehr gute Frage, Mr. Spock.«

»Ich habe noch eine andere Frage, Sir. Halten Sie es für richtig, daß der Dohlman sich in einer Situation wie dieser ausgerechnet auf der Brücke aufhält?«

»Die Entscheidung darüber steht nur mir...« Kirk brach ab, als er Spock in die Augen blickte. »Sie haben recht, Mr. Spock. Ich danke Ihnen.«

Er trat auf Elaan zu. »Bitte, verlasse die Brücke und geh ins Bordlazarett. Es ist der sicherste Platz an Bord.«

»Ich möchte bei dir sein«, sagte sie.

»Deine Anwesenheit hier hindert mich an der Durchführung meiner Aufgaben – zu denen auch dein Schutz gehört.«

»Ich weigere mich zu gehen«

Kirk packte sie bei den Schultern und drängte sie zum Lift. Über ihren Kopf hinweg blickte er Spock an. »Sie übernehmen das Kommando, Mr. Spock.«

Als sich die Türen des Lifts geschlossen hatten, schlang sie die Arme um seinen Hals. »Ich liebe dich. Ich habe dich erwählt. Aber ich verstehe nicht, warum du den Klingonen nicht angreifst.«

»Wenn ich meine Aufgabe besser erfüllen kann, indem ich fliehe, ziehe ich die Flucht vor.«

»Und diese Aufgabe«, sagte sie, »ist, mich auf Troyius abzuliefern.«

»Ja.«

»Du würdest es also zulassen, daß ich einen anderen Mann heirate und dich nie wiedersehe?«

»Ja, Elaan.«

»Und macht dich das glücklich?«

»Nein.«

»Scott an Captain«, unterbrach sie das Intercom.

»Hier Kirk.«

»Schlechte Nachrichten, Sir. Der ganze Dilithium-Kristall-Konverter ist hin. Reparatur unmöglich. Er ist völlig unbrauchbar.«

»Also keine Möglichkeit, den Sol-Antrieb zu reparieren?«

»Nicht ohne Dilithium, Captain. Wir können nicht einmal genug Energie für die Phaser-Geschütze erzeugen.«

»Elaan, ich muß sofort auf die Brücke zurück. *Bitte*, geh ins Bordlazarett. Es ist dort hinten. Die letzte Tür auf diesem Korridor.«

Sie richtete sich auf die Zehenspitzen auf und küßte seine Stirn. »Ja, mein geliebter Held.«

Er blieb stehen und blickte ihr nach, bis sie im Bordlazarett verschwunden war. Was immer diese biochemische Substanz in ihren Tränen sein mochte, die er ihr von der Wange gewischt hatte, es war ein verdammt wirksames Zeug und anscheinend sehr schwer zu analysieren. Vierundzwanzig Tests hatte McCoy bisher durchgeführt. Und alle ohne Resultat.

Petri sah, wie Schwester Christine ihm das Ergebnis des letzten Tests überreichte.

»Sie verschwenden Ihre Zeit, Doktor«, sagte er. »Er gibt kein Mittel gegen dieses Gift aus den elasianischen Tränen. Die Männer von Elas haben das seit Jahrhunderten verzweifelt versucht, und es ist ihnen nie gelungen.« Er lehnte sich in die Kissen zurück, als Elaan die Tür öffnete und hereintrat.

Sie wandte sich sofort an McCoy. »Der Captain hat mich gebeten hierzubleiben, weil es hier sicher für mich ist.«

Petri hob den Kopf. »Und was ist mit unserer Sicherheit? Wir sind doch nicht eine Sekunde sicher, wenn diese Frau hier ist. Wie hoch schätzen Sie unsere Überlebenschancen ein, Dr. McCoy?«

»Das ist Sache des Captains.«

Petri blickte Elaan lange und nachdenklich an. Dann griff er unter sein Bett, zog die Goldschatulle hervor und entnahm ihr die Juwelenkette, die Elaan schon einmal nach ihm geworfen hatte. Er zog seinen Morgenmantel an und ging langsam auf sie zu.

»Ich habe in meiner Verantwortung gegenüber meinem Volk versagt«, sagte er. »Wenn ich mehr Weisheit und Geduld gezeigt hätte, wäre es mir vielleicht möglich gewesen, Sie auf die Heirat mit meinem Herrscher vorzubereiten. Jetzt, wo wir alle vielleicht bald sterben werden, bitte ich Sie, diese Halskette anzunehmen, als ein Zeichen meines Respekts und des aufrichtigen Wunsches meines Volkes – unsere Völker – nach dauerhaftem Frieden.«

»Verantwortung! Respekt! Das ist alles, woran ihr Männer immer denkt!« sagte sie ärgerlich.

Aber sie nahm die Halskette.

Als Kirk wieder auf die Brücke zurückkehrte, erwarteten ihn weitere schlechte Nachrichten. Uhura übermittelte sie ihm. »Ein Funkspruch von dem klingonischen Schiff, Sir. Wir werden aufgefordert, sofort beizudrehen und ein Prisenkommando an Bord zu lassen. Anderenfalls würde man unser Schiff vernichten.«

»Also will er doch kämpfen«, sagte Kirk.

Er ließ sich in seinen Kommandosessel fallen und drückte den Knopf des Intercoms.

»Kirk an Maschinenraum. Bitte Energie-Status, Scotty.«

»Dreiundneunzig Prozent für Impuls-Antrieb, Sir.«

»Damit sind wir immer noch manövrierfähig, Sir«, sagte Spock.

»Ja, wir können watscheln wie eine fette Ente«, sagte Scott. »Unsere Schilde halten höchstens ein paar Schüsse aus. Und ohne die Materie-Antimaterie-Reaktoren haben wir überhaupt keine Chance. Captain, können Sie nicht in *diesem* Fall einen Notruf an das Sternenflotten-Kommando senden?«

»Und den Klingonen mitteilen, daß es ihnen gelungen ist, unseren Sol-Antrieb lahmzulegen?« erwiderte Kirk. »Nein, wir werden versuchen, Zeit zu gewinnen.«

Er schwang seinen Sessel herum und blickte in die ernsten, angespannten Gesichter seiner Brückenoffiziere.

»Wir werden unseren Kurs beibehalten«, sagte er, »in der Hoffnung, daß wir die Klingonen bluffen können – oder daß sie sich überlegen, einen totalen Krieg zu beginnen. – Leutnant Uhura, stellen Sie Funkverbindung her.«

Er griff nach dem Mikrophon. »Hier spricht Captain James T. Kirk von der *USS Enterprise*. Wir sind auf einer friedlichen Mission im Auftrag der Föderation unterwegs, werden aber keine Behinderung dulden.«

Eine kehlige klingonische Stimme sagte: »Drehen Sie bei und lassen Sie ein Prisenkommando an Bord, oder Ihr Schiff wird vernichtet.«

»Sehr wirksam, unsere Strategie«, murmelte Kirk.

»Captain! Der Klingone liegt jetzt auf Kollisionskurs und kommt rasch näher!« rief Sulu. »Entfernung fünfhunderttausend Kilometer!« Nach einer Pause fügte er hinzu: »Schutzschilde aktiviert, Sir.«

Ausgerechnet in diesem Augenblick betrat Elaan die Brücke. Sie sah hinreißend aus in ihrem strahlend weißen Hochzeitskleid, das troyianische Juwelenhalsband um den Hals. Kirk mußte sich gewaltig zusammenreißen, um seinen Blick von ihr wenden zu können. Wütend schlug er mit der Faust auf den Intercom-Schalter. »Mr. Scott, können Sie nicht wenigstens etwas Energie auf die Phaser-Geschütze schalten?«

»Nein, Sir. Wir haben keine Energie frei.«

Elaan stand neben Kirk. Er zwang sich, sie nicht anzusehen. »Ich habe dir doch gesagt, du sollst im Bordlazarett bleiben«, sagte er leise.

»Wenn ich schon sterben muß, möchte ich mit dir sterben.«

»Wir haben nicht die geringste Absicht zu sterben. Verlasse sofort die Brücke!«

Sie schritt langsam zum Lift und stellte sich dort mit dem Rücken gegen die Wand.

Sulu rief: »Eintausend Kilometer!« – Und das Schiff erzitterte unter dem Einschlag eines klingonischen Geschosses. Die Energie wurde von der Abschirmung aufgefangen und tauchte die *Enterprise* in ein gespenstisches, vielfarbiges Licht.

»Er ist vorbei«, sagte Spock. »Und die Schilde haben alle gehalten.«

»Mr. Sulu, neuer Kurs 143 Mark 2. Richten Sie unsere Bug-Abschirmungen auf ihn.«

»Da kommt er schon wieder!« sagte Sulu.

»Aufpassen, Mr. Sulu! Richten Sie ständig unsere Bug-Abschirmungen auf ihn!«

Auf dem Bildschirm war das klingonische Schiff ein heranrasender Lichtstreifen.

»Er versucht, uns an der Flanke zu fassen, Mr. Sulu. Ruder hart backbord! Schnell!«

Die Einschlagswucht des zweiten Geschosses ließ alle Sessel auf der Brücke schwanken.

»Sulu!« schrie Kirk.

»Tut mir leid, Captain. Das Schiff reagiert bei Impuls-Antrieb nicht schnell genug.«

»Er ist wieder vorbei«, sagte Spock. »Schäden an Schutzschild Nummer Vier.«

»Wie schwer?«

»Noch einen Treffer hält er nicht aus, Captain. – Ich habe da einige seltsame Sensoren-Aufzeichnungen.«

»Welcher Art?«

Der Vulkanier nahm seinen Tricorder auf und schwenkte ihn von einer Seite der Brücke zur anderen. Plötzlich sprang er auf und deutete auf Elaan. »*Sie* ist die Energiequelle!« rief er.

»Sie?« fragte Kirk. »Sie meinen Elaan?«

Beide Männer liefen auf sie zu.

»Was sind das für Juwelen in dieser Halskette?« fragte Kirk.

Verwirrt legte sie eine Hand auf die Halskette. »Die weißen Steine nennen wir Radane. Es sind ganz gewöhnliche Steine.«

Spock richtete seinen Tricorder auf sie. Unter dem Tricorder strahlten sie in unirdischem Feuer.

»Diese Halskette ist nur deshalb so wertvoll, weil sie antik ist«, erklärte Elaan.

»Ganz gewöhnliche Steine!« sagte Spock. »Kein Wunder, daß die Klingonen so wild darauf sind, dieses Sonnensystem in ihre Hände zu bekommen! Darf ich das Halsband einmal näher betrachten?«

»Wenn ich ihnen damit irgendwie behilflich sein kann – selbstverständlich.«

»Vielleicht hast du gerade unser aller Leben gerettet«, sagte Kirk. »Mr. Spock, glauben Sie, daß Scotty ein paar Dilithium-Kristalle gebrauchen könnte?«

»Ihre Vermutung entbehrt nicht der Wahrscheinlichkeit, Captain.« Mit dem Halsband in der Hand betrat Spock den Lift.

»Er kommt schon wieder, Sir!« rief Sulu.

»Mr. Sulu, auf mein Kommando drehen Sie hart nach backbord. Wir müssen unbedingt unseren Schild Nummer Vier schützen. – *Jetzt!* Hart backbord!«

Wieder reflektierten die Schutzschilde die Brillanz vielfarbiger Lichter, als das Schiff unter dem Einschlag erzitterte.

»Schilde halten, sind aber stark geschwächt«, meldete Sulu.

»Captain, wieder ein Funkspruch«, sagte Uhura. Und auf Kirks Nicken schaltete sie den Lautsprecher ein.

Die gutturale Stimme des Klingonen klang triumphierend: »*Enterprise!* Unsere Sensoren zeigen an, daß Ihre Schutzschilde zusammenbrechen und daß Ihre Energiereserven extrem niedrig sind. Ihre letzte Chance ist, sich sofort zu ergeben!«

Sulu meldete: »Schild Nummer Vier ausgefallen, Sir. Impuls-Energie auf 31 Prozent abgesunken.«

Kirk trat zu Uhura und griff nach dem Mikrophon. »Hier spricht Captain Kirk. Ich bitte um Ihre Kapitulationsbedingungen.«

»Wir verlangen sofortige bedingungslose Übergabe des Schiffs.«

Kirk drückte den Knopf des Intercoms. »Scotty, wie lange brauchen Sie noch?«

»Wir sind sofort fertig. Allerdings müssen wir noch ein paar Tests machen, um sicherzugehen...«

»Wir testen während des Gefechts.«

Spock sagte: »Es sind sehr rohe Kristalle, Sir. Wir wissen noch nicht, wie sie auf den Energiefluß reagieren.«

Und Scott warnte: »Er hat recht, Captain. Die kleinste Unregelmäßigkeit im Energiefluß kann uns in die Luft jagen wie eine...«

Kirk unterbrach ihn. »Sagen Sie mir Bescheid, wenn Sie fertig sind.« Er ging zu Uhura zurück und griff wieder nach dem Mikrophon. »Hier ist die *Enterprise.* Wir verlangen Sicherheit für unsere Passagierin, den Dohlman von Elas.«

Die gutturale Stimme wiederholte: »Bedingungslose Kapitulation. Und zwar sofort!«

»Captain! Er greift wieder an!«

»Das sehe ich, Mr. Sulu.«

Kirk starrte auf den Bildschirm und fühlte, wie sich eine Hand auf seinen Arm legte. Elaan war neben ihn getreten und sah mit ihm zu, wie der Tod in Gestalt des klingonischen Schiffes auf sie zuschoß.

»Kristall eingesetzt«, meldete Scott durch das Intercom. »Aber ich kann nicht garantieren...«

»Kommen Sie auf die Brücke! Sofort!« sagte Kirk. Dann wandte er sich an Sulu. »Mr. Sulu, fertig zum Überlicht-Manöver! – Mr. Chekov, Photonen-Torpedos klarmachen!«

»Photonen-Torpedos feuerbereit, Sir.«

»Soll ich Energie auf die Schutzschilde schalten, Sir?«

»Negativ, Mr. Sulu. Seine Sensoren würden den plötzlichen Energie-Anstieg sofort melden. Je hilfloser er uns glaubt, desto näher kommt er heran. Erst in dem Moment, in dem er uns passiert, gehen wir auf Sol-Antrieb. Dann gehen Sie auf Sol Zwei und drehen mit dem Gegner, damit wir ihn vor den Rohren behalten.«

»Aye, Sir.«

»Mr. Chekov, Sie geben ihm eine Salve aus allen Rohren!«

Scott kam auf die Brücke gestürzt und setzte sich auf seine Gefechtsstation.

»Einhunderttausend Kilometer«, meldete Sulu.

»Mr. Scott, klar zum Umschalten auf Sol-Antrieb.«

Der Chefingenieur blickte von seinen Kontrollgeräten auf. »Fluktuationen, Captain. Es kommt von der Form der Kristalle. Ich hatte so etwas befürchtet.«

»Fünfundsiebzigtausend Kilometer«, meldete Sulu.

»Er wird erst auf kürzeste Entfernung feuern, Mr. Sulu«, sagte Kirk.

»Vierzigtausend«, meldete Sulu.

Scott starrte besorgt auf die flackernden Anzeigelichter der Kontrollgeräte. »Es bleibt instabil, Captain.«

Die Masse des klingonischen Schiffs füllte jetzt fast den ganzen Bildschirm.

»Energie!« befahl Kirk. »Volle Energie auf die Schutzschilde, Scotty. – Mr. Sulu, Sol Zwei. Kurs 147, Mark 3.«

Das klingonische Schiff feuerte. Die *Enterprise* erzitterte wieder unter dem Einschlag, und farbige Lichter sprühten von den angeschlagenen Schilden.

»Wir sind ja immer noch da!« schrie Scott ungläubig.

»Photonentorpedos Feuer!«

Sie warteten. Elaan griff nach Kirks Hand. Und dann hörten sie den Donner einer Explosion.

»Volltreffer mittschiffs!« meldete Sulu.

Spock hob den Kopf. »Schild Nummer Drei des klingonischen Schiffes schwer beschädigt. Schild Nummer Vier völlig zusammengebrochen. Schiff ist kaum noch manövrierfähig.«

Chekov wandte sich um. »Er ist schwer angeschlagen und zieht sich mit halber Kraft zurück.«

»Ende Alarmstufe Rot«, sagte Kirk.

Elaan blickte ihn erstaunt an. »Du willst ihn nicht verfolgen und ihm den Rest geben?«

»Nein.« Er blickte ihr in die Augen. Und es dauerte sehr lange, bevor er seinen Blick wieder lösen und sich an Sulu wenden konnte. »Mr. Sulu, gehen Sie wieder auf unseren alten Kurs, Richtung Troyius.«

Nachdem er es gesagt hatte, vermied er ihren Blick. Er wollte nicht den Ausdruck erloschener Hoffnung auf ihrem Gesicht sehen.

Im Transporterraum hatte Petri sich bereits auf die Plattform gestellt. Als Elaan in ihrem Hochzeitskleid die Kammer betrat, berührte sie mit der Hand das troyianische Halsband, das sie angelegt hatte. »Die beiden fehlenden Steine haben uns allen das Leben gerettet«, sagte sie zu Petri. Er verneigte sich tief.

Sie wandte sich an Kirk: »Wirst du herunterkommen – zu der Zeremonie?«

»Nein.«

Sie löste den juwelenbesetzten Dolch von ihrem Gürtel. »Ich möchte ihn dir schenken«, sagte sie. »Als persönliche Erinnerung. Du hast mich gelehrt, daß ich so etwas nicht brauche.« Sie neigte den Kopf und küßte seine Hand. »Behalte mich in Erinnerung«, flüsterte sie.

»Mir bleibt gar nichts anderes übrig«, sagte er.

»Mir auch nicht. Alles, was uns jetzt bleibt, sind Pflicht und Verantwortung.«

Die beiden Leibwächter traten neben sie und Petri auf die Transporter-Plattform.

»Leb wohl, Captain James Kirk!« Ihre Stimme brach.

»Leb wohl«, sagte Kirk leise. Er trat rasch zu Scott, der an der Transporter-Konsole stand und sagte: »Energie.«

Elaans Augen waren starr auf sein Gesicht gerichtet, bis sie im Flirren des Transportereffekts verschwand.

Als Kirk den Lift verließ und auf die Brücke trat, kam ihm McCoy entgegen. »Jim«, sagte er aufgeregt, »ich habe endlich diese giftige Substanz aus den Tränen dieser Frau isolieren und auch ein Gegengift entwickeln können.«

»Das ist nicht mehr nötig«, sagte Spock. »Der Captain hat längst sein eigenes Gegenmittel gefunden. Die *Enterprise* hatte ihn schon infiziert, lange bevor er mit den Tränen Elaans in Berührung kam.«

Kirk sagte: »Mr. Sulu, bringen Sie uns aus dem Orbit. Geschwindigkeit Sol Zwei.«

War die *Enterprise* wirklich ein Gegenmittel für Elaan? McCoy und Spock schienen da ziemlich sicher zu sein. Er aber war dessen gar nicht sicher. Jedenfalls nicht jetzt.